07

up the wind and drive your emotions

PRINCE OF STRIDE

ORIGINAL WORK & DESIGN WORKS
SHUJI SOGABE [FiFS]

TEXT
YOU ASAHI

CHARACTER DESIGN
KANAKO NONO [FiFS]

VISUAL NOVEL SERIES

INDEX

STEP 23

THE HOTTEST SUMMER HAS COME

VISUAL NOVEL SERIES
PRINCE OF
STRIDE 07

"어흠! 여러분, 주목! 주목하시오!!"

츠바키마치와의 시합을 이틀 앞두고 동아리 활동을 마쳤을 때. 모두가 부실에서 돌아갈 채비를 하고 있는데 카도와키 선배가 마치 연극배우처럼 목소리를 높였다.

"왜 그러세요? 카도와키 선배, 야가미까지……."

카도와키 선배의 반걸음 뒤에는 야가미가 뚱한 얼굴로 눈을 감고 서 있었다.

"또 이상한 짓을 꾸미는 건 아니겠지?"

의심하는 하세쿠라 선배에게 카도와키 선배는 붕붕 고개를 저었다.

"부장님, 이상한 짓이라니 어찌 그런 말씀을!! 자아, 야가미 공."

"네———. 어디 보자, 어흠! 첫 번째 문제!"

"따란!"

"푸핫! 아유무, 효과음이야?"

"쉿, 코히나타 공, 중요한 순간이라오!"

입 앞에 쉬잇 하고 손가락을 세운 카도와키 선배는 계속하라는 듯이 야가미를 양손으로 재촉했다. 그걸 본 야가미도 고개를 끄덕여 답하더니 양손을 등 뒤에 놓고서 가슴을 살짝 폈다.

"첫 번째 문제! 오늘은 무슨 날일까~요!!"

"오늘?"

오늘이…… 무슨 특별한 날이었나? 누군가의 생일…… 이라든가? 앗, 그렇구나!

"저요!"

"오? 사쿠라이, 정답은?"

"야가미 생일!"

"아쉬…… 운 건 아닌가? 제 생일은 아니랍니다! 11월이거든~."

"그랬구나~."

완전히 틀렸네. 그럼 무슨 날일까?

"자아, 제한 시간이 얼마 남지 않았다오. 자아, 자아! 정답을 맞힐 다른 이는…… 후지와라 공!!"

"……손, 안 들었는데요."

"마음의 손이 보였소이다~. 정답은?!"

"……."

후지와라는 자아 자아 하고 재촉하는 카도와키 선배를 보고는 미간을 한껏 좁히고 생각에 잠겼다.

"땡! 아쉽게도 시간 초과이외다! 자아, 맞출 이는 또 없는지……!!"

카도와키 선배는 다른 선배들을 빙글 돌아보았다. 하세쿠라 선배는 순간적으로 시선을 피했고 쿠가 선배는 이 자리의 분위기를 즐기듯이 앉아 있었다. 어쩌면 쿠가 선배는 알고 있는 게 아닐까? 그렇게 생각하고 있는데 코히나타 선배가 슬쩍 손을 들었다.

"후후후. 어쩔 수 없군. 아무래도 내 차례인가 본데!"

"아닛! 드디어 왔구려, 코히나타 공! 자, 정답은!"

"오늘은…… *초코 죽순의 날이야!"

"파이널 앤서?"

---

* たけのこの里(타케노코노사토). 일본의 죽순 모양 초콜릿 과자.

"파이널, 앤서……."

"……."

"……."

"…………웃."

"그런 건 됐으니까 빨리 해!"

숨 막히는 듯한 긴 침묵에 하세쿠라 선배가 무심코 한마디 했다. 카도와키 선배가 그에 대답하듯이 가볍게 숨을 내쉬었다.

"아쉽구려! 하지만 다른 의미로 정답!"

"초코 죽순의 날이라니……. 코히나타 선배, 그거 일부러 틀린 거죠?!"

이런~ 하고 아쉬워하던 코히나타 선배는 장난을 들킨 것처럼 웃었다. 그리고 야가미를 향해 살짝 혀를 내밀어 보였다.

"아."

그러고 보니 작년 요맘때, 방송에서 말했던 것 같다. 아마…….

"산의 날이요!!"

"사쿠라이, 정답! 다행이야~ 맞춰 줘서."

야가미는 안심한 듯이 웃었다.

"산의 날? 바다의 날이라면 아는데, 그런 게 있었던가?"

"작년부터 새롭게 기념일이 됐지."

의아해하는 하세쿠라 선배에게 쿠가 선배가 알려 주었다. 하세쿠라 선배는 감탄하며 작게 고개를 끄덕였다. 역시 쿠가 선배는 알고 있었구나.

"그래서 그 산의 날이 어쨌다고?"

"릿군아, 말해드리거라."

"두 번째 문제!"

"따란 ♪"

"······아직도 계속하는 건가."

후지와라는 어이없다는 듯이 한숨을 내쉬었다.

"산의 날과 주말을 합친 3일 연휴, 근처 공원에서 개최되는 행사는 뭘까요?! 하세쿠라 선배!"

"내가 어떻게 알아."

"아마, 여름 축제가 있었지?"

"딩동댕-! 완벽한 정답! 역시 코히나타 공이구려."

카도와키 선배는 만족스러운 듯 말하고 야가미를 보았다. 야가미는 등 뒤로 감추었던 손을 앞으로 쭉 내밀어 들고 있던 여름 축제 포스터를 보이면서 만면의 미소를 지었다.

"그렇게 된 건데, 다 같이 여름 축제 안 갈래요?"

"덧붙여 정답을 맞추지 못한 자에게 거부권은 없소이다! 소인의 추리에 따르면 사쿠라이 공과 코히나타 공 모두 가지 않겠다곤 말하지 않을 터····· 다시 말해! 여기 있는 모두가 참가한다는 것과 마찬가지란 말씀!"

"딱히 오늘이 아니더라도 상관없잖냐. 시합 전이야."

시합 전인 것은 사실이었지만····· 축제도 한번 가 봤으면 좋겠다! 그렇게 생각하고 있자, 코히나타 선배가 "그래도."라며 하세쿠라 선배에게 대답했다.

"그런 소리만 하다간 기회를 놓칠걸, 히스. 여름 축제라 해도 대부분이 주말 개최라 시합이랑 겹치니까."

"아니 그러니까, 애당초 그런 델 안 가면…….'"

"부장님~! 고등학생에게 여름은 세 번뿐이라오! 세 번뿐인 여름, 청춘의 한 페이지를 동아리 활동을 하며 흘린 땀으로 적시기만 하는 게 아니라! 색채를, 색채를 더하고 싶진 않은 것이외까!"

"아니, 딱히."

"어찌 이리도 무욕한지……. 아니, 아니아니, 이건…… 비꼼인가?! 인기 많은 자신이야 여름 축제 따윈 언제든지 큐티한 걸스를 데리고 갈 수 있으니 너희랑은 안 가도 상관없다고 비꼬는 것이오?! 파이널 앤서?!"

"야, 인마……."

아. 하세쿠라 선배가 기세에 밀렸다. 마지막 한 방!

"선배! 모두와 같이 가면 분명 재미있을 거예요!"

"……하아."

카도와키 선배를 지원하자 하세쿠라 선배는 어쩔 수 없다는 듯 한숨을 쉬고서 알았다며 어깨를 으쓱거렸다.

"후지와라 공도! 동아리 활동이 다가 아니라오. 일상의 교류야말로 팀의 인연을 굳건하게 하는 것이외다!"

"……안 간다곤 말한 적 없는데요."

그 말을 듣고 카도와키 선배는 어럽쇼? 하고 눈썹을 치켜올렸다. 하지만 그것도 아주 잠깐일 뿐, 곧 미소 띤 얼굴로 고개를 끄덕였다.

후지와라, 변했구나. 둥글어졌다고 해야 하나……. 스트라이드와 상관없더라도 팀의 일원이라는 사실을 소중히 하려 하고 있다.

카도와키 선배와 모두에게도 제대로 전해졌어.

"쿠가 선배는———."

"갈 거다. 조금 관심이 있거든."

쿠가 선배는 이럴 때 생각보다 잘 어울려 준다. 항상 혼자 있다는 인상이 강했거든. 스트부에 들어와 편안하다고 느껴 줬으면 좋겠어.

"사쿠라이도 괜찮지?"

그렇게 묻는 야가미에게 나는 크게 고개를 끄덕였다.

"물론이야! 기대된다!!"

02

여름 축제가 열리는 공원에 노점이 주르륵 늘어서 활기가 넘쳤다. 사람들로 가득해 시합이 열렸던 이벤트 회장이 떠올랐다. 하지만 결정적으로 다른 것은 저녁이라는 점과 축제 특유의 등불. 그것을 보니 축제에 왔구나 하고 가슴이 두근거리기 시작한다. 알록달록한 노점의 처마에는 야키소바, 타코야키, 빙수, 사과 사탕…… 처럼 무수한 글자가 춤을 추었다.

둥둥 하고 조금 멀리서 들리는 큰북 소리가 몸을 울린다. 함께 스피커에서 흘러나오는 *봉오도리의 음악에 기분이 더욱 흥겨워졌다.

"아—!! 또 빗나갔네! 젠장, 이거, 총신이 휜 거 아냐?"

과녁을 빗맞히자 사격대에서 몸을 내밀고 있던 야가미가 분한 듯이 목소리를 높였다. 사격 노점의 주인아저씨가 "휘기는." 하고 씨익

---

* 봉오도리 : 오봉 축제 때 추는 일본의 전통 춤.

하고 웃었다. 살짝 꾸민 듯한 웃음이다.

팡! 하는 가벼운 소리가 옆에서 하나 올랐다. 달그락하고 선반 뒤로 떨어진 캐러멜 상자를 아저씨에게 받아 든 사람은 후지와라였다.

"켁, 후지와라······."

"굉장해! 후지와라!"

"······별거 아냐."

후지와라는 그렇게 말하고 딴 경품을 내게 건넸다. 반사적으로 양손을 내밀자 캐러멜 상자가 톡 하고 떨어졌다.

"줄게."

"모처럼 딴 건데 그래도 돼? 고마워!"

"······정해진 양 이상의 당분은 필요 없어."

후지와라는 고개를 홱 돌리고 총 끝에 다시 코르크를 끼우기 시작했다.

"말은 참 잘하오~! 운동 후의 당분은 오히려 웰컴 아니겠소! 멋 부리긴! 요놈 요놈~."

"······카도와키 선배, 아파요."

빙글빙글 카도와키 선배가 후지와라를 팔꿈치로 찌른다. 후지와라는 도망치려는 듯이 비켜나며 야가미를 보았다. 먼저 맞춰서 조금 기뻐 보였다.

"……우와. 뭐야, 그 표정, 열 받게! 나도 그쯤은 별거 아니거든!"

팡. 팡. 팡.

야가미가 연이어 세 발. 하지만 한 발도 맞추지 못해 털썩 고개를 떨구었다.

"이럴 수가……. 말도 안 돼. 나 사격은 꽤 잘하는데……."

"아까웠어. 야가미."

"넌 집중력이 부족해."

"그러는 타케룽도 슬슬 또 쏴 보지 그래?"

쓴웃음을 지은 것은 코히나타 선배였다. 계속 과녁을 겨누던 후지와라는 입을 꾹 닫고 총을 쐈지만, 그 총알은 과자 상자를 스치고 빗나갔다. 아까워라.

"야, 야가미. 이리 줘 봐."

뒤에서 보고 있던 하세쿠라 선배가 야가미와 교대했다. 코르크를 끼우고 팔을 뻗어―― 쏜 총알은 조금 큼지막한 과자 상자를 쓰러뜨렸다.

"아자!"

"선배, 명중이에요!"

"아～. 안 돼, 안 돼. 아래까지 떨어뜨려야 주는 거야."

주인아저씨가 씨익 웃었다. 아저씨가 이거 보라는 듯 살짝 몸을 비키자 그 뒤에 붙은 종이에 '경품을 떨어뜨려 획득하자'라고 적혀 있었다.

정말이네…….

"진짜냐……. 좋았어."

하세쿠라 선배는 순간 납득하지 못하겠다는 표정을 지었지만, 거꾸로 승부욕에 불이 붙었는지 시합 때처럼 날카로운 눈빛으로 과녁을 노려봤다. 그 옆으로 쿠가 선배가 스윽 나란히 섰다.

"쿄스케! 누가 저거 따는지 승부다."

"그래."

하세쿠라 선배가 '저거'라고 손가락으로 가리킨 것은 콘플레이크 정도는 될 만큼 커다란 과자 상자였다. 무거워 보여서 저런 작은 코르크론 쓰러뜨릴 수 있을 것 같지 않았다. 그것을 증명하듯이 하세쿠라 선배와 쿠가 선배의 총알은 명중했지만 꿈쩍도 하지 않았다.

"오오……. 사람 한둘은 죽일 듯한 풍격! 그야말로 스나이퍼……. 노린 사냥감은 놓치지 않는다!"

"카도와키 선배는 안 해요?"

"소인, 질 게 뻔한 싸움엔 나서지 않는 주의라오. 게다가 이건 프로가 있단 말이지, 프로가."

"프로요?"

"응. 사쿠라이도 다음에 한번 배워 봐."

나도 처음에 도전해 봤지만 전혀 맞추질 못했다. 그래서 야가미의 마음은 충분히 이해가 가. 나도 무척 아쉬웠어.

"미안해, 사쿠라이. 따 주겠다고 잘난 척해서……."

"으응, 아니야! 누구나 컨디션이 별로일 때가 있잖아!"

"응……. 그러게……."

후우 하고 순간 먼 산을 바라본 야가미는 마음을 다잡듯이 고개를 저었다.

노점 쪽에서는 하세쿠라 선배와 쿠가 선배가 조금 다가가기 힘든 분위기를 뿜어내고 있었다. 그것을 힐끔 돌아보며 돌아온 후지와라에게 야가미가 말을 걸었다.

"후지와라는 캐러멜이 다야?"

"그래."

"좋았어! 그럼 운빨이네. 운빨! 내가 못 맞춘 것도 어쩌다 보니 그런 거야!"

"하지만 내 승리야."

"그렇다 해도! 다음엔 꼭 진짜 실력을 보여── 응?"

오오 하고 술렁거리는 소리에 우리는 사격 노점을 돌아보았다. 하세쿠라 선배, 아니면 쿠가 선배가 거물을 쓰러뜨렸나 싶었지만, 아니었다.

"코히나타 선배……?"

사격 노점 앞에서 총을 거머쥐고 있던 사람은 코히나타 선배였다. 하세쿠라 선배와 쿠가 선배가 노리던 커다란 과자 상자가 노점 아래에 떨어져 있었다.

팡, 팡, 팡──.

망설임 없이 코르크를 끼우고 쏜다. 백발백중. 쏘면 쏜 만큼 과자 상자가 쓰러져 떨어진다. 매대 위를 보니 네 번 정도 쏠 수 있는 코르크가 그릇 위에 있었다. 노점 주인아저씨의 웃는 얼굴이 경직되어 꿈틀거렸다. 코히나타 선배, 전부 떨어뜨릴 기세야!

"저거 봐. 프로가 나섰잖아."

"프로라니, 코히나타 선배 이야기였어요?!"

카도와키 선배는 어딘가 자랑스러운 듯이 팔짱을 끼었다.

"혼쭐난 사격 노점은 셀 수가 없으니…… 어느새 그는 청소부라 불리었도다. **이름하여 페스타 헌터 코히나타!**"

"대, 대단해……! 멋있어!"

카도와키 선배가 이야기하는 와중에도 코히나타 선배는 계속해서 경품을 명중시켜 떨어뜨렸다. 과자뿐만 아니라 정말 저렇게 작은 코르크로 쓰러뜨릴 수 있나 싶은 장난감과 곰 인형까지. 주변 소리가

전혀 들리지 않는 듯한 엄청난 집중력이었다.

"……후우."

총알이 다 떨어지고 나서야 코히나타 선배는 숨을 내쉬었다. 노점 주인아저씨는 표정을 잃고서 경품을 그러모아 선배에게 건넸다. 그만 돌아가 달라고 얼굴

에 쓰여 있는 것 같았다.

"선배, 굉장해요! 사격이 특기였군요!"

"동생들이 이거 따 달라 저거 따 달라 자주 그러거든."

코히나타 선배는 그렇게 말하고 부드럽게 웃었다.

아무리 그래도 굉장하다.

"허~어, 이거 졌구만."

주인아저씨는 이마에 찰싹 손을 얹었다.

"오래 장사하며 이런 백발백중은 처음 봤다. 이제 그만 봐주라."

짝 하고 얼굴 앞에서 합장을 하며 부탁하는 아저씨를 앞에 두고 코히나타 선배는 경품을 내려다보았다.

"딸 만큼 땄으니 이제 됐으려나."

선배는 만족스럽게 총을 내려놓고 모두를 돌아보았다.

"갖고 싶은 거 갖고 가도 돼."

내가 다 못 드니까. 그렇게 말하는 코히나타 선배 말을 따라 과자를 나누어 받은 우리는 사격 노점을 뒤로했다.

그러자 어느새 모여들었는지 구경하던 사람들이 커다란 박수로 배웅해 주었다.

오징어구이, 닭튀김, 소시지에 옥수수, 오코노미야키에 버터 감자. 추로스, 솜사탕, *안즈아메. 여러 노점을 들러 각자 먹고 싶은 것을 먹으며 돌아다니다가, 문득 쿠가 선배가 사라진 것을 눈치챘다.

"하세쿠라 선배, 쿠가 신배는……."

---

* 안즈아메(살구사탕)란 이름과 달리 주로 자두를 이용해 만드는 과일 사탕.

"아…… 바람 따라 흘러간 거 아니냐?"

"?"

"B급 노점 맛집 탐방에 나섰을 거다. 아마도."

"아마도, 요? 그건…… ."

"아──!!"

더 자세히 물어보려 했지만 카도와키 선배가 외친 소리에 가로막혔다. 선배는 물풍선 낚시 노점을 손가락으로 가리키고 있었다.

"부장님! 정정당당하게 승부 한 판!"

"뭐? 나?"

"후훗. 소인의 섬세한 낚시 솜씨를 따라오실 수 있겠소?"

"……오냐, 함 해 보자."

승부욕을 자극받은 하세쿠라 선배를 데리고 카도와키 선배는 물풍선 낚시로 향했다. 그 모습을 흐뭇하게 바라보던 코히나타 선배는 야가미를 빙글 돌아보았다.

"릿군. 고마워."

"엥? 뭐가요?"

"응. ……아무튼 고맙다고! 우린 됐으니까 셋이 보고 싶은 거 보고 와."

"옙!"

나와 후지와라는 가자고 재촉하는 야가미에게 이끌려 물풍선 낚시 노점에서 멀어졌다.

"야가미, 지금 건 무슨 소리야? '고맙다' 니."

"……뭘까?"

으~음? 하고 야가미는 잠시 생각하다가 깨달은 듯이 "아!" 하고 목소리를 높였다.

"알았어?"

"아니……. 아닌 것 같기도 한데. 오늘 다 같이 축제에 가자고 한 게 고맙다는 거 아닐까."

야가미는 조금 쑥스러운 듯이 시선을 피했다.

"있잖아, 어쩌 요즘 동아리 분위기가 찌릿찌릿……까진 아니지만, 조금 평소랑 다른 것 같았거든."

"……아…….."

말을 고르며 볼을 긁적이는 야가미의 말에는 짚이는 구석이 있었다. 시합에 졌을 때와는 또 다른, 무거운 분위기라고 해야 할까. 평소처럼 연습하고 있는 것처럼 보이면서도 모두 어딘가 모르게 평소와는 다른 분위기라고 느꼈었다. 기분 탓이 아니었구나.

"나도 프리 파티에서 삿타가 그랬던 걸 떠올리면 무지하게 열받아! 그치만 몸을 움직이면 제법 후련해지거든. 뭐, 완전히 사라지는 건 아니지만 말야. ……그래도 역시 내가 으아—!! 거리는 거랑 선배들이나 후지와라가 그러는 건 좀 다르잖아?"

"……응."

다음 시합은 츠바키마치. 삿타 씨는 후지와라의 선배이자 KGB 사건 때 시합의 대전 상대이기도 했다. 호난에게 있어서도, 선배들에게 있어서도 인연이 깊은 상대다.

하지만 야가미처럼 나도 츠바키마치와 개인적인 인연은 없었다. 삿타 씨는…… 응, 조금 불편하지만 그렇게 나쁜 사람은 아니라고 생각한다. 얘기를 제대로 듣지 않을 뿐이지…….

그러니 이 여름 축제도 그냥 따라오기만 하는 게 아니라, 야가미와 다른 사람들과 함께 처음부터 계획했으면 좋았을 텐데.

"……나도 퀴즈 문제 내 보고 싶었는데."

"어? 그거? 아~ 그게, 사쿠라이에게 말 안 한 건 있지……."

말을 머뭇거리는 야가미 대신 입을 연 것은 후지와라였다.

"……프리 파티 이후로 사쿠라이가 침울해 보여서 그랬겠지."

"어?"

"너 진짜."

야가미는 그걸 왜 말하냐며 머리를 부여잡았다.

"……나, 안 좋아 보였어?"

"그보다는, 음…… 조금 기운이 없었다고 해야 하나? 무리하는 느낌은 아니어서 스스로는 눈치채지 못한 걸지도 몰라."

전혀 몰랐다. 나도 모르게 걱정을 끼쳤구나…….

미안하다는 생각이 전해졌는지 야가미는 당황한 것처럼 말이 빨라졌다.

"그, 난 항상 격려만 받았잖아. 뭔가 해 줄 수 없을까 싶었는데 마침 축제를 한단 걸 알았거든. 그럼 아예 다 같이 신나게 놀자고 생각해서 카도와키 선배한테 상담했더니—— 오늘 동아리 활동 종료 후에 그렇게 된 거지."

멋쩍은 듯이 고개를 수그린 야가미를 보며 후지와라는 깊은 한숨을 내쉬었다.

"……번거롭게."

"어쩔 수 없잖아. 카도와키 선배의 작전은…… 아니, 나도 뭔가 아닌데? 싶긴 했다고! 그래도 축제 가자고 말했을 때, 하세쿠라 선배가 엄청 싫다는 표정 하는 거 봤지? 가장 찌릿찌릿하던 건 선배라 분위기로 구워삶지 않으면 그냥 돌아가 버릴 거라고 카도와키 선배가 그러길래……."

후우 하고 긴 한숨을 내쉬고 야가미는 "그래도!" 하고 밝은 목소리로 말했다.

"오늘은 와서 좋았지? 사쿠라이."

"응! 왠지 기운도 얻었어."

"맞아! 그거라구! 씬~나게 놀고 고민도 잊고 축제 파워도 얻으면 츠바키마치 같은 건 상대도 안 될 거라구!"

시합 이벤트 회장도 그렇다. 수많은 사람이 즐거운 마음으로 모이는 곳에 있으면 나도 즐거워진다. 풀이 죽어 있던 건 눈치채지 못했지만, 정말로 마음이 가벼워진 것 같아.

"그래……. 그렇군."

후지와라가 조용히 중얼거렸다.

"확실히, 나쁘지 않았어."

후지와라는 조용히 시선을 먼 곳으로 던졌다. 나도 이끌려 그 시선을 따라갔다.

주변은 신경도 안 쓰고 즐거운 듯이 떠드는 대학생 정도 되는 그룹이 있는가 하면, 기운차게 뛰어다니는 남자아이를 사이에 끼고 아빠와 엄마가 나란히 손을 잡은 가족 손님에, 처음으로 유카타를 입었는지 옷자락을 신경 쓰는 우리 또래 여자아이와 그 아이를 힐끔힐끔 신경 쓰는 남자아이도 있다. 고등학생 커플일까?

그 밖에도 수많은 사람이 각자 축제를 즐기고 있다. 축제라는, 평소와 조금 다른 이 장소의 파워는 우릴 감싸 안아주는 것 같기도 했고, 등을 밀어주는 것 같기도 했다.

"……나는."

후지와라의 목소리가 조금 가라앉았다.

"삿타 선배를 이기고 싶어. 그 사람의 달리기는 진짜야. 그래서 다음 시합에서 그 사람을 뛰어넘을 거다."

후지와라는 안경 너머로 눈을 날카롭게 뜨다가, 순간 어깨에서 힘을 뺐다.

"……조금, 너무 그것만 생각하고 있었는지도 몰라."

"후지와라……."

"좋은 기분 전환이 됐어."

"헤헤. 그치? 그렇게 됐으니, 아직 시간 있으니까! 봉오도리 쪽에도 가 보자!"

"응! 아까부터 큰북 소리가 들려서 궁금했거든."

"사쿠라이, 봉오도리 춰 본 적 있어? 후지와라는?"

"있어. 할머니랑 같이. 그래도 이쪽 봉오도리랑 똑같을까?"

"……난 안 출 거다."

"아~ 그렇구나. 그래도 흉내 내다 보면 어떻게든 될 거야."

"응!"

"난 안 출 거라니까."

"뭐야, 후지와라. 뭐 어때서 그러냐. 1년에 한 번이잖아. 네가 못 춘다고 누가 비웃는 것도 아닌데."

"그런 문제가 아니야."

후지와라의 찌푸린 얼굴에는 '따라오긴 했지만, 아까 말한 대로 절대 안 출 거다'라고 쓰여 있었다.

"보기만 해도 분명 재미있을 거야!"

같이 가자고 이끌자 후지와라는 무언가 말하고 싶은 게 있는 것처럼 입을 열었다.

"──."

"그래, 알았다!"

하지만 그 말은 소리가 되어 나오기도 전에 야가미에게 가로막혔다.

"그럼 사쿠라이. 둘이 가자! 후지와라 같은 놈은 그냥 두고!"

야가미가 내 등을 쭈욱 밀었다.

"야, 야가미?"

"……안 간다고 한 적 없어."

조금 불퉁해진 후지와라가 따라왔다. 내 등을 밀며 야가미가 소곤소곤 귓속말을 해왔다.

"작전 성공."

"아!"

그런 거였구나. 뒤돌아 야가미와 작게 하이터치를 했다.

"……그래도 조금 아까웠던 것도 같네."

"어?"

"으응! 아무것도 아냐."

붕붕 고개를 흔드는 야가미. 아까웠다니, 무슨 소리일까?

그렇게 생각했지만, 야가미가 후지와라에게 말을 걸러 가서 물을 수 없었다.

"······어라?"

문득 나는 노점에 늘어선 줄 안에서 익숙한 뒷모습을 본 것 같아 목을 쭉 뺐다.

"왜 그래? 사쿠라이."

"방금 쿠가 선배가 있었던 것 같아서······."

"그러고 보니 물풍선 낚시 앞에서부터 이미 안 계셨던가?"

"응. B급 노점 맛집 탐방에 나섰다고 하세쿠라 선배가 그랬는데."

"그게 뭐야? 노점을 돌고 있단 소리야?"

"그렇지 않을까?"

그러고 보니 쿠가 선배는 스트부에 복귀하기 전에 맛있는 크루아상을 주기도 했었지.

"사쿠라이, 저거 같은데."

"찾았어? ······진짜네!"

아까 본 노점의 옆옆 노점에 있었다. 잠시 걸음을 멈추고 보고 있자 선배는 노점을 들여다보더니 노점 주인과 한두 마디 말을 나누고 자연스럽게 떠나갔다.

"······저기 있잖아, 말해도 돼?"

야가미는 팔짱을 끼고서 으~음 하고 신음을 흘렸다.

"왜 그래?"

"있잖아, 얼핏 보면 쿠가 선배는 이런 여름 축제에서 붕 뜰 것 같았거든."

"아…… 하하하."

아니라곤 잘라 말할 수 없을 것 같다. 이런 곳에 스스로 오지 않을 것 같아 보이는 데다 선배의 조용한 분위기와는 정반대인 장소 같았다.

"근데 엄청 자연스럽다고 해야 하나? 녹아들었다고 해야 하나. 어울린다 어울리지 않는다를 따질 정도가 아니라 조금 감동했어!"

"정말 그러게. 거기다 또 놓쳤어."

다른 사람보다 키가 큰 쿠가 선배를 놓치다니, 어지간해선 불가능하다. 분명 맛있는 노점 음식을 찾으러 여행을 떠났을 거라는 얘기를 나누는 사이 봉오도리 회장에 도착했다.

음악은 스피커에서 흘러나오는 것 같지만, 망루 위에서는 진짜 큰 북 소리가 들려온다. 저릿저릿, 몸이 울린다. 망루를 둘러싸고 음악에 맞춰 봉오도리를 추는 사람 중에는 유카타 차림도 많았다. 모두가 즐기고 있다는 것이 느껴졌다.

우리도! 그렇게 향하려다가 묘한 소란스러움에 발을 멈췄다.

"저거…… 카도와키 선배인가?"

"어? 진짜? 하세쿠라 선배랑 물풍선 낚시하던 거 아니었어?"

"아니…… 저건 분명 카도와키 선배다. ……춤의 퀄리티가 다른 사람과는 비교가 안 되는군. 역시 대단해."

"푸핫! 카도와키 선배, 최고예요!!"

"아하하! 선배, 굉장해!"

쭉 펼친 손가락 끝이 척 척 하나하나 절도있게 움직인다. 과장해서 말하면 **파팟! 파팟!** 하는 느낌.

"아하하! 아유무, 아유…… 푸홋!"

"자아, 코히나타 공! 부끄러워하지 말고, 팔로우 미!!"

"나, 난 못 해······! 아하하!"

코히나타 선배······. 너무 크게 빵 터져서 춤도 못 추신다. 다른 사람들도 웃음이 터지고 말았다. 물론, 나도.

"오? 여기 있었구만. 춤추는 줄 알았다."

하세쿠라 선배가 한 손을 들고 느긋하게 다가왔다.

"선배, 물풍선 낚시는 어떻게 됐어요?"

물어보자, 선배는 어깨를 으쓱였다.

"둘 다 순식간에 찢어졌지. 무승부로 끝났어. 다음엔 봉오도리 대결이라고 말을 꺼내길래 멋대로 하라고 빵 차 버렸다."

저런 걸 누가 같이 하냐고. 하세쿠라 선배는 기가 막힌다는 듯이 말하고 야가미의 어깨를 살짝 찔렀다.

"······신경 쓰게 해서 미안했다."

하세쿠라 선배도 눈치챘구나. 야가미는 놀란 듯이 고개를 저었다.

"아뇨! 그냥 제가 놀고 싶어서 했다고 해야 하나 뭐라 해야 하나."

"그건 카도와키도 그렇잖아. 제일 신난 거 아니냐."

"듣고 보니 그렇네요."

망루 건너편으로 가 버렸는지 카도와키 선배와 코히나타 선배의 모습은 보이지 않았다. 하지만 웃음소리가 끊임없이 계속 들려오고 있었다.

"쿄스케는 쿄스케대로 즐기고 있는 것 같고."

"아까 노점을 도시는 걸 봤어요."

하세쿠라 선배는 "그랬겠지." 하며 턱을 쓰다듬었다.

"전부터 원정에 가면 꼭 현지 맛집을 체크하는 녀석이거든. 그거야…… '맛잘알' 이란 거? 지금도 틈만 나면 맛있는 가게를 찾고 있을걸. 나 원, 애늙은이라니까."

야가미와 함께 감탄하며 고개를 끄덕였다. 전에 받았던 크루아상은 확실히 맛있었다. 다음에 어느 가게가 맛있는지 물어봐야지!

"뭐, 시합 전에 이래야 하나 싶었는데, 어찌 됐든 따라와서 즐거웠다."

"하세쿠라 선배……."

"이거 참. 1학년한테 걱정이나 시키고, 어이가 없네. 그래도 딱 적당하게 어깨에서 힘이 빠진 것도 같다?"

하세쿠라 선배는 빙글 어깨를 돌렸다. 말투와는 반대로 진지한 시선으로 꿰뚫을 듯이 망루를 바라보았다.

"그 녀석을 쓰러뜨리지 못하면…… 난 앞으로 나아갈 수 없어."

마치 그곳에 츠바키마치의 멤버가…… 삿타 씨가 있는 것 같았다.

선배는 어딜 보고 있는 걸까. 훨씬, 훨씬 먼 곳을 바라보는 것 같아 무서워진다.

"하세쿠라 선배?"

부르는 소리에 퍼뜩 정신을 차렸는지 선배는 우리를 내려다보았다.

"이기자, 츠바키마치 전. ──반드시."

"""네!"""

우리 세 사람의 목소리는 큰북 소리에 지지 않을 만큼 똑똑히, 축제가 열리는 밤에 울려 퍼졌다.

03

시합 당일. 오늘도 스트라이드 하기 좋은 날이다.

"해냈어! 사이세이가 이겼다!"

무심코 외치는 것과 동시에 와아 하고 한층 더 커다란 환성이 올랐다. 신주쿠의 이벤트 회장에 특별히 설치된 대형 모니터에는 골에 들어온 사이세이의 스와 씨가 주먹을 치켜든 모습이 비치고 있었다. 반짝반짝 상쾌한 웃음이 커다랗게 비추자 팬들의 커다란 비명이 올랐다. 오늘은 조금 여자아이가 많은 것 같다.

EOS 결승 토너먼트의 준준결승. 우리 앞에 치러진 제1시합, 사이세이는 나가노의 와카사토 고등학교를 이기고 한발 앞서 준결승에

진출했다.

"제법인걸, 아스마 녀석. 합숙 때보다 더 빨라진 거 아냐?"

"……스와 씨도야."

"그래도 우리도 합숙 때보다 빨라졌어!"

함께 보고 있던 야가미와 후지와라는 어서 사이세이와 함께 달리고 싶어서 몸이 근질거리는 모양이다. 물론 나도!

이로써 다음 시합에서 우리가 츠바키마치를 이기면 준결승에서 사이세이와 맞붙게 된다. 약속대로 EOS에서 싸우는 거야!

"흐으음. 상대인 와카사토 고등학교도 제법 용맹스러웠지만…… 올해 사이세이의 기세는 이길 수 없었구려…….."

카도와키 선배는 할아버지처럼 수염을 쓰다듬는 시늉을 했다.

"아마, 와카사토는 3년간 베스트 8에 항상 들어가던 학교였죠?"

물어보자 카도와키 선배는 고개를 끄덕이고 팔짱을 끼었다.

"맞아. 부장인 코시 소이치를 포함해서 탄력 넘치는 다리 덕에 트릭에 강한 선수가 많지. 하지만 올해 사이세이는 역대 최고 팀이라 불리니까. 올해야말로! 그런 마음가짐도 특히 더 컸던 게 아닐까?"

"올해야말로라뇨?"

"사이세이는 강호 팀이지만, 의외로 지금까지 한 번도 우승한 적이 없거든."

"그래요?"

"재작년엔 준준결승에서 호난에게, 작년엔 결승에서 츠바키마치에게 져서 아깝게 우승을 놓쳤어."

무관의 제왕이란 느낌이라는 카도와키 선배. 그 말을 들으며 나는 모니터로 시선을 돌렸다. 마침 릴레이셔너 부스에서 내려온 시즈마 씨와 스와 씨가 하이터치를 하고 있었다.

"너희. 사이세이 전에 츠바키마치가 있는 거 잊지 마라."

"네, 넵!"

못을 박는 단 선생님에게 대답했다. 잊은 것은 아니었지만, 사이세이의 굉장한 시합을 봤더니 조금 마음이 앞서고 말았다.

"츠바키마치……. 어디서 갑자기 튀어나오는 건 아니겠지? 샷타 녀석."

야가미는 미간을 한껏 찌푸리고 주변을 둘러보았다.

"야생의 샷타가 출현했다! 이랬다간 기분이 썩 좋진 않을 테니."

쓴웃음을 짓는 코히나타 선배에게 카도와키 선배가 고개를 주억거렸다.

"그게 야생의 시즈노와 세트가 되어 나타나는 날엔…… 도망치다 선택지를 연타하고 싶겠구려."

"별로 정도가 아니죠! 기분 최악이라구요! 그치! 사쿠라이."

"아, 아하하……."

으음. 확실히 또 그런 분위기로 찾아오면 곤란할 것 같아.

"……프리 파티 때 후지와라 말대로다."

쿠가 선배의 낮고 침착한 목소리를 자연스럽게 모두가 주목했다.

"시합은 그 결과를 정하는 것일 뿐이야. 괜한 생각은 할 필요 없어. 맞지?"

"네. 그저 달릴 뿐입니다."

후지와라는 똑바로 쿠가 선배에게 시선을 되돌려 주었다. 굳센 눈

빛이다.

　스트라이드로 모든 것을 이해하는 건 어려운 일이다. 이치죠칸의 도조노 씨처럼 서로를 이해할 수 없는 사람도 있다. 하지만 삿타 씨는 스트라이드를 즐기며 스트라이드로 부딪치기 위해 달리는 사람이니, 아직 분명 서로 이해할 여지가 있을 것 같다. ……으음……. 스트라이드에만 한정한다면.

　"싸구려 도발에 넘어가서 컨디션을 망치면 바로 녀석들의 노림수에 걸리는 거지. 진심으로 확실하게 이기자!"

　"네!"

　츠바키마치── 삿타 씨는 하세쿠라 선배가 다쳤을 때의 대전 상대였다. 그것이 원인이 되어 KGB가 일어났다. 쿠가 선배도 그때는 1학년이었다. 코히나타 선배도 분명 심경이 복잡하겠지만, 오늘은 그 심경을 뿌리치고 똑바로 맞섰으면 좋겠다.

　"얏호, 나나! 오늘도 다들 의욕이 충만하네~."

찰칵하고 사진을 한 장 찍은 리코는 디지털카메라의 화면을 바라보고 만족스럽게 고개를 끄덕였다.

"오늘도 runruly의 트레이닝복, 잔뜩 선전해 줘."

"리코! 다이안 씨까지!"

호난의 스폰서인 D's 인터네셔널의 사장, 다이안 씨와 모델인 쇼나 씨는 둘 중 한 사람이 꼭 시합을 보러 와 줘서 항상 무척 든든하다.

"열심히 해, 나나!"

"응! 힘낼게!"

톡 하고 리코가 등을 두드려 주었다. 기합은 충분하다고 생각했지만, 그 격려에 더욱 기합이 들어갔다. 그래도 기합은 많으면 많을수록 좋겠지?

"그나저나 이렇게 커다란 거리를 시합 때문에 빌리다니, 굉장하네."

리코가 말하자 다이안 씨가 "그러게." 하고 대답했다.

"관객 수도 비교가 안 되다 보니 열기도 대단하더라, 아까 사이세이 대전도 봤지?"

정말로 굉장했다. 갤럭시 스탠더드의 팬들이 잔뜩 와서 그런 게 다가 아니었다. 어디에 이렇게 많은 사람이 있었을까 싶을 정도로 곳곳이 사람들로 가득했다. 오늘 회장은 도심이라서 이전 시합보다 이벤트 회장이 좁았다.

그러나 그럼에도 불구하고 노점이 나왔고 갤럭시 스탠더드의 라이브 회장도 있었다. 그래서 움직이기 어려울 만큼 수많은 사람으로 흘러넘쳤다.

"이렇게나 사람이 많으면 베스트 포지션을 잡기도 어렵겠어……."

그래도 갑자기 의욕이 솟는걸! 나나! 나 미리 좀 살펴보고 올게!"

"아, 응! 리코도 힘내!"

리코는 마치 싸우러 가는 것처럼 표정을 굳게 다잡고 가 버렸다.

"그러면 나도 슬슬 갈게. 미팅이 있어서 시작 전까지 못 올지도 모르지만 최고의 시합, 기대할게!"

또각또각 하이힐을 울리며 다이안 씨도 시원스레 자리를 떠났다. 그 박력에 썰물처럼 길이 열렸다.

멋있다. 리코와 다이안 씨처럼 자신에게 긍지를 가진 사람은 멋있어서 나도 저렇게 되고 싶다고 동경하게 된다.

"사쿠라이. 오늘 오더는 생각해 뒀나?"

단 선생님의 물음에 퍼뜩 정신을 차렸다. 다이안 씨의 뒷모습에 정신이 팔릴 때가 아니었지!

"네. 대강은요. 마지막은 이제부터 코스를 실제로 둘러보고 정할 거예요."

"그래. 부탁하마."

"네──."

대답을 하려 한 그때였다.

"프린세스……."

마치 구급차나 소방차 사이렌이 다가오는 것처럼 누군가 외치는 소리가 가까워졌다.

"드디어, 야생의 삿타가 나타났다!"

"도망칠 수 없다!"

히익 하고 카도와키 선배와 코히나타 선배가 껴안았다.

"짜아아아아
아아아아아안!"

회 오 리 바 람
처럼 피어오른
바람이 휘릭 앞
을 지나갔다가
곧 다시 돌아왔
다. 삿타 씨였
다.

"짠!"

"짠! 은 무슨
짠이야!"

삿타 씨는 기분이 좋은지 얼굴에 활짝 웃음이 폈다. 반대로 야가미
는 지금 당장에라도 물어 버릴 듯한 기세로 한 발짝 앞으로 나섰다.
그런 야가미가 전혀 보이지 않는다는 듯이 삿타 씨가 다가왔다.

"……삿타 선배."

후지와라의 한숨 섞인 부름에도 삿타 씨는 시선을 향하지 않았다.

"안녕, 프린세스. 오늘도 갈래머리가 감자 같아서 귀여운걸?"

"가, 감자……?"

"감자! 포테이토! 그래, 포테이토 귀여워! 포테귀욤!"

감자라니……. 삿타 씨는 날 뭐라고 생각하는 걸까? 포테이토? 감
자? 감자 같다니 무슨 뜻일까……? 앗, 홋카이도 출신이라 그럴지
도 몰라! 스와 씨도 날 홋카이도 아가씨라고 부르잖아.

"프린세스, 듣고 있어?!"

"앗, 네!"

무심코 생각에 잠겨 있자 샷타 씨가 큰 소리로 불렀다.

"저번에 말하는 걸 깜빡했거든. 오늘 시합, 우리가 이기면 있지! 그러면~ 프린세스는~ 내 것이 되는 걸로 결정. 알았지?"

"……읏, 무슨 뜻이에요?"

"뜻이고 뭐고, 시합에 이기면 널 내 것으로 삼겠다는 건데? 심플한 의미?"

손을 슥 내민 샷타 씨 앞으로 후지와라가 끼어들었다.

"……샷타 선배. 우린 그런 거에 안 넘어갑니다."

"뭐야~ 타케룽. 사랑하는 선배를 이길 수 없다고 해서…….."

옅은 미소는 그대로 어려 있는데 샷타 씨의 눈은 차가웠다.

"……벌써부터 꽁무니가 뒤로 빠졌냐?"

목소리를 낮게 깐 샷타 씨의 시선을 후지와라가 똑바로 받아쳤다.

"전 도망치거나 하지 않아요. 선배와 정면에서 싸울 기회니까. 줄곧 싸우고 싶었습니다. 도망칠 이유 따윈 전혀 없습니다."

"……."

"승부도 저희가 이길 겁니다. 그러니 사쿠라이를 어쩌겠다느니 하는 건, 여기에 아무런 상관없어요."

"……흐~음?"

샷타 씨가 무언가 말하려고 입을 열었을 때였다.

"야, 샷찡~! 부장이 바로 모이라고 호령 중이야~!"

그 목소리에 휘릭 샷타 씨의 표정이 바뀌었다. 표정이 사라진 듯한 조금 무서운 얼굴에서 평소처럼 밝게 웃는 얼굴로.

"마코찡 오케바리~! 그럼 프린세스. 시합 끝날 때까지 기다리고 있어★ 바이 바이~."

그렇게 손 키스를 날리고 사라졌다.

"흥!"

공중에서 보이지 않는 무언가를 냅다 후려친 것은 야가미였다.

"나쁜 건 이제 없어!"

"고, 고마워……?"

왠지 시합이 시작되기 전부터 조금 지친 것 같아…….

"……사쿠라이, 신경 쓰지 마. 우린 꼭 이길 거다."

"후지와라……. 괜찮아! 스트라이드는 스트라이드니까!"

"그래, 맞아."

후지와라는 어렴풋이 미소 지어 주었다.

모두가 있다. 그러니까 괜찮아. 방황하다 발이 걸려 넘어져 더는 못 할 것 같다는 생각이 들 때도 많았다. 하지만 포기하지 않고 해 왔기에 오늘 이곳에 서 있는 것이다.

꼭 이기자고 몇 번이고 스스로 되새겼다. 그것은 불안을 지우는 주문이었을지도 모른다. 마음만은 지지 않겠다며.

하지만 이제는 주문이 아니다. 그 말 뒤에는 쌓아온 노력의 시간이 있다.

그렇게 모두와 함께 만들어 온 호난의 스트라이드. 이보다 더 신뢰가 가는 건 없다.

우리의 스트라이드로 츠바키마치에게 꼭 이기자.

'어라……. 하세쿠라 선배?'

왠지 얼굴이 딱딱하게 굳은 것처럼 보이는데, 괜찮을까? 삿타 씨가 온 뒤로 한마디도 없었고…….

"너희, 슬슬 시간이다. 코스 살피러 가자."

"아, 네!"

단 선생님의 재촉에 모두가 이동을 시작했다.

"신주쿠라…….'

나는 크게 숨을 들이쉬었다. 여름의 공기는 미지근해서 조금 답답했다. 두근거림과 불안이 가슴 속에서 번갈아 가며 커졌다 작아지길 반복했다.

이글이글, 뜨겁게 불타는 듯한 태양. 빌딩 너머로는 구름 한 점 없는 새파란 여름의 하늘이 보였다.

이전에 본, 날 호난 스트부로 이끌어 준 동영상의 완벽한 릴레이션이 이루어진 장소에 온 거다. 호난 스트부의 모두와 함께 이기고 올라와 이곳에 왔다. 동경하던 땅에. 동경하던 팀과. 정말 굉장한 일이다.

신주쿠의 코스를 걸어가며 조금 신기한 기분이 들었다. 화면 너머로 수없이 되짚어 본 풍경과 겹친 현실. 이번엔 그때의 영상과는 코스가 다르다. 하지만 실제로 이 거리를 걸으며 익숙한 장소와 아직 모르는 장소를 잇는 것은 꿈과 현실을 메워나가는 것 같아 가슴이 벅차올랐다. 정말로 이곳에 있구나 하는 특별한 감상이 솟아올랐다.

지금부터 이 코스를 모두와 달린다고 생각하자 불안보다도 즐거움이 앞서서, 자연스럽게 올라가는 입가를 채 감추지 못했다.

04

"응……. 역시, 오더는 이렇게 가자."

"사쿠라이."

코스를 전부 살피고 호난의 부스에서 다시 오더를 생각하고 있는데 하세쿠라 선배가 말을 걸어 왔다. 다른 모두와 함께 시합 전의 워밍 업에 나섰던 것 같은데, 뭐라도 깜빡하셨나?

"……하세쿠라 선배?"

무슨 일일까? 무척 고민이 깊은 표정이야…….

"오더, 다 정했나?"

"네! 방금 막 정한 참인데요——."

"……."

"……선배?"

역시 모습이 이상하다. 혹시 누군가 무슨 일이라도 생겼다거나? 그렇다면 바로 가 봐야 해!

"선……."

"——이 시합, 앵커를 내게 맡겨 줘."

"네?"

선배는 이를 악물었다.

"삿타는 분명 앵커로 올 거다. 난 그 녀석과 싸우고 싶어."

"하세쿠라 선배……. 뭔가, 이유가 있나요?"

항상 똑바로 앞을 향해 강한 눈빛을 보내는 선배인데 아까부터 눈이 맞지 않는다. 선배는 시선을 아래로 내린 채 주먹을 꽉 쥐었다.

"……내 문제야. 내가 앞으로 나아가기 위해, 녀석만은 내가 물리쳐야 해. 녀석과 다시 싸울 수 있다면…… 이겨 보이마. 아니, 이길 필요가 있어."

"……선배."

하세쿠라 선배의 분함이 전해져온다. 강한 마음이. 이렇게 부탁하러 올 정도로 삿타 씨와의 대전은… 그 상처는 하세쿠라 선배 안에 커다랗게 남은 것이다.

"부탁이다……!"

"하지만——."

"……윽, 억지라는 건 알아. 그래도 부탁이야. 날 녀석과 붙여 줘!"

난 오더를 바라보았다.

'선배라면——.'

앵커를 맡겨도…….

「별 근거도 없이 이 녀석이라면 할 수 있다고 믿는 건——.」

별안간 마음에 떠오른 말에 흠칫 놀랐다.

4월에 들었던 그 말은 지금도 소중히 가슴속에 간직하고 있다. 선배가 알려 주었던, 릴레이셔너로서 기억해야 할 소중한 마음가짐이다.

"……안 돼요. 선배."

"……나는, 앵커로선 못 미덥단 거냐?"

"그런 게 아니에요……. 그도 그럴 게, 선배는."

못 미더울 리가 없다. 그렇지는 않지만…….

"꼴사납다안카나."

갑자기 끼어든, 그 자리의 분위기를
잘라내는 듯한 소리에 정신을 차렸
다. 소리가 들린 곳을 보니 사이세이
의 세노오 씨가 서 있었다.

"세노오……. 너, 왜 여기에."

"사람 앞으로 지나가 놓고 '왜'는
무슨 '왜'꼬. 니 얼굴 좀 보라. 누가
주굿나?"

"……윽."

"머 하나 했다, 릴레이셔너한테 떼
쓰러 온 기가."

"떼……?"

세노오 씨의 냉랭한 말에 하세쿠라
선배가 낮게 으르렁거렸다.

어쩌지. 그런 일은 없을 거라 생각
하지만, 만에 하나라도 싸움이 벌어
지면 내가 막아야 해.

"……너랑 무슨 상관이야."

"하모. 호난이 여서 끝나 버리믄 잘
못 짚었단 거겠제. 합숙꺼지 혔는디
손해 봤구마."

세노오 씨는 흥 하고 코웃음을 쳤다.

"사이세이는 먼저 준결승으로 갈 기라. 니들을 기다릴 생각은 읍다. 케도…… 레이지 씨를 실망시키는 한심한 시합을 벌였다가는 용서 못 한대이."

세노오 씨는 대답도 기다리지 않고 등을 돌리고 가 버렸다. 하세쿠라 선배는 있는 힘껏 주먹을 쥐었다.

"선배……."

깊게 숨을 들이쉬어 부풀어 오른 등에 말을 걸었다. 하세쿠라 선배는 움직이지 않았다. 그 등에서 선배의 화…… 아니, 분노가 절절히 전해졌다.

"……사쿠라이."

"네, 네!"

"아까 뭔가 말하다 말았지."

"아까요……?"

"세노오가 오기 전에. ──하려던 말, 들려줘."

하세쿠라 선배는 돌아보지 않았다. 목소리는 감정을 억누르듯이 가라앉았다.

그런 선배가 조금 무서웠다. 하지만 말해야 해. 나는, 호난의 릴레이셔너니까.

"……선배가 앵커를 맡지 못할 거라곤 생각 안 해요. 하지만 선배, 전에 말했죠? '별 근거도 없이 이 녀석이라면 할 수 있다고 믿는 건 신뢰가 아니야.' 라고요. 정말로 이기고 싶다면 코스의 특성에 맞는 선수의 배치를 더욱 우선해야 한다고요. 전 오더를 정할 때 항상 선배의 말을 떠올리면서 선수와 코스를 생각해 정하려 하고 있어요."

"......"

"오늘 오더도 실제로 코스를 보고 정했어요. 호난 모두의 특성에 맞는 배치라고 생각해요. 하지만 제 생각을 꺾고 선배의 마음을 우선해서 모두가 전력을 다했는데도 져 버린다면── 분명 후회할 거예요. 왜 그때, 제대로 막지 못했을까 하고요. 만약 그렇게 된다면⋯⋯ 선배와 모두 분명 후회할 거예요."

졌을 때 일은 생각하고 싶지 않다. 하지만 승리가 있다면 패배도 있다. 생각하지 않을 수는 없다. 분하지 않은 패배는 존재하지 않는다. 후회 없는 패배는 없지만, 그럼에도 최선을 다했다고 생각할 수 있도록 하고 싶다. 그것이 나의── 릴레이셔너의 역할이니까.

"......"

"선배⋯⋯ 죄송해요. 하지만, 이게 제 마음이에요."

"후우⋯⋯."

하세쿠라 선배는 길게 한숨을 내쉬고 허리에 손을 짚고서 고개를 저었다.

"야가미는 신경 쓰게 만들고, 사쿠라이한텐 설교당하고. ⋯⋯한심하구만."

"그렇지는⋯⋯."

하세쿠라 선배는 한 번 천장을 올려다보고 그제야 돌아보았다. 축제 날에 느꼈던 먼 곳을 바라보는 듯한 강한 시선이, 원래대로 돌아온 것 같았다.

"아니. 네 말대로야. 분하지만, 최종 코스에 나보다 적임자가 있다는 건 사실이지. ⋯⋯머리론 이해하고 있었거든."

어렴풋이 분한 마음을 드러내면서도 하세쿠라 선배는 입꼬리를 올렸다.

"자기 자신을 위해서——과거를 청산하기 위해서 달리는 게 아냐. 팀을 위해서 달린다. 그런 뜻이지?"

"네!"

선배는 짝 하고 자기 얼굴을 양손으로 때렸다.

"——좋았어! 다른 녀석들도 불러서 오더를 발표해 보실까."

하세쿠라 선배가 쭈욱 기지개를 켜며 나가려 하자 마침 모두가 돌아왔다.

"오? 왔군."

"아, 하세쿠라 선배, 이런 데 계셨네. 어디 갔나 했어요."

찾고 있었다는 야가미에게 "그냥 좀 잠깐." 이라고 말하는 하세쿠라 선배는 이미 평소 모습으로 돌아와 있었다.

"사쿠라이."

"네!"

"……."

"……쿠가 선배?"

쿠가 선배는 내 얼굴을 빤히 바라보더니 문득 작게 웃었다.

"아무것도 아니야——. 오더는 정했나?"

쿠가 선배에게 고개를 끄덕이고 나는 마음을 다잡으며 숨을 들이쉬었다.

"그러면, 오더를 발표할게요!"

STEP 23

VISUAL NOVEL SERIES
PRINCE OF STRIDE 07

THE HOTTEST SUMMER HAS COME

CHARACTERS

**사쿠라이 나나, 야가미 리쿠,
후지와라 타케루**

폭풍처럼 2연승을 하며 결승 토너먼트로 진출한 호난 스트라이드부. 그러나 나나는 자신을 '프린세스'라 부르며 과도하게 치켜세우는 스트라이드 협회의 존재와 아버지가 이끄는 카쿄인과의 경기에 불안을 느끼고 있었다. 각자의 마음이 교차하는 가운데, 드디어 츠바키마치와의 운명적 대결이 시작된다.

사쿠라이 나나

NANA SAKURAI

호난 스트라이드부의 릴레이셔너. 프리 파티 이후, 침울한 나나를 눈치챈 리쿠와 타케루는 그녀에게 다시 기운을 불어넣어 주었다. 2학년, 3학년을 위해서라도 '절대로 질 수 없다'는 마음과 함께, 운명의 츠바키마치 전으로 향한다.

야가미 리쿠

RIKU YAGAMI

호난 스트라이드부의 러너. 밝고 시끄러운 태도에 가려지기 쉽지만, 냉정하게 주위의 분위기를 살피고 행동에 나설 줄 안다. 이번에도 나나, 동아리의 무거운 공기를 눈치채고 아유무와 함께 멤버를 여름 축제로 이끌었다.

후지와라 타케루

TAKERU FUJIWARA

호난 스트라이드부의 러너. 남의 마음을 살피는 것에 둔해지기 십상이지만, 리쿠와 나나, 동아리 멤버와의 관계 속에서 계속 성장 중. 타케루에게 있어서도 츠바키마치는 운명의 상대이기에, 승리를 위해 다시 마음을 다잡았다.

STEP 24

VISUAL NOVEL SERIES
PRINCE OF STRIDE 07

GO
BEYOND

01

'꿈만 같아…….'

스트라이드를 시작한 계기가 된 동영상의 무대── 신주쿠에, 내가 지금 서 있다.

기적 같이 완벽한 릴레이션에 감동해 작은 화면으로 몇 번이고 몇 번이고 돌려 보며 동경하던 시절이 먼 옛날 같다.

골인 지점은 신주쿠역 서쪽 출구의 로터리. 그곳이 내려다보이는 보행자 데크에 릴레이셔너 부스가 있었다. 버스가 아래를 지나갈 정도로 높은 위치에 있는 릴레이셔너 부스에는 더운 공기를 밀어내는 편안한 바람이 불어와 몸에 밴 땀을 식혀 주었다.

"……좋아."

오늘 이곳에서 펼쳐지는 싸움은 우리 호난의 모두에게 특별한 싸움이 될 것이다. 기합을 제대로 넣어 놔야지.

"나나, 오랜만이야—! 오늘도 귀욤귀욤하네~! 잘 지냈어~?"

츠바키마치의 릴레이셔너, 시즈노 씨였다. 삿타 씨와 함께 날 놀리는 사람이다. 오늘은 릴레이션에 집중하고 싶은데, 괜찮을까…….

"아까 삿찡이 그쪽에 갔었지? 미안해~. 나나가 완전 마음에 들었거든~."

삿타 씨처럼 망설임 없이 다가온다. 나는 한 걸음 물러나 거리를 두었다.

"시즈노 씨. 오늘은 잘 부탁드리겠습니다!"

"이런~ 깔끔하게 무시! 과연 프린세스야!"

뭐가 과연이란 걸까. 게다가 프린세스라고 불리는 건 역시 싫다. 킹이라 불리는 아빠도 같이 떠오르니까.

'……으응! 오늘 아빠는 상관없어! 정신 똑바로 차려야지!'

안 되겠다, 나도 모르게 생각에 빠져……. 생각해 보니 프리 파티 이후로 쭉 이랬다. 그래서 야가미와 후지와라에게도 걱정을 끼쳤잖아.

풀 죽어 있을 때가 아니야. 지금은 눈앞의 시합에 집중해야지!

좋아 하고 마음을 다잡으며 인터컴에 손을 댔다.

"여러분, 준비는 어떠세요?"

《하세쿠라, 스타트 지점에 도착했어》

《야가미, 준비 오케이입니다!》

《코히나타, 올 오케이!》

《쿠가, 문제없다.》

《……후지와라, 준비 완료야.》

"알겠습니다!"

각자의 목소리를 인터컴으로 똑똑히 들었다. 방긋방긋 웃으며 이쪽을 보고 있는 시즈노 씨가 조금 신경 쓰이지만, 의식하면 안 돼.

"여러분, 이겨서, 다음 시합으로 나아가요!"

그래! 하는 모두의 대답이 들렸다. 변함없이 시즈노 씨의 시선은 내게 못 박힌 채였다.

"저어……?"

무언가 말하고 싶은 거라도 있는 걸까 싶어 고개를 갸웃거리자, 시즈노 씨는 한층 더 깊게 웃었다.

"좋네, 좋아! 힘 빠 준 얼굴도 쏘 큐트! 귀여워라!"

"네에…… 감사합니다……?"

나쁜 사람은…… 아닌 것 같은데. 왠지 당혹스럽게 하는 사람이야.

02

【야가미 리쿠(호난) vs. 미나토 슈고(츠바키마치)＼제1구간】

'사람, 많다…….'

스타트 지점인 서던 호텔 광장에서 이제나저제나 하고 개시를 기다리던 리쿠는 주변을 둘러보았다. 코스 양 끝에는 지금까지 본 것 중 가장 많은 사람이 밀려들었다. 서던 가든을 빠져나가면 그 너머는 태풍 중계로 친숙한 신주쿠역 남쪽 출구였다. 그렇지 않아도 신주쿠역은 전 세계에서 하루 이용객 수가 가장 많은 역인데, 그곳에 스트라이드의 관객까지 더해졌다. 역 개찰구 주변까지 사람들로 빼곡하게 들어차 있는 것을 이미 확인했다.

'이건 쪼──끔, 겁이 나는데?'

무섭다기보다도 긴장했다고 해야 하나?

리쿠의 볼에 움찔 경련이 일었다. 이런 긴장엔 강한 편이라고 생각했는데, 아무리 그래도 관객이 이렇게나 많으니 얘기가 달라진다.

네모난 적갈색 벽돌 타일에 빙글빙글 손톱 끝을 누르며 잠시 관객에게서 눈을 돌렸다.

"넌, 야가미 토모에의 동생이구나."

시끌시끌한 관객들의 목소리와는 다르다. 확실하게 자신을 향하는 목소리에 리쿠는 움찔 어깨를 떨었다.

오늘 대전 상대인 미나토 슈고였다.

"이 패턴, 또 나왔죠? 근데 나도 이제 제법 익숙해졌거든!"

"뭐?"

고개를 수그린 채라 목소리는 닿지 않았을 것이다. 리쿠는 아무것도 아니라는 듯이 고개를 털고 얼굴을 들었다.

"그런데요. 왜요?"

동요하지도 않고, 허세도 부리지 않고 자연스럽게 말했다고 생각한다. 미나토는 눈가가 앞머리로 푹 덮여 표정을 읽을 수 없었다. 다른 선수처럼 바보 취급하거나 놀릴 생각인가 싶어 살짝 경계했다.

"작년에 우리는 우승했어. 하지만 야가미 토모에가 없어서 전혀 이긴 것 같지가 않았지. 그 녀석은 그만큼 대단한 선수야. 빠른 녀석은 모두 야가미와 겨루고 싶어 했어."

"……."

리쿠와 토모에를 비교해서 어쩌겠다는 말투는 아니었다. 리쿠는 의아하게 생각하면서도 미나토의 말에 귀를 기울였다.

"정작 본인이 겁을 먹고 도중에 도망친 거야. 그랬는데, 올해 어슬렁어슬렁 돌아온 건 대체 왜일까?"

"……어떻게 알겠어요. 토모에랑 전 다른데."

그 말은 자신도 놀랄 만큼 자연스럽게 튀어나왔다. 대전 상대인 리쿠를 제쳐 놓고 토모에에 대해 얘기하는 건 역시 재미가 없다. 하지만 그보다도 발끈한 부분은 따로 있었다.

"그보다, 바보 취급한 거예요? 형을."

"아냐 아냐. 바보 취급이라니, 그럴 리가. 녀석은 너무 강해. 겁을 먹었다는 것도 라이벌이 사라지는 것에 겁을 먹고 스스로 도망친 거겠지, 아마도."

바보 취급한 것은 아닐지도 모르지만.

'어째, 마음에 걸리는데……'

"……그건 아니지 않을까요? 그보다, 그 얘기가 지금이랑 무슨 상관인데요."

살짝 노려보았으나 눈이 보이지 않아 좀처럼 속이 후련해지지 않았다. 미나토는 입가에 작게 미소를 그렸다.

"듣고 보니 그러네. 잘 부탁해. 야가미. ……올해도, 이기는 건 우리야."

그런 건 해 보지 않으면 모른다.

"우리도 질 생각은 없어서요."

리쿠는 굳게 정면으로 시선을 향했다. 더는 길가의 관객들이 전혀 무섭지 않았다.

♛

【코히나타 호즈미(호난) vs. 안도 쿠니오(츠바키마치)＼제2구간】

신주쿠역 동남쪽 출구 앞 계단 옆의 좁은 도로에서 대기하며 호즈미는 빙그르 주변을 둘러보았다. 신주쿠라는 장소가 장소인 만큼 관객이 제법 많다. 여기는 큰 길가만큼은 아니지만, 북적대는 사람들의 기척에 조금 집중이 흐트러진다.

　"……."

　"……."

　게다가 옆에 있는 안도 쿠니오. 좁은 도로라서 그런 것만이 아니라, 체격이 좋아 위압감이 대단하다. 180을 훌쩍 넘는 키에 떡 벌어진 어깨, 이래 놓고 1학년이란다. 이름이 주는 인상과 달리 이목구비가 깊게 파인 일본인답지 않은 얼굴을 하고 있다. 혼혈이나 어디 다른 나라에서 귀화한 선수일지도 모른다. 외국의 피를 잇는 선수와 붙는 것은 처음이지만, 제2구간은 좁고 구불구불한 도로가 이어지는, 호즈미의 특기인 기믹이 많은 코스다. 상대가 누구라 한들 절대 질 수 없다.

　"……코히나타 호즈미 선배."

　"?!"

　위에서 쏟아지는 목소리에 호즈미는 놀라 안도를 올려다보았다. 그림자가 졌지만 무뚝뚝한 얼굴에 한껏 호의적인 분위기를 감돌게 하……려는 것처럼 보인다. 아니 그나저나, 그보다도.

　"오늘은 잘 부탁해."

　"혹시, 너, 일본어 할 줄 알아?"

　무심코 물어보자 아주 조금 아쉽다는 듯이 안도의 눈썹이 아래로 쳐졌다.

"……나, 일본인."

"뭐어?! 진짜?!"

그리 보이진 않는다. 아무리 봐도 남미 쪽 피가 섞였다고밖엔…….

"응. 다들 그렇게 말해. 하지만, 일본인. 태어난 곳, 나가쿠테."

"어? 나가쿠테?! 1584년, 코마키 나가쿠테 전투로 유명한 거기?!"

안도는 깊게 고개를 끄덕였다.

"그랬구나. 어째 미안한걸. 몸도 크길래 난 또 그만…….''

거기다 '어째 띄엄띄엄 어색하게 말하길래.' 라는 말은 참았다.

"……이쪽이야말로. 나, 코히나타 선배 팬이야."

부드럽게 안도의 분위기가 누그러들었다.

"뭐? 팬? 무슨?! 왜?!"

안도처럼 커다란 선수가 몸집이 작은 자신을 동경하리라곤 생각도 못 했다. 커다란 몸에겐 커다란 몸만의, 작은 몸에겐 작은 몸만의 싸우는 방식이 있다. 그래서 우선 안도와는 달리는 스타일부터 전혀 다를 것이라 생각한 것이다.

"미하시도 나가미네 전도 봤어. 코히나타 선배의 트릭, 엄청 멋있어. 나도 그렇게 뛰고 싶어……. 그래서, 연습, 했어."

거짓 하나 없는 진실이었다. 더듬거리곤 있었지만 열심히 전하려 하는 마음이 진하게 느껴져서 그럴 때가 아닌데도 마음이 훈훈해졌다.

"……그랬구나. 고마워."

"그래서 오늘은 정정당당, 잘 부탁합니다."

안도는 어색하게 미소 지었다. 분명, 말 그대로 정정당당하게 싸울 것처럼 보이는 그 성실함에 호즈미도 자연스럽게 미소를 지었다.

"응. 물론이지. 나야말로, 잘 부탁해!"

츠바키마치에도 제대로 된 사람이 있어서 다행이라며 가슴을 쓸어내리고 안심한 호즈미는 응? 하고 고개를 갸웃거렸다.

'제대로가 뭐지……?'

그만 비교 대상이 츠바키마치가 된 탓에 기준이 흔들리고 있는 것 같았지만, 아무튼 안도가 좋은 사람이라는 점은 틀림없었다.

오늘 시합은 기분 좋게 뛸 수 있겠다며 호즈미는 깍지를 끼고 쭈욱 기지개를 켰다.

♛

【쿠가 쿄스케(호난) vs. 코노무라 아케미(츠바키마치)╲제3구간】

빌딩 숲 속에 있으면서도 역사가 느껴지는 석조 건물의 백화점 앞에서 대기하고 있던 쿄스케는 힐끔 옆을 바라보았다. 소란스러운 관객들속에서 띄엄띄엄 들려오는 작은 목소리와 아직 시작하지도 않았는데 묘하게 거친 콧김. 언제나 시합 전에는 대전 상대를 그리 신경 쓰지 않는 성격이었으나 어디 아픈 곳이라도 있는지 조금 걱정되었다.

"……"

"……친구가 될 수 있을까……. 머리도 길고, 어쩌면 이 사람도 데스메탈을 좋아할지도 몰라……."

"……?"

쿄스케는 대전 상대인 코노무라의 수상한 모습에 미간을 살짝 좁혔다.

"그래! 골인하면 우정의 증표로 둘이 함께 헤드뱅잉도 할 수 있을지 몰라……!"

역시 상태가 이상하다.

"……코노무라라고 했던가."

"네, 네…… 네에?!"

폴짝 뛰어오른 코노무라는 쿄스케를 바라보았다. 척추에 봉이라도 꽂은 게 아닌가 싶을 만큼 몸이 딱딱하게 굳었다.

"안색이 안 좋아 보이는데 괜찮나? 눈 밑의 다크서클도 심하군."

이렇게 더운 날씨이니, 몸이 안 좋아질 수도 있겠지.

"괘괘괘괘괘, 괜찮습니다."

"그래?"

"괜찮, 아요."

코노무라는 심호흡을 반복하며 등을 둥글게 수그렸다. 조금 눈을 치켜뜨며 힐끔힐끔 쿄스케를 살피고 있다.

"……저기, 데스메탈……은, 좋아하세요?"

데스메탈?

"……넌 좋아하나 보지?"

데스메탈에 대한 지식은 그리 많지 않지만 대응 정도는 할 수 있으리라. 되물은 쿄스케에게 코노무라는 창백한 얼굴을 희미하게 붉히며 미끄러지듯이 한 걸음 다가왔다.

"네……! 소인, 데스메탈을 숭배하고 있사옵니다."

소인. 순간 카도와키의 얼굴이 뇌리를 스쳤다.

"스, 스트라이드와 헤드뱅잉의 고양감은 비슷하다는 일설이 있죠."

누구에게 말하는 걸까.

쿄스케는 허억 허억 거친 숨을 내쉬는 코노무라의 다음 얘기를 조용히 기다렸다.

"……오늘 새 친구가 생길지 모른다는 기대와, 스트라이드와 헤드뱅잉 사이에 공통점을 찾아낼 수 있을 것 같아서, 어젯밤엔 한숨도 못 잤어요. ……시, 시합 전엔 항상 이렇지만요."

그래서 눈 아래 다크서클이 생겼군, 하고 납득했다. 이쪽의 대답도 기대하는 듯한 눈빛에 쿄스케는 상상했다.

"스트라이드와 헤드뱅잉……."

그 고양감이 닮았다라……. 애당초 쿄스케는 헤드뱅잉을 해 본 적이 없어서 그리 쉽게 결론을 내릴 수 있을 것 같지 않았다.

"……너는 네 스트라이드를 통해 답을 찾아내면 돼. 나도 내 스트라이드를 뛸 뿐이다."

코노무라는 하아…… 하고 감탄한 듯한 한숨을 흘리며 눈을 가늘게 떴다.

"소문처럼 남자다워……!"

"……."

역시 열사병에 걸려서 사고력과 판단력이 떨어진 게 아닐까. 쿄스케는 운영 스태프를 불러야 할지 한동안 고민했다.

【하세쿠라 히스(호난) vs. 아메노모리 렌지(츠바키마치) \ 제4구간】

히스는 후우 하고 길게 숨을 뱉었다. 신주쿠역 동쪽 출구 옆——스튜디오 얼터 앞은 사람들로 들끓고 있다. 그 떠들썩함에 가슴에서 슬그머니 고개를 내민 안 좋은 기억을 떨쳐내듯이 대전 상대인 아메노모리 렌지에게 말을 걸었다.

"여어, 아메노모리. 오늘은 잘 부탁한다."

"그래. 하지만 하세쿠라, 네가 4구간 주자일 줄이야."

도중에 말을 끊은 아메노모리에게 무슨 말이 하고 싶으냐고 눈으로 묻자 아메노모리는 입꼬리를 치켜올렸다.

"직접 삿타를 뭉개러 갈 줄 알았지. 녀석이 앵커로 달리는 건 알고 있었잖아?"

"아—. 뭐, 그렇지."

히스는 목뒤를 손바닥으로 눌렀다. 이미 더위 때문에 땀으로 축축해졌다.

"나 자신은 녀석과 결착을 짓고 싶어. 하지만 스트라이드는 팀 스포츠야. 내 마음은 우리 에이스에게 맡겼다."

자신의 힘으로 삿타를 물리쳐야 앞으로 나아갈 수 있다고 생각했다. 눈앞에 츠바키마치와의 싸움이 닥쳐온 이후로, 그것만을 생각했다. 그 찌릿찌릿한 감정을 놀려 두고 있던 것은 사실이다. 하지만 설마 리쿠에게 도움을 받을 줄은 생각도 못 했고 나나에 이르러선 억지를 쓰고 있다는 사실까지 깨닫게 해 주었다.

'나 원. 부장이 이래서야.'

세노오가 독설을 퍼부을 만하다.

무심코 쓴웃음이 새어 나왔다. 그에 아메노모리는 한쪽 눈썹을 치켜올렸다.

"……말씀은 거창하신데. 그냥 물러진 거 아니냐? 그거."

물러졌다고 해서 약해진 것이라곤 단정할 수 없다. 적어도, 딱 잘라 거절당한 사실 자체는 나쁘게 느껴지지 않았다. 우리 릴레이셔너는, 확실히 듬직하게 성장했다.

"그런 마음가짐으론 눈앞의 강적에게 질 거다, 하세쿠라."

"질 생각은 전혀 없어. 전력을 다할 거다. 너도 그렇잖아?"

눈앞의 강적을 이겨야 하기에 히스는 나나의 말에 납득한 것이다.

"전력을 다할 거다. 너도 그렇지? 아메노모리."

"……."

아메노모리는 순간 속을 살피듯이 히스를 바라보다가 살짝 웃었다.

"좋은데, 그래야 일본에서 태어난 사나이지!"

히스는 곁눈질로 아메노모리를 바라보며 다시 한번 가슴 가득 숨을 들이쉬었다.

♛

【후지와라 타케루(호난) vs. 삿타 카즈키(츠바키마치)＼제5구간】

"좋겠다, 타케룽은! 프린세스가 GO 해 주면 가는 거지? 그걸 어떻게 멈추겠어! 나라면 무슨 일이 일어나도 안 멈출걸! **바꾸자! 우리 마코찡이랑 프린세스, 트레이드해!**"

응? 응? 하며 끈덕지게 달라붙는 삿타에게 타케루는 조용한 시선을 보냈다. 한껏 기분 좋은 웃음을 띠던 삿타는 재미없다는 듯이 입을 비죽였다.

"……뭐야, 넘 무섭게 본다. 타케룽은 무섭다니까~. 랄랄라."

쿡쿡 볼을 찔러오는 손을 밀쳐냈지만, 그럼에도 불구하고 삿타는 타케루의 얼굴을 들여다보았다.

"그보다, 타케룽이랑 시합하는 거, 완~전 오랜만 아냐?"

"네. ……잘 부탁드리겠습니다. 오늘은 이길 겁니다."

의지를 담아 똑바로 시선을 되받아치자 삿타는 깜빡깜빡 눈을 깜빡이더니 불만스럽다는 듯이 얼굴을 찌푸렸다. 칫 하고 다 들리게 혀를 찼다.

"재미없거든, 타케룽."

그렇게 말하며 삿타는 어깨동무를 해 왔다.

"넌 무리하지 말고 내 등이나 보고 있어. 그게 어울리니까."

낮게 깐 목소리는 마치 독처럼 스멀스멀 마음 속으로 몰래 파고든다.

"짱 존경하는 선배의 귀여운 후배면 되잖아. 불만이야?"

"선배……."

타케루는 깊게 숨을 내쉬었다.

"……저는 줄곧 선배를 동경했습니다."

"그치? 맞지?"

밝고 명랑하게 맞장구를 친 삿타는 어깨동무를 한 채 좌우로 몸을 흔들었다.

"앞으로도 계속 그러면 되잖아!"

타케루는 삿타를 밀어내며 고개를 저었다.

"하지만, 전 이제 누구에게도 지지 않아요. 그렇게 결심했으니까."

삿타는 순식간에 표정을 지우더니, 흥이 깨졌다는 듯이 눈을 가늘게 뜨고 먼 곳을 바라보았다.

"……역시 너, 재미없다. 난 너한테 그런 거 바란 적 없거든. '조화'란 거 있잖냐. 난 그걸 망치는 녀석이 싫더라고."

천천히 명치를 붙잡았다. 삿타는 날카로운 안광으로 타케루를 꿰뚫었다.

"산산조각 내 주마."

"……바라는 바입니다."

이제야. 타케루는 그렇게 생각했다.

고베에 있을 때, 중학교에서 들어간 동아리는 놀이의 연장선상처럼 이도 저도 아니었다. 이래선 강해질 수 없다는 생각에 타케루가 U—15 팀에 들어가 만난 사람이 삿타였다. 지금의 타케루를 형성하는 경험은 모두 이 남자가 주었다고 말해도 좋았다.

클럽팀에서 삿타는 누구보다 빠르고 누구보다 노력가였으며, 그럼에도 누구보다 장난스러운 선배였다. 삿타를 동경했기에, 허물없이 대하는 것도 받아들일 수 있었다.

그를 통해 얻은 경험 모두를 옳다고 믿었다.

그러나 다른 형태 또한 존재한다는 것을 호난에 와서 배웠다.

팀의 일원으로서 빨라지는, 그런 강함도 있다는 것을 깨달았다.

삿타의 자세를 부정하는 것은 아니다. 그러나 호난에서 발견해 손에 넣은 지금의 자신이 더 숨쉬기 편한 듯한 기분이 든다.

동경했기에 순수하게 스트라이드로 싸워 삿타를 이기고 싶었다.

이제야 진심으로 싸울 수 있다.

'진심이 된 당신과, 진심으로 싸워 이기겠어.'

가볍게 밀쳐내듯이 멀어져 가는 삿타의 등을 보며 타케루는 굳게 주먹을 움켜쥐었다.

《신주쿠 전역이 스트라이드로 물들었습니다! 엔드 오브 서머 2017, 준준결승 제2시합!》

역 주변 일대에 안내 아나운스가 울려 퍼졌다. 와아 하고 오르는 환성에 피부가 저릿거리는 것만 같았다. 나는 두근거리는 가슴 위로 주먹을 움켜쥐며 곱씹듯이 아나운스 방송을 듣고 있었다.

《대전 카드는 큰 주목을 받고 있는 이 두 학교! 모르는 사람이 없는 작년도 우승 학교. 에이스 러너, 삿타 카즈키를 품은 불패 강호! 나고야 츠바키마치 고등학교!!》

특별 설치된 거대 모니터의 영상이 6개로 나뉘어져 각 선수를 비추었다. 회장이 더욱 커다란 환성에 휩싸였다. 내 옆에 있는 시즈노 씨도 다가오는 카메라에 커다랗게 손을 흔들고 있었다.

《이에 대항하는 것은 이번 대회 가장 큰 다크호스! '킹' 사쿠라이 죠 씨의 사랑하는 딸이 릴레이셔너를 맡은, 도쿄 호난 학원 고등학교!》

모두의 모습이 화면에 비추었다. 당연히 나도. 나오는 걸 알고 있었는데도 깜짝 놀랐다. 작게 손을 흔들었지만 얼굴은 분명 긴장으로 딱딱하게 굳었을 것이다.

그런 우리도 츠바키마치에 지지 않을 만큼 커다란 성원을 받았다.

'……수많은 사람이 응원해 주고 있어. 열심히 하자……!'

《이번 여름을 더욱 뜨겁게 달굴 가장 주목해야 할 경기! 승리를 손에 넣어 준결승으로 진출하는 것은 과연 누구인가?!》

긴장과 기대로 가슴이 가득하다. 고동이 빨라져 조금 괴롭다. 나는 크게 숨을 들이마셨다.

《바로 지금, 시작합니다!》

수런거림이 썰물처럼 잦아들어 갔다.

On your mark, Get set——

나는 잡아먹을 듯이 뚫어지라 모니터를 바라보았다.

——Go!!

03

【야가미 리쿠(호난) vs. 미나토 슈고(츠바키마치)＼제1구간】

《……흡!》

"해냈어!"

야가미의 스타트 대시가 성공했어!

제1구간은 우선 서던 가든을 쭉 가로질러 신주쿠역 동남쪽 출구로 향하는 코스다.

야가미는 스타트 대시로 미나토 씨와 차이를 벌렸고——.

"부장——, 해치워 버려요——."

시즈노 씨의 늘어지는 목소리에 맞춰 미나토 씨의 스피드가 빠르게 올라갔다.

"어?! 설마…… 야가미의 스타트 대시보다 빠른 거야?!"

야가미의 로켓 스타트는 완벽하게 성공했다. 그랬는데, 벌어진 거리를 순식간에 좁혀서…… 야가미를, 제쳤어!

"놀라는 얼굴도 쏘 큐트☆ 우리 부장은 있지, 올라운더란 말씀. 저 샷타를 밑에 두고 있거든. 겉멋으로 우리 부장을 맡고 있는 게 아니랄까?"

시즈노 씨는 내 얼굴을 쏙 들여다보았다. 그 가까운 거리에 깜짝 놀랐다.

"스타트 대시만 잘하는 삐약이는 여기서 영업 조기 종료 발표려나?"

흔들흔들 몸을 흔들며 안경 안쪽으로 무척 즐거운 눈을 하고 있었다.

"……읏, 그런 거 안 해요!"

그렇지, 야가미!

"헉…… 헉……!"

리쿠는 까득 이를 악물었다. 특기인 스타트 대시가 성공했음에도 불구하고 가뿐히 제쳐간 미나토의 등이 눈앞에 있었다.

스타트만이라면 누구에게도 지지 않는다고 생각했다. 지금까지 시합에서 뒤처진 건 언제나 속도가 줄기 시작했을 무렵이었고 상대는 그때를 찔러 왔다. 그러나 미나토는 달랐다. 리쿠의 스타트 대시 따위 있지도 않았던 것처럼 손쉽게 제쳤다.

"젠장!"

'후지와라가 입을 비죽거리는 게 눈에 선하네!'

이번엔 꼭 이겨야 해. 모두가 앞으로 나아가기 위해서. 선배들도, 후지와라도. 그런 싸움이야. 오늘은!

'그런데 내가 발을 붙잡을 순 없어!'

데크 위에 조성된 서던 가든의 직선로는 모든 코스 중 가장 길다. 이곳을 지나가면 정면 신주쿠역의 막다른 길에서 오른쪽으로 꺾어야 한다. 그 뒤로는 다시 직선로. 이대로 가면 거리는 점점 벌어질 뿐이리라. 이 서던 가든을 달리면서 이 이상 거리를 벌릴 순 없었다.

"──윽, 나는, 스타트 대시가 전부가 아니야!"

내 스트라이드는, 지금부터 시작이야……!

"……윽."

이를 악물고 커브를 빠져나오기 직전──.

《야가미, 재가속!!》

딱 재점화하려던 때다. 나나의 목소리가 리쿠의 등을 힘껏 밀어주었다.

"……큭, **우오오오오**!!

몸에 힘이 샘솟는다. 고개를 숙이고 자세를 낮춘다. 스타트 때처럼 다리에 힘을 모아 강하게 대지를 박찼다.

바람 소리가 변하는 것을 확실하게 들었다. 멀어지기만 하던 미나토의 등이 가깝게 다가온다.

'……*감탄했어. 거기서 그냥 포기할 줄 알았는데. 제법 재미있는 걸! 야가미…… 리쿠!*'

'젠장, 이래도…… 제칠 수 없나……!'

스타트 대시에 대한 자신과 오산. 미나토의 등이 가까워지곤 있지만, 결정적으로 제치기까진 스피드가 부족했다. 하지만, 반드시 만회하겠어.

'……아직, 포기할 순 없어!!'

반드시 제쳐 주겠어!

야가미, 대단해! 점점 속도를 올리고 있어!

커브도 거의 스피드를 줄이지 않고 돌았다. 그리고 재가속해 미나토 씨와 거리를 좁혀갔다.

"──웃, 코히나타 선배! 야가미, 따라잡았어요! 차이는 미미해요!"

《라져. 릿군 제법인데.》

이 정도라면 차이는 거의 없는 것이나 마찬가지다. 선배들이 반드시 만회해 줄 것이다. 게다가 야가미도 아직 제치는 것을 포기하지 않았다. 톱 스피드로 달려오고 있다.

"안토니오, 세트 해~. ……아, 왜~앤지, 그렇다──. **왜~~앤지, 좀 그래───.**"

'왜지……?'

시즈노 씨, 왜 저럴까. 불안한 것처럼 몸까지 흔들고. 궁지에 몰렸단 걸까? 그게 아니면…….

"고─!"

"웃, 코히나타 선배, 세트!"

지금…… 나, 시즈노 씨의 페이스에 말려들 뻔한 거야?

집중해야 해. 선수의 호흡을 느끼고 마음을 느끼는 거야.

나는 태블릿을 쥔 손에 힘을 주고 릴레이션에 집중하기 위해 화면을 빤히 바라보았다.

"쓰리, 투, 원──GO!"

야가미가 신주쿠역 동남쪽 출구 앞의 계단을 날아오르듯이 내려간다. 그 옆의 골목길에서 선배가 튀어나와 야가미의 등을 따라갔다.

《……코히나타, 선배!!》

《맡겨 줘!!》

톱 스피드로 달리는 야가미와 점점 가속하는 코히나타 선배가 나란히 달린다.

짝! 하고 메마른 소리가 울리며 깔끔하게 하이터치가 성공했다.

"이어졌어!"

코히나타 선배는 계단을 마주 보고 선 녹색 파친코 가게의 뒤쪽으로 난 골목길로 빨려 들어가듯이 들어갔다. 안도 씨와는 거리가 거의 벌어지지 않았다.

제2구간은 좁은 커브가 많은 길로 기믹으로 가득한 구간이다. 코히나타 선배의 특기 분야 코스. 이거라면!

"있잖아―, 응? 프린세스. 안토니오는~ 몸은 커~디랗지만, 의외로 탄력도 굉장하거든?"

카득. 이런 곳에선 거의 들을 일이 없는 소리와 달콤한 냄새가 풍겨 와 살펴보니 시즈노 씨가 입을 우물우물거리고 있었다.

"1학년에 레귤러

란 건 나름대로 이유가 있다는 말씀."

오독 하고 울린 소리에 눈을 휘둥그레 떴다.

"시합 중에, 사탕을 먹어요?!"

놀라서 목소리가 커졌다. 그럼에도 불구하고 시즈노 씨는 빙그레 웃으며 사탕을 내밀었다.

"먹을래?"

"아, 아뇨, 됐어요!"

'대체 뭐람, 이 사람…….'

이런 것 때문에 집중을 흐트러뜨리면 안 돼. 시즈노 씨보다 모두의 마음에 집중해야——.

♛

【코히나타 호즈미(호난) vs. 안도 쿠니오(츠바키마치)＼제2구간】

길 가득 펼쳐진 게 아닐까 싶을 정도로 안도의 등이 넓게 보였다.

제칠 기회가 좀처럼 보이질 않는다. 저렇게 큰 몸으로 트릭 하나하나를 물 흐르듯 깔끔하게 넘어간다. 길 폭은 좌우로 꺾을 때마다 점점 좁아져 가는데, 작은 커브조차 빈틈을 보이지 않고 베스트 포지션을 달린다.

'굉장한걸……. 안도.'

저렇게 커다란 몸으로 작은 몸이 유리하다는 평을 받는 기믹 중심의 코스를 달리다니.

스스로가 말했던 것처럼 정말로 연습을 잔뜩 했겠지.

'스트라이드는 정성을 들일 수 있어서 좋아. 달리는 시간, 무척 짧으니까. 코히나타 선배랑 달려서, 즐거워. 그러니까 정성껏 이길게.'

순박한 인격 속에서 지기 싫어하는 승부욕을 똑똑히 확인한 호즈미는 작게 웃었다.

'재미있는 녀석이야! 하지만…….'

《선배! 곧 높은 레일이에요!》

높은 도로를 빠져나가 조금 넓은 길로 나왔다. 큰길가로 통하는 길이다.

커브를 꺾자 곧 기믹이 모습을 드러냈다.

"여기서 승부하겠어. 미안하지만, 제쳐야겠다!"

높은 레일을 볼트로 넘었다.

안도도 수없이 연습을 거듭했겠지. 그러나 연습이라면 호즈미도 뒤지지 않는다.

악몽과도 같은 그 사건—— KGB가 있고서 다시 동아리가 부활하는 날을 꿈꿨다. 히스와 단둘이 되었을 때도, 거기에 아유무가 들어온 후에도 다시 스트라이드의 무대를 달릴 수 있으리라 믿으며 연습해 왔다.

이대로라면 다시는 스트라이드를 할 수 없을지도 모른다——. 제아무리 그런 생각이 들더라도, 계속. 기적처럼 나나를 포함한 1학년이 들어오고서도, 아유무가 부상을 입고 말았을 때도, 쿄스케가 돌아왔을 때도, 계속, 계속.

그 노력을 스스로 배신할 수 있을까? 멈출 수 있을까?

그런 게, 가능할 리가 없다!

"우오오오!"

다시 닥쳐온 레일 위에서 안도를 제쳤다. 지면을 굴러 착지의 충격을 죽이고 곧바로 일어섰다. 안도가 착지하는 소리를 등 뒤로 들었다. 하지만, 여기서 끝이다.

여기부터 더는, 앞으로 보낼 수 없다!

04

【쿠가 쿄스케(호난) vs. 코노무라 아케미(츠바키마치)\제3구간】

와아 하고 한층 더 커다란 환성이 올랐다. 분명 무슨 일이 생긴 것이리라. 쿄스케는 환성을 좇듯이 얼굴을 들어 눈을 가늘게 떴다.

《코히나타 선배가 마지막 기믹에서 상대를 제쳤어요!》

"그래. 여기도 들려."

좋은 바람이 불고 있는 모양이다.

쿄스케는 정면으로 시선을 향했다.

《곧 옵니다. 쿠가 선배…… 세트!》

"……."

쿄스케는 집중하며 숨을 토해냈다.

"어, 어떡해! 멋있어 죽겠어!"

코노무라의 흥분한 목소리는 더 이상 귀에 닿지 않았다.

"……."

《쓰리, 투, 원——GO!》

'코히나타 선배랑 쿠가 선배가 이어졌어!'

하지만 지금 릴레이션…… 성공적이라곤 말하기 어렵다. 무사히 이어졌지만, 생각하던 타이밍과 조금 어긋난 듯한…….

콰직 하고 사탕을 부수는 소리에 어깨를 떨었다.

"아~. ……아~. 뭔가, 이거 좀 안 좋은 거 아냐?"

둥실둥실, 공중을 떠도는 듯한 말이었다. 긴박감이 전혀 없었다. 시즈노 씨는, 익살을 떨듯이 코끝을 긁적이고 있었다.

"이러면 삿찡한테 혼나 잖아~ 짜나짜나~."

노래하듯이 말하는 시즈노 씨의 몸이 흔들리고

있다. 손끝으로 통통 바닥을 두드리는 소리가 불규칙적이다. 그 모습이 힐끗힐끗 싫어도 시야에 들어온다. 모습뿐만이 아니다. 버릇, 말, 소리. 집중하려는 의식 속으로 슬그머니 들어와 잔뜩 휘젓는 듯한……. 말의 리듬도 독특해서 익숙해졌다는 생각에 집중하려 하면 리듬이 바뀌어 집중이 깨진다.

이치죠칸의 도조노 씨도 말로 교란 시도를 했지만, 시즈노 씨는 그것과는 조금 달랐다. 자연스럽고, 눈치채지 못하도록 조금씩 이쪽의 집중력을 깎으려 든다.

　'집중, 해야 해! 파이팅하자, 파이팅!'

♛

　"헉, 헉, 헉……."

　쿄스케가 달리는 제3구간은 백화점을 돌아들어 가듯이 만들어졌다. 뒷골목은 좁고 어두컴컴하다. 필연적으로 관객의 수도 점점 줄어갔다.

　"하아, 하아, 하아……."

　뒤에서 거리를 유지한 채 코노무라가 따라오는 것을 알 수 있었다.

　'역시, 굉장해요…… 당신은. 동경하게 돼요…….'

　뒷골목을 빠져나가자 지면이 아스팔트에서 벽돌 타일로 바뀌었다.

　'소인의 이 흥분이, 당신에게도 전해지고 있나요? 역시 당신과 친구가 되고 싶어요. ……그렇게 생각하는데, 따라잡을 수가 없어요. 따라잡고 싶은데 따라잡을 수가 없어요. 답답한 마음을 가득 담아 전해드립니다.'

　뒤에서 압박감과 비슷한 무언가를 느꼈다. 아마도 코노무라의 기백이리라. 앞서가고 있다고 해도 방심은 금물이다.

　여기부터는 건물을 빠져나가는 길이다. 아마도 나란히 지나가기는 어려운 좁은 길. 거기를 벌린다면 이곳밖에 없다.

'사쿠라이…… 너라면 어떻게 할 거지?'

《선배! 있는 힘껏 거리를 벌려 주세요!》

마치 물음이 전해진 듯한 타이밍에 쿄스케는 훗 하고 웃었다.

"그래."

♛

서점 건물 안으로 선배가 뛰어들었다. 빌딩의 중심을 꿰뚫고 지나가는 통로는 좁디좁았지만, 선배는 개의치 않고 속도를 올려 갔다. 코노무라 씨는 따라잡지 못해 점점 거리가 벌어졌다.

"쿠가 선배가 통로를 나왔어요! 리드! 충분합니다!"

《좋았어. 이쪽은 언제든지 오케이다.》

쿠가 선배는 신주쿠 동쪽 출구를 향해 갔다.

'이제 곧이야……! 이제 곧, 그 영상과 같은 장소에서!'

내 릴레이션으로 쿠가 선배와 하세쿠라 선배를 이어 주는 거야!

동경이 현실이 되어가는 고양감에 나는 몸을 내밀었다.

"프린세스, 즐거워 보이네~? 나도 끼워 주라~."

"……웃."

흐트러지지 마. 현혹되지 마.

그 영상처럼 완벽한 릴레이션을.

"선배, 세트!"

《오냐!》

"코노무라 선배ㅡ, 수고링ㅡ. 쪼ㅡ끔 벌어졌지만, 완전 전혀 문제

없지 말입니다. 그쵸, 아메노모리 선배."

　시즈노 씨의 목소리가 귀에 거슬렸다. 나는 힘껏 고개를 한 번 털었다.

　"……쓰리, 투, 원——GO!"

05

【하세쿠라 히스(호난) vs. 아메노모리 렌지(츠바키마치)\제4구간】

　'……윳!'

　내 의욕이 헛돈 모양이다. 타이밍은 나쁘지 않았다. 하지만, 원하던 완벽함과는 달랐다. 몸에…… 아니, 마음에 필요 이상으로 힘이 들어갔다.

　그럼에도 하세쿠라 선배는 이미 달리고 있었다. 점점 스피드를 높여 갔다.

　나는 기도하는 마음으로 태블릿을 바라보았다.

　"아……."

　이 스피드…… 그 영상과, 똑같다.

　긴 머리의 선수가, 머리를 흩날리며 달린다……. 그리고 그 모습을 포착한 다음 주자가 손을 뻗어——.

　와아 하고 커다란 환성이 일었다. 진짜 톱 스피드로 두 사람이 달리고 있었다. 서로에 대한 신뢰가 없다면 저런 스피드로는 달릴 수 없다.

　'이어진다……!'

　한층 더 높은 하이터치 소리에 숨이 멎을 것만 같았다. 저 광경을 동경해 여기까지 왔다.

"──웃, 하세쿠라 선배! 쿠가 선배!"

가슴이 뜨겁다. 글썽 하고 눈시울이 뜨거워져 몇 번이고 눈을 깜빡였다. 아직 시합은 끝나지 않았다.

하지만.

"……역시, 굉장해요. 호난의 스트라이드는, 굉장해요!"

시야 끝에서 손가락을 까딱거리며 시즈노 씨가 코를 긁고 있었다.

"있지 있지, 프린세스. 감동 MAX 중 미안한데 있지? 아메노모리는 말이야~. 완벽하게, 결정적으로 빠르거든."

그렇게 말한 시즈노 씨는 리듬을 타듯이 흔들흔들 몸을 흔들었다. 통 통 하고 발을 바닥에 구른다.

"어디까지 할 수 있으려나? 쿠당탕 부장님은."

히스는 환성을 등에 업고 속도를 높여 갔다. 최고의 릴레이션이었다.

낯익은 거리다. 분한 기억이 깊게 새겨진 거리다. 다시 한번 여기서 달리게 되리라곤 생각도 못 했다. 부원이 늘고 쿄스케가 돌아와 이 신주쿠에서 운명의 상대인 츠바키마치와 싸우게 될 것이라고 3월의 자신에게 말해 주어도 절대 믿지 않을 것이다.

그만큼 기적적인 일이었다.

큰길가로 이어지는 길의 가로수 사이를 달려 빠져나간다. 살짝 아래로 진 경사 덕에 속도는 점점 빨라질 뿐이었다.

"헉, 헉, 헉──."

그때 일은 이미 떨쳐 냈다. 아무래도 좋다며 흘려 넘기기에는 아직 생생한 기억으로 새겨져 있었다.

그럼에도 과거를 위해 달리지 않겠다. 지금을 위해 달리겠다.

'지금, 나는, 너희와 이기고 싶어!'

히스는 승리만을 생각하며 앞으로 앞으로 발을 옮겼다. 리쿠, 호즈미, 쿄스케와 이어 온 마음을, 앵커인 타케루에게 맡기기 위해서.

"우오오오오오!"

'하세쿠라, 뜨거운 남자임에는 틀림이 없군……!'

아메노모리는 아직 후방에 있다. 이대로 차이를 벌릴 수 있다면 좋은 형태로 타케루에게 이어 줄 수 있으리라.

'하지만, 그리 쉽게 이 구간을 넘겨줄 순 없어……!'

《──웃, 하세쿠라 선배! 아메노모리 씨, 가속합니다!》

"칫."

점점 발소리가 다가온다. 그리 둘 줄 아냐며 히스도 지지 않으려고 가속했다.

'나와 미나토, 코노무라는 올해로 끝이지만…… 앞으로 츠바키마치가 절대 왕자로서 군림하기 위해서라도 말이지……! 미안하지만 V2는 우리가 차지해야겠다!!'

'젠장, 아직도 속도가 올라가냐!'

아메노모리가 슬금슬금 가까워지는 것을 알 수 있었다. 하지만 이 이상 거리를 벌릴 수 있을 것 같지는 않았다.

큰길가로 접어들어 왼쪽 커브에서 무의식적으로 속도를 줄였다.

거기서, 뚫렸다.

"어택이다, 짜샤아아아아앗!"

아메노모리의 공격이 상상 이상으로 빠르다. 블록해야 할지 말아야 할지, 히스는 순간 망설였다.

《제치게 그냥 두세요!》

마치 망설임을 꿰뚫어 본 듯했다.

"……윽, 젠장!"

여기서 무리해 달리기가 흐트러지면 단숨에 무너질 수도 있다. 분하지만, 여기선 나나 말대로 물러설 때다.

지나가는 아메노모리를 노려보며 이 이상은 차이를 벌리지 않겠다는 생각에 히스는 열심히 뒤를 쫓았다.

【후지와라 타케루(호난) vs. 삿타 사츠키(츠바키마치)\제5구간】

다가오는 응원 소리에 타케루는 묵묵히 몸을 움직이며 언제든 출발할 수 있도록 준비하고 있었다.

햇볕이 뜨겁게 피부를 태운다. 눈부심도 심하다. 옆에 있는 대형 가전 판매점에서 끊임없이 음악이 흘러나와 커다란 교차로에 울려 퍼졌다. 갤럭시 스탠더드의 곡이다. 가게가 신경을 써준 것인지 운영 측에서 벌인 일인지는 모르겠지만 좋은 선곡이다. 조용히 기분이 고양되어 갔다.

"오. 관중들이 시끌시끌한데. 슬슬 오는 거 아냐?"

쭉쭉 팔을 늘리며 삿타가 흥분에 목소리를 높였다.

"기대되지, 타케룽! 한 번 더 말해 볼래?"

마지막에 낮고 장난 섞인 목소리로 말하는 목소리가 묘하게 상냥하게 들려 거꾸로 오싹했다. 얼굴은 목소리에 반해 신나게 웃고 있다. 다만, 눈 깊숙이로는 전혀 웃고 있지 않았다.

"선배! 이길 겁니다! ……라고, 응?"

"……."

"무시하냐."

삿타는 웃는 얼굴 그대로 양손을 자기 머리 뒤로 깍지 꼈다.

"……뭐, 아무럼 어때. 달리면 알게 될 거다. 나와 너의 차이를. 두 번 다시 재미없는 소리 못하게 새겨 주마."

그렇게 말하는 삿타에게 타케루는 힐끔 시선을 향했다.

'차이라…….'

삿타는 빠르다. 그 모습에 동경하기도 했다. 지금도 스트라이드에 관해선 존경하고 있다. 그것은 사실이다. 하지만 타케루는 이전의 타케루가 아니다. 혼자만 빨라지면 된다고 생각하던 시절의 자신과는 다르다.

몸도 마음도 성장했다고 생각한다. 그것을 증명하기 위해 삿타를 이기지 않으면 안 된다.

《후지와라! 하세쿠라 선배, 조금 늦게 따라가고 있어! 갈 수 있어?》

"……그래."

바라는 바다.

타케루는 후우 하고 숨을 내쉬었다.

환성이 가까워지고 있었다.

♛

"후후후. 있지 있지, 프린세스~."

시즈노 씨가 애교 섞인 목소리를 내며 얼굴을 들여다보았다. 조금 과장되게 코끝을 긁는 건 버릇일까? 가슴이 술렁거려 진정되질 않는다. 힐끗힐끗 시야 끝에 들어오는 목소리와 동작에 집중력이 흐트러진다.

"삿찡의 달리기, 제대로 봐야 된다? 아, 내 릴레이션도."

찡긋하고 시즈노 씨는 윙크했다. 지금은 릴레이션에 집중하고 싶은데…….

"분명 반할 거야. 삿찡은 전 세계적으로 멋지거든. 후지와라 같은 건 바로 뒤처질 거라니까~."

"……"

오독거리며 핥고 있던 사탕을 부수는 소리에 나는 입을 꾹 닫았다.

"그 커다란 눈, 활~짝 뜨고서, 우리를──."

"……웃, 시합에, 집중해 주세요!"

무심코 호통을 치듯이 말하고 말았다. 시즈노 씨는 눈을 껌뻑거리더니 양손을 펼치며 뒤로 물러났다.

"어이쿠, 네─에! 삿찡, 슬슬 출발이야─."

시즈노 씨가 인터컴 너머로 경쾌하게 말을 걸었다. 나는 몇 번 심호흡해 마음을 가라앉혔다. 다음이 마지막 릴레이션이다. 흐트러진 마음으로 임하고 싶지 않다.

나는 태블릿을 들여다보았다. 하세쿠라 선배는 뒤처졌지만 아메노모리 씨에게 딱 달라붙어 있었다. 거리는 벌어지지 않았다.

이 정도면…… 후지와라가 분명 이겨 줄 거야!

"GO!"

시즈노 씨가 지시를 내렸다. 이쪽을 힐끔 보고 웃었다. 하지만 더는 신경 쓰지 않을 것이다.

"후지와라. ……세트."

《……그래!》

이로써 모든 것이 판가름 날 테니까.

♛

《──GO!》

나나의 신호를 받아 달려 나갔다. 히스가 달려온 길과 교차로에서 수직으로 만나는 큰길이다.

블라인드를 대신하는 빌딩의 그림자에서 히스가 튀어나왔다. 좋은 타이밍이다. 타케루는 히스를 쫓아 교차로에서 왼쪽으로 꺾었다.

"……큭! 하세쿠라, 선배!"

오오가드 철교 앞에서 살짝 진 경사의 힘을 빌려 가속해 갔다.

"후지와라아아아아아!

"……큭!"

척 내민 손에 달려들듯이 손을 뻗었다.

'가라, 후지와라. 나의. ⋯⋯우리의 마음을 짊어질 수 있는 건, 에이스뿐이야. 호난의 전부를, 네게 맡기마!'

'⋯⋯받았습니다!'

히스의 마음, 모두의 마음을 태운 하이터치에 찡하니 오른손이 저려 왔다.

"가라아! 후지와라아아아!"

히스의 목소리에 등이 떠밀려 철교 밑으로 들어갔다. 이미 한참 앞에 보이는 샷타의 모습은 철교 아래 그림자를 빠져나가려 하고 있었다.

이 제5구간은 여기서 다음 교차로를 지나 신주쿠역 서쪽 출구로 향하는 단순한 코스다. 언덕길이라 러너의 힘이 직접적으로 드러난다.

《후지와라⋯⋯!》

기도하는 듯한 나나의 목소리가 들려왔다.

'괜찮아. 난 지지 않아.'

타케루는 슬금슬금 샷타와의 거리를 좁혀갔다.

'더 거리를 벌려 놓을 수 있을 줄 알았는데, 아무렇지도 않게 따라오잖아. ⋯⋯하! 이 느낌. 진심으로 말한 거구나. ⋯⋯그렇다면 받아주마, 타케루!'

앞을 달리는 샷타의 분위기가 바뀐 것 같다고, 타케루는 느꼈다.

'⋯⋯내 전부를 써서 널 죽여 주마. 넌 내 귀여운 후배야. 그것 이외의 가능성은, 필요 없어!'

"⋯⋯옷!"

샷타의 스피드가 한층 더 빠르게 치솟았다. 타케루는 이를 악물고

뒤를 쫓았다.

'⋯⋯역시 빠르군요.'

그래서 타케루는 삿타가 좋았다. 누구보다 빨라지는 것을 목표로
삼고 있었으니까.

얕은 호흡에 완벽한 움직임. 평소 태도야 어찌 됐든 삿타의 달리기
는 타케루에게 있어서 모범이었고 목표였다. 줄곧 뒤를 쫓았다.

'계속 뒤쫓아 왔기에 당신이 얼마나 대단한지 알고 있어. 하지
만⋯⋯!'

더는 동경할 수 없다. 같은 무대에 서서, 같은 스트라이드의 러너로서, 삿타를 쓰러뜨려 보이겠다.

"헉, 헉……. 나는……!"

삿타의 등이 조금씩 다가온다. 몸이 한계를 넘어서려 하는 것을 스스로도 알 수 있었다. 하지만 그 정도가 아니라면 삿타에겐 이길 수 없다. 타케루가 목표로 삼은 남자는 그런 남자였다.

그렇기에 더더욱.

'삿타 카즈키……. 당신을…… 뛰어넘겠어!!'

'헛수고야. 네겐 불가능해.'

'지금 내겐 그래야 할 필요가 있어!'

그 시절, 오직 혼자만의, 자신만의 빠름을 추구했던 '타케룽'과는, 오늘로 이별이다. 녀석은, 삿타가 있는 곳에 두고 가겠다.

'마음을 이어, 당신을 넘어선 그 너머에……. 내 스트라이드는, 그 너머에만 있어!'

나는 내 스트라이드를 원한다. 그를 위해 당신을 뛰어넘겠다.

삿타의 등을 타케루가 포착했다. 그러나──.

"하! 타케루! 이걸로, 끝이다……!"

'더 빨라질 수 있다니!'

더더욱 빨라진 삿타를 타케루는 이를 악물고 쫓아갔다.

"반드시…… 이기겠어!"

라스트 스퍼트를 걸었다. 차는 거의 없다. 그 등을 이미 포착했다.

조금 더. 조금만 더──.

'더 빠르게……! 제치는 거야……! 내가!!'

《후지와라!》

나나의 목소리에 격려받은듯이 허벅지에, 장딴지에 힘을 주었다.

그 목소리는 언제나 힘을 주었다. 혼자가 아니라고 알려 주었다.

무릎을 높이 들어 강하게 지면을 박차 앞으로 앞으로.

더는 한계라며 몸이 비명을 지르고 있다. 그럼에도 삿타를 넘지 못한다면 정말로 지금이 한계가 되고 만다.

타케루가 삿타와 나란히 섰다. 흘낏 보니 삿타가 노려보는 것이 보였다.

'어딜 잘난 척 기어올라! 넌 타케룡으로 있는 게 어울린다고!'

'더는 동경만 하고서 끝나는 내가 아니야!'

골은 이미 목전이다. 앞으로 30미터도 남지 않았다.

의지가 강한 쪽이 이긴다. 마음이 강한 쪽이 이긴다. 타케루는 확신했다.

'동료들의 인연, 마음을 잇고서 나는 달리겠어……!'

츠바키마치가 동료를 생각하는 마음이 가볍다곤 생각하지 않는다. 하지만 분함을 삼키던 하세쿠라 선배와 다른 선배들, 리쿠, 나나가 오늘에 건 마음은 훨씬 더 강하다.

'그것을 짊어진 내가 질 수는 없어! **나는 호난의 에이스…… 후지와라 타케루다!**'

골까지, 이제──.

"──아아아아아아아!"

"우오오오오오오오!

신주쿠가 커다란 환성에 뒤덮였다.

"……웃, 하아."

나는 참고 있던 숨을 토해냈다.

"이겼어…… 어?"

"삿찡……. 말도 안 돼."

망연자실한 시즈노 씨를 보자 슬금슬금 실감이 솟아났다. 엄청난 접전이라 누가 이겼는지 금세 알 수 없었기 때문이다. 하지만 시즈노 씨가 망연자실한다는 것은, 이기면 가장 기뻐할 법한 삿타 씨가 골 앞에서 허리에 손을 짚고 거친 숨을 내쉬며 고개를 숙이고 있다는 것은.

"이겼어……! 이겼어! 후지와라!! **이겼어!**"

후지와라는 골 아래에서 무릎에 손을 짚고 있다. 나는 다시 한번 후지와라를 부르려고 숨을 들이켰다.

"후지——."

"……큭, **아자아아아아아아!**"

후지와라의, 여태껏 들어 본 적 없는 우렁찬 외침에 가슴이 뭉클했다. 여러 감정에 먹먹하다. 지금까지의 마음을 담은 후지와라의 목소리.

삿타 씨를 넘어 새로이 태어난 후지와라의 첫 울음소리였다.

"……웃."

나는 다급히 릴레이셔너 부스에서 내려갔다.

"후지와라!"

땀범벅이 되어 어깨로 숨을 내쉬는 후지와라에게 손을 들자 뜨거운 손이 손뼉을 쳐 주었다. 그대로 그 손이 강하게 내 손을 붙잡았다. 아플 정도로 세게.

"해냈어. 사쿠라이."

"웃, 응, 응!! 해냈어! 후지와라. 수고했어!"

"……그래!"

후지와라는 곱씹듯이 고개를 끄덕였다. 똑바로 향해오는 눈이 말보다도 훨씬 강하게 기쁨을 이야기하고 있었다.

후지와라는 그다지 자기 속을 말로 표현하진 않지만, 마음속으로는 무척 고민이 많은 사람이다. 후지와라뿐만이 아니다. 모두가 그렇다.

하지만 그렇게 고민했기에 지금의 후지와라가 있다. 모두가 있다.

오늘까지 겪은 모든 것, 노력도, 고민도, 망설임도, 무엇 하나 헛되지 않았다.

"이겼어. 우리의 스트라이드로!"

"……."

이 승리는 혼자만 빨랐다면 절대 손에 넣지 못했을 승리다.

후지와라는 눈부신 듯이 눈을 가늘게 떴다. 꾸욱 하고 더더욱 손에 힘이 들어갔다.

"저기…… 후지와라. 손, 조금 아퍼."

"……아아, 미안해."

강하게 내 손을 쥐고 있던 것을 잊고 있었는지 후지와라는 바로 손을 뗐다.

"사쿠라이~!"

"어?——야가미?!"

이곳에 없어야 할 사람의 목소리에 뒤를 돌아보았다. 제1구간을 달리던 야가미가 관객들 너머에서 헐떡거리며 크게 손을 흔들고 있었다. 관객들은 그것을 눈치채고 길을 열어 주었다.

여기까지 달려온 야가미는 씩 하고 웃었다.

"해냈구나, 후지와라!"

"……그래."

야가미는 양손을 들었다. 나와 후지와라는 얼굴을 마주 보고 둘이 함께 야가미와 하이터치했다.

"야가미, 빨리 왔네!"

"왠지, 가만히 있을 수가 없어서."

야가미는 셔츠 자락을 팔락거리며 땀을 슥 닦아냈다.

"관객이 많아서 여기까지 올 수 있을지 조금 불안했는데, 아슬아슬하게 결승 전에 도착해서, 저기 저 커다란 모니터로 보고 있었어."

이번 코스는 신주쿠역 주변을 남쪽 출구에서 서쪽 출구를 향해, 반시계 방향으로 도는 코스였다. 역사 안은 지나갈 수 없어서 야가미가 달린 코스를 조금 거꾸로 달려 돌아왔을 텐데, 그러면 그리 멀지는 않았…… 으려나? 어떨까?

그런 생각을 하고 있으려니 야가미가 갑자기 짝 하고 내 앞에 손을 마주쳤다.

"사쿠라이, 후지와라, 미안!"

"어?"

"나…… 결국 미나토 씨를 제치지 못해서……."

"그렇지 않아! 제대로 뒤쫓았잖아. 사과 안 해도 돼!"

"응……. 고마워. 그래도 난, 어렴풋한 감촉이 있었어. 앞으로 어떻게 싸워야 하는지……. 그런 거."

야가미는 그렇게 말하고 주먹을 꽉 쥐었다.

"나, 더 힘낼게!"

"그래. 더 열심히 해라."

사이를 두지 않고 대꾸한 후지와라를 보고 눈을 껌뻑이더니 야가미는 털썩 어깨를 늘어뜨렸다.

"이젠 어째, 네 그런 점에도 완전 익숙해졌다, 야."

"그런 점?"

야가미는 모르면 됐다면서 손을 털었다.

"아무튼, 후지와라는 마지막에 삿타 씨를 제쳤으니 이번엔 네가 굉장했단 걸로 치고 넘어가도 전혀 상관없다 이 말이야!"

"맞아! 후지와라의 라스트 스퍼트, 정말 굉장했어. 삿타 씨도 그렇고…… 두 사람의 질 수 없다는 마음이 전해져왔어."

집중이 끊길 때도 있었지만, 그래도 뜨거운 마음은 확실하게 전해졌다.

"셋 다, 수고했어! 이야~ 해내셨구려!"

"카도와키 선배!"

스포츠 드링크와 수건을 들고 카도와키 선배가 방긋방긋 웃으며 찾아왔다.

"자. 땀 닦아. 수분 보급은 빠짐없이 해야지."

"……옙."

"감사합니다!"

"고마워요, 선배. 제가…….."

"Non, Non! 이 유능한 매니저에게 맡겨 두시라! 게다가 슬슬 다들 올 때일걸……. 우와."

"우와?"

흠칫거리며 볼을 경직시키는 카도와키 선배의 시선을 따라갔다.

"프~린~세~스~!"

"우와……."

샷타 씨였다. 양손을 흔들며 달려오고 있다. 진심으로 싫다는 목소리를 낸 것은 야가미였다. 아직 골 앞에 있다는 사실을 완전히 잊고 있었다.

"당신, 또!"

"샷타 선배……."

야가미는 대놓고 샷타 씨를 노려보았고 후지와라는 조금 난처하다는 듯이 이름을 불렀다. 샷타 씨는 둘에게 조금 불만이라는 양 눈썹을 치켜올렸다.

"앙? 딱히 너희한테 볼일은 없거든. 난 그냥 이 감동을 프린세스에게 전해 주려고 온 것뿐이야."

"감동……?"

"그래, 감동. 나, 너무 감동해서 잠깐 얼어붙을 정도였다니까."

샷타 씨는 씨익 하고 만면의 웃음을 보내왔다.

으음…… 뭘까? 별로 느낌이 좋지 않은데…….

"나, 진짜로 프린세스를 좋아하게 됐나 봐."

"……네?"

"아니 있지~ 솔직히 프린세스가 그렇게 엄청난 릴레이셔너라곤 생각 안 했거든! 그래서 지고서 깜짝 놀랐는데, 똑같을 만큼 찌릿찌릿 저려 왔달까? 프린세스를 진짜로 좋아하게 됐나 싶어서. 그런 감동이지! **알겠어?!**"

모, 모르겠다. 하나도 모르겠어.

나는 재잘재잘 말을 늘어놓는 삿타 씨를 넋을 놓고 바라볼 수밖에 없었다. 끼어들 틈이 없다고 해야 할까? 삿타 씨가 무슨 말을 하고 싶은 것인지 전혀 이해할 수 없었다. 깜짝 놀랄 만큼 삿타 씨의 말은 내 마음을 울리지 못했다.

"포테귀욤한 데다 릴레이션까지 뛰어나다니, 슈퍼 미라클 걸이잖 아! 진짜 운명을 느꼈다니깐!"

"뭐라고 해야 하나……. 사전에 실린 '질리질 않는다' 항목에 예시로 나올 만큼 질리질 않는 녀석이야……."

"응. 진 것 같지가 않지."

어이가 없다는 카도와키 선배의 말에 대답한 건 이쪽으로 찾아온 코히나타 선배였다. 코히나타 선배뿐만이 아니었다. 하세쿠라 선배와 쿠가 선배도 있었다.

"너, 아직도 사쿠라이한테 달라붙냐. 시합 전에 뭐라고 했는지 까먹었어?"

낮은 목소리로 말하는 하세쿠라 선배에게 삿타 씨는 풍하니 미간에 주름을 새겼다.

"진 건 사실이지! 그건 인정해! 하지만 그로 인해 깊어지는 사랑도 있다는 걸 알았거든!"

"……이 녀석은 무슨 소릴 하는 거지?"

쿠가 선배가 조용히 중얼거렸다. 정말로 그렇다. 깊어지고 뭐고 간에…… 원래부터 아무것도 없었으니 깊어질 것도 없었다.

나와 모두 그 말에 아연실색하고 있자 삿타 씨는 불쑥 앞으로 나와 내 손을 붙잡았다.

"그렇게 된 거야. 프린세스는 받아 갈게."

"뭐?!"

모두의 놀라는 목소리가 겹쳤다. 난 재빨리 손을 잡아뺴 뒤로 물러섰다.

"자, 잠깐, 잠깐만요! 안 갈 거예요! 시합에도 이겼는데…… 아니, 졌다 해도 츠바키마치에 갈 생각은 없어요!"

"에이~ 왜? 나 잘 생겼잖아? 우승도 했고 MVP도 땄어. 굉장하지 않아? 짱 멋있지? 나랑 사귀지 않을 이유가 어디 있어."

"네?!"

사, 사귀어? 어라……. 아, 그런 얘기였구나?!

"당신, 진짜 적당히 해! 거기다 우승도 MVP도 작년 얘기잖아!"

"삿타 선배. 사쿠라이가 곤란해하잖아요. 그만해 주세요."

야가미와 후지와라가 지켜 주었다. 선배들도 찌릿찌릿 불온한 분위기를 풍겼다. 이미 시합은 끝났건만…….

"저, 저기! 아무튼, 전 츠바키마치엔 안 갈 거고 삿타 씨의 마음에도 대답해드릴 수 없어요! 죄송해요!"

좋아. 딱 잘라 거절했다.

"……."

삿타 씨는 의아한 듯이 나를 바라본 채 입을 다물었다. 화, 화난 걸까?

나는 힐끔 후지와라를 보았다. 후지와라는 살짝 고개를 숙이고 삿타 씨를 노려보았다.

"삿타 선……"

"알았어!"

삿타 씨는 탁 하고 손을 두드렸다.

"그럼, 내가 호난에 갈게!"

"뭐?! 당신, 진짜 무슨 소릴 하는 거야!"

"……아니, 안 오셔도 됩니다."

"응. 안 와도 돼."

"호난에 기인 괴짜 라인업은 꽉 찼소이다!!"

"필요 없어……."

"……."

모두가 일제히 말하고 마지막은 쿠가 선배의 한숨으로 끝났다.

삿타 씨는 귀찮다는 듯이 손가락으로 귀를 틀어막았다.

"어휴……. 시끄러. 나랑 프린세스에 대한 일이니까 관계없는 제삼자는 빠지라구."

"제삼자는 무슨! 사쿠라이는 우리 릴레이셔너인데다 당신이 팀에 들어온다는데 관계 없을 리가 없잖아!"

"삿타 선배……. 진심도 아니면서 혼란스럽게 만들지 말아 주세요."

"진심이라니까~. 그러면 있지——."

"삿찡—!!"

삿타 씨가 말을 꺼내려던 때, 시즈노 씨가 황급히 달려왔다. 그러고 보니 지금까지 어디에 있던 걸까.

"삿찡! 잠깐만, 삿찡!"

"어엉? 왜. 지금 딱 좋은 때인데."

"하아, 하아……. 너, 시합 전에 테이블 위에 있던 **'소힘줄 푸딩'** 이란 거…… 먹었어?"

삿타 씨는 생각에 잠기듯이 눈을 빙그르 돌렸다.

"아…… 응. 별로 맛은 없더라."

"아아아앗! 먹었다고?! 뭐 하는 거야, 삿찡—! 그거, 미나토 부장이 시합 후에 먹을 괴식 디저트라고!"

"흠? 그래서?"

"그래서?는 무슨! 일 났네……. 일 났다고 삿찡. 인터컴 너머로 고 투 헬 분위기가 팍팍 났다니깐!"

"……마코찡, 뭐라는 거야."

삿타 씨는 귀찮다는 듯이 턱을 긁적이곤 힐끗 이쪽으로 시선을 향했다.

"……진짜로 안 올 거야? 프린세스."

"아, 안 가요. 그도 그럴 게 삿타 씨는 전혀 진심이 아니잖아요."

무심코 말해 버리자 삿타 씨는 신기하다는 듯이 눈을 깜빡이며 다가왔다.

"당신……."

"비켜 줄래?"

제지하려는 야가미를 밀쳐냈다. 뭘까? 갑자기 분위기가 바뀐 것 같아.

"……그럼 있잖아, 사쿠라이."

등을 살짝 굽혀 삿타 씨가 진지한 눈빛으로 빤히 날 바라보았다.

이, 이번엔 뭘 하려는 걸까. 나는 무심코 긴장했다.

"진짜로, 진심으로 좋아해――. 그렇게 말하면 믿어 줄래, 사쿠라이?"

"네……?"

순간 숨이 막혔다. 내가 깜짝 놀라 말도 못하고 있자 삿타 씨는 슬그머니 힘을 빼듯이 평소처럼 사람을 깔보는 듯한 표정으로 돌아와 경쾌하게 등을 쭉 폈다.

"농~담, 농담이야! 설레었어? 사귈래?"

"……아, 안 사귈 거예요!"

"그래? 그래도 포기한 거 아니야! **삿타 네버 기브업 KAZUKING! 마음이 변하면 언제든지 와~!**"

바이 바이! 하고 삿타 씨가 몇 초 전에 있었던 일은 없던 일처럼 손을 팔랑팔랑 흔들며 가 버렸다. 힘이 빠져 휴우 하고 숨을 내쉬었다.

"……사쿠라이, 괜찮아?"

"아, 응. 괜찮아. 왠지…… 엄청, 놀랐어."

야가미가 물어봐 어색하게 대답했다. 하지만…… 마지막에 그건, 혹시 진심이었을까?

"……."

아니, 아니야. 삿타 씨는 신기한 게 있어서 손을 뻗었을 뿐이야.

"나 원. 모처럼 경사스러울 때 찬물 끼얹고 가긴."

하세쿠라 선배는 그렇게 말하며 삿타 씨 일행에게서 우리에게로 고개를 돌렸다.

"좋은 릴레이션이었다. 사쿠라이."

"선배들이 굉장했던 덕이에요. 톱 스피드로 릴레이션, 감동했어요!"

그, 가슴 떨릴 만한 감동을 준 동영상과 똑같을 정도로 뜨겁고 완벽하기 그지없는 릴레이션이었다. 언젠가 그 영상 같은 릴레이션을 실현할 수 있다면──. 그렇게 생각하던 바람이 이루어졌다. 그것도, 똑같은 신주쿠에서.

"네 지시가 없었다면 그렇겐 못 했어. ──사쿠라이. 우리의 릴레이셔너는 너뿐이야. 앞으로도 잘 부탁한다."

하세쿠라 선배와 쿠가 선배는 둘 다 후련한 듯 상쾌한 표정이다. 코히나타 선배도 그렇다. 모두, 승리 이상의 기쁨을 곱씹고 있다.

"앞으로 두 경기…… 꼭 이기자."

다들, 손 이리 내 하는 하세쿠라 선배의 말에 퍼뜩 정신을 차린 모두가 손을 들었다. 짝 하고 기분 좋은 하이터치 소리가 커다랗게 골 앞에 울려 퍼졌다.

"너희가 있어서, 여기까지 올 수 있었다. ……고맙다."

"히스도 참, 우승한 것처럼 말하긴 이르지 않아?"

"나도 알거든."

하세쿠라 선배는 스스로 한 말이 쑥스러운지 머리를 긁적였다.

호난의 부스로 돌아오니 단 선생님이 기다리고 있었다.

"——왔군."

"선생님!"

"단 선생님~! 여기에 계셨군요!"

"그래……. 무슨 일 있었나?"

"폭풍이 왔다가 지나갔죠. 지금은 시원하게 맑고 푸른 하늘이 펼쳐져 있습니다……."

카도와키 선배는 양손을 펼치며 텐트를 올려다보았다. 단 선생님은 순간 영문을 모르겠다는 표정을 지었지만, 그 이상은 묻지 않았다.

"오늘도 잘했다. 너희가 얻어 온 성과가 잘 드러난 시합이었어. 하지만 방심하지 마라. 다음 준결승은 사이세이야."

"……!"

다음은 사이세이와——. 그렇게 생각하는 것만으로도 등줄기가 꼿꼿이 펴지는 느낌이었다. EOS에서 싸우자던 사이세이와의 약속을 드디어 이룰 수 있어.

"우와~ 왠지 긴장돼~!"

"응."

서로 고개를 끄덕여 보이는 나와 야가미를 보고 하세쿠라 선배가 히죽 웃었다.

"그리고 사이세이에게 이기면 다음은 결승이야. 결승에 누가 올라올지는…… 뭐, 대충 상상이 가지? 카쿄인 아니면—— 카쿄인보다 강한 팀이다!"

히익! 하고 야가미가 숨을 삼켰다.

"카쿄인으로 부탁드립니다!"

"카쿄인보다 빠르면 민폐 그 자체라구요!"

붕붕 고개를 젓는 코히나타 선배의 옆에서 후지와라가 "아니." 하고 고개를 저었다.

"카쿄인보다 빠른 건 다른 어떤 팀도 아니야. 우리지."

"역시 호난의 스트리트 파이터 후지와라 씨. 각오가 남달라."

"믿음직스러운걸."

카도와키 선배의 말에 쿠가 선배가 훗 하고 작게 웃었다.

정말로 믿음직스럽다. 후지와라뿐만이 아니라 모두가.

사이세이와 치르는 준결승── 지금까지 있었던 시합 중 가장 기대되는 것 같다. 우리의 성장한 모습을 사이세이에게 보여 주는 것이 목표 중 하나였으니까.

나는 슬며시 모두의 표정을 보았다. 자신 안에 있는 무언가를 해방한 듯한 느낌이 전해져온다. 시합 전보다 훨씬 커진 것 같아.

나도 성장할 수 있었을까.

으~음……. 분명, 성장했을 거야! 그렇지 않다면 준결승으로 나아갈 수 없었을 테니까. 지금은 그렇다고 해 두자!

"사쿠라이, 왠지 즐거워 보여."

"응! 다음 시합까지 아직 일주일이나 남았는데, 왠지 벌써 두근거려."

"맞아! 장난 아니지."

"상대가 누구라 해도, 전력을 다해 싸울 뿐이야."

야가미와 후지와라에게 힘차게 고개를 끄덕여 보였다.

두려운 것 같으면서도 기대되는 사이세이 전, 벌써부터 못 기다리겠어!

STEP 24

VISUAL NOVEL SERIES
PRINCE OF STRIDE 07

GO BEYOND

CHARACTERS
삿타 카즈키, 후지와라 타케루

삿타와 타케루는 과거 같은 고베 U-2
스트라이드 팀에 재적했다. 당시 삿타
타케루가 동경하던 선수였다. '앞으로
변함없이 있으라'고 말하는 삿타에
타케루는 고개를 저으며 전면 대결에 나섰
더는 동경하기만 할 수는 없다.

삿타 카즈키
KAZUKI SATTA

츠바키마치 스트라이드부 러너
'쓰러드리겠다'고 선언한 타케루에:
'산산조각 내 주마'라고 대답하며 그 말
다름없는 달리기를 보여 주었다. 귀여운 것
좋아하는지 지금은 니나에게 접착중.

후지와라 타케루
TAKERU FUJIWARA

호난 스트라이드부 러너. 삿타의 강함을
줄곧 동경했으나 EOS에서 싸움을 경험해
나가며 '더는 누구에게도 지지 않겠다'고
강하게 결의했다. 승리의 순간, 커다란
함성을 질렀다.

STEP 25

VISUAL NOVEL SERIES
PRINCE OF STRIDE 07

THE FATAL DAY

01

"오늘 연습은 여기까지다. 각자 확실히 쿨 다운하도록."

단 선생님에게 단단히 대답하고 각자 쿨 다운을 위한 스트레칭에 들어갔다.

그나저나 오늘 하루도 더웠어!

하지만 츠바키마치 전이 끝난 이후로 스트부는 최고의 컨디션이라

해도 좋을 정도로 상태가 좋았다. 분명 마음에 있던 답답함이 사라졌기 때문일 것이다. 이 상태라면 다가오는 사이세이와의 준결승전에선 분명 전력을 다해 싸울 수 있겠지.

"그러고 보니——."

쿨 다운 스트레칭을 하던 야가미가 마침 떠올랐다는 듯이 말했다.

"오늘 아침에 아스마한테 메시지가 왔거든. 오늘 M스테 나가니까 꼭 보래."

"어? 야가미도?"

"도, 라니, 사쿠라이도?"

M스테—— 뮤직 스테이지란 음악 방송이다. 매주 아티스트 몇 팀을 불러 생방송으로 라이브를 진행하는 방송이었다.

"아스마 씨가 아니라, 스와 씨한테 왔어."

"스와 씨?!"

"……나도 스와 씨였는데."

"후지와라한테도?! 그보다, 너 연락처도 교환했었냐?"

"합숙 때, 하다 보니까."

"하다 보니까라니……. 스와 씨니까 어쩔 수 없……나? 뭐, 무슨 상관이람. 그보다 사쿠라이도 역시 M스테 보라고 왔어?"

"응. 꼭 보라고 쓰여 있었는데."

"나랑 아유무한테는 치요마츠 씨가 보냈어."

코히나타 선배가 말하자 스트레칭을 돕던 카도와키 선배가 음 하고 팔짱을 끼고 고개를 끄덕였다.

"이건 아무래도 방송 중에 사이세이가 호난에게 무언가 메시지를 보내려는 것이 틀림없구려."

그렇다면. 우리는 하세쿠라 선배와 쿠가 선배를 주목했다. 그 시선을 깨달은 하세쿠라 선배가 너희한테도 왔느냐고 물었다.

"나한텐 마유즈미가 보냈지. 형 쪽. 쿄스케는?"

"오쿠무라가 보냈지. 여름 문안 인사인 줄 알았더니 방송을 봐 달라고 하더군……."

역시 모두에게 보냈나 보다.

"무슨 일일까요?"

야가미의 물음에 하세쿠라 선배는 어깨를 으쓱였다.

"글쎄다. 아무튼, 모두에게 보냈을 정도야. 사이세이와는 시합 전이니 다들 잊지 말고 봐."

"네~에."

그나저나 EOS도 있는데 연예계 일도 빠짐없다니 굉장하다. 나라면 분명 어느 한쪽만 해도 벅찰 거야.

"──아. 뭔가 빠졌다 싶더라니, 세노오였네!"

"어?"

무슨 일인지 손가락을 꼽고 있던 코히나타 선배가 알았다는 듯이 손을 마주쳤다.

"봐 봐, 사쿠라이와 타케룽에겐 스와 씨, 릿군에겐 아스마, 히스에겐 마유즈미 씨, 나와 아유무에겐 치요마츠 씨에 쿠가 선배에겐 오쿠무라잖아? 세노오만 아무한테도 메시지를 안 보냈어."

"앗, 정말이네……."

"그보다, 그 녀석이 '꼭 봐' 같은 말을 보내면 그건 진짜 함정이지."

"아하하…….."

그런 건 아닐 것 같은데……. 으~음, 세노오 씨에 대한 건 잘 모르겠어. 합숙 때도 그다지 말이 없었고 엄청 훈련에만 열중한다는 인상을 받았지. 조금 다가가기 어려운 건 있는 것 같아…….

하지만 츠바키마치 전에서 하세쿠라 선배를 신경 써 줬으니 호난과의 싸움을 기대하고 있는 건 틀림없을 거야.

"있지, 사쿠라이."

"응?"

"저기…… 스와 씨가 자주 연락해?"

조금 작은 목소리로 알아듣기 어렵게 물어온 것은 야가미였다.

"으응, 거의 없는데…… 왜?"

"아니! 아무것도 아냐, 아무것도. 신경 안 써도 돼!"

야가미는 붕붕 고개를 젓고 어깨에 걸쳤던 수건으로 얼굴을 감추고 말았다.

"그랬구나. 다행이다……."

"?"

다행이라니, 뭐가?

"……흥."

야가미 옆에 있던 후지와라가 어깨를 늘어뜨렸다. 시선이 맞자 후지와라는 홱 고개를 돌렸다.

내가 뭔가 저질렀나? 싶어서 당황하는 마음에 선배들을 보자 카도와키 선배와 코히나타 선배는 손자를 보는 할아버지 할머니 같은 눈으로 천천히 고개를 끄덕이고 있었다.

101
PAGE

THE FATAL DAY
STEP.25

PRINCE OF STRIDE
TITLE

02

나는 신세를 지고 있는 코우 삼촌댁 마루에서 혼자 텔레비전 앞에 있었다. 코우 삼촌과 사쿠라 언니 모두 아직 가게 쪽이 바빴다.

딱 오후 8시가 되자 방송이 시작됐다. 처음에는 메인 MC와 서브 MC인 여자 아나운서가 나왔다. 그 뒤로 가수들이 소개를 받으며 나왔다.

사이세이 스트부—— 갤럭시 스탠더드의 소개는 가장 마지막이었다. 꺅~ 하고 화면 너머로도 알 수 있을 정도로 커다란 팬들의 환성에 손을 흔들며 무대 뒤 계단으로 내려왔다.

"와아…….."

갤럭시 스탠더드를 텔레비전으로 보는 것은 처음이 아니었고 라이브로 노래를 부르는 모습을 본 적도, 들어 본 적도 있다. 하지만 역시 이렇게 화면 너머로 보니 분위기가 다른걸.

오늘은 모두 검은색을 기조로 한 양복 느낌의 의상으로 빈틈없이 맞춰 입었다. The 연예인이란 느낌이다.

물론 모두가 연예인이라는 사실을 잊은 것은 아니었다. 하지만 우리에게 있어서 사이세이는 EOS 우승을 두고 겨루는 라이벌이자 친근한 존재이다. 평소에는 같은 스트라이드 선수라고 생각했는데 텔레비전 너머로 보자 전혀 달라서, 조금 진정이 안 된다. 잘 아는 사람들인데, 다른 세상에 있는 것 같아서 쓸쓸함을 느끼나?

생방송은 경쾌한 토크를 노래 사이에 끼워 넣으며 진행됐다.

엔카나 옛날 유행가라면 잘 알 텐데. 할머니를 따라 자주 옛날 유행가 중심의 노래 방송을 봤으니까.

'아, 이 노래…… 자주 광고에 나오던 거네.'

요즘 유행하는 건 잘 모르지만, 노래는 듣기만 해도 즐겁다. 화면 너머로도 열기가 느껴지는 것 같다.

《그러면 다음은 갤럭시 스탠더드 여러분입니다.》

《잘 부탁드리겠습니다.》

"아, 갤럭시 스탠더드다!"

벌써 오늘 방송이 끝날 때인가? 하지만 방송 시간이 아직 꽤 남아 있는데…….

노래 전 토크에 불린 갤럭시 스탠더드가 두 줄로 나누어 나란히 앉았다. MC 옆에는 스와 씨. 그 옆에 시즈마 씨, 세노오 씨, 두 줄째에는 아스마 씨, 오쿠무라 씨, 치요마츠 씨였다.

《갤럭시 스탠더드 여러분은 모레, 현재 돌풍을 일으키는 익스트림 스포츠, 스트라이드 동일본 대회 준결승을 앞두고 계시다고 하죠. 그렇게 바쁜 와중 오늘은 뮤직 스테이지에 나와 주셨습니다!》

《에엥? 모레 시합이라고?》

MC가 깜짝 놀라 스와 씨에게 물었다. 갑자기 그 얘기가 나올 줄은 몰랐기에 무척 가슴이 두근거렸다. 스와 씨는 물론 동요하지 않고 당당하게 등을 쭉 펴고서 질문에 답했다.

《네. 마이하마 스마일랜드에서 달리게 됩니다.》

《스마일랜드?! 스트라이드는 그거지? 거리 안을 이리저리 뛰어다니면서 달리다가 릴레이하는 거. 스마일랜드에서도 하는구나. 허

어, 대단하네.》

스마일랜드. 아이부터 어른까지 즐겁게 놀 수 있는 일본에서 가장 유명한 테마파크다. 모르는 사람은 거의 없지 않을까? 꿈의 나라라고도 불리는 모양이다. 홋카이도에 있을 때는 도쿄에 가면 꼭 가 보고 싶었던 곳이다.

휴일이 되면 놀이기구를 타기 위해 몇 시간이나 줄을 서기도 할 정도로 많은 손님이 찾는다고 한다. 마침 시합도 한창 여름 방학 중인 휴일이다. 분명 인파가 엄청나겠지?

사이세이와 달리는 건 물론 즐겁지만 스마일랜드를 달리는 것 자체가 너무너무 기대돼!

《대전 상대는 누군데?》

《도쿄의 호난 학원입니다. 오늘도 보고 있지 않을까요? 모두에게 봐 달라고 오늘 아침에 메시지를 보냈거든요.》

그렇게 말하고 스와 씨가 카메라를 향해 손을 흔들었다. 그 뒤로 벌떡 두 사람이 일어섰다. 아스마 씨와 치요마츠 씨였다.

《호난—! 보고 있어—?》

《예—이! 보고 있냥~?》

두 사람이 손을 흔들자 스튜디오에 웃음이 울려 퍼졌다.

굉장해. 지금 텔레비전 너머로 말을 건 거야! 왠지 두근거리기 시작했어.

《하하. 힘이 넘치네—. 오늘 아침에 메시지를 보냈다고 그랬는데 호난이랑 친해?》

《예전부터 호난에겐 기대가 많았거든요. 저번에는 같이 합숙도 했

고요. 계속 EOS에서 싸우자고 약속했는데, 이제야 이루어지게 됐습니다.》

《근데, 좀 들어 보세요. 다들 오늘 생방송을 한다고 알려 주는데 세노오 혼자 무슨 말을 해도 연락 안 하겠다고 버티더라니까요.》

아스마 씨가 가장 먼 곳에 있는 세노오 씨를 뒤에서 손가락으로 가리켰다. 세노오 씨는 태연한 얼굴을 하고 있을 뿐이었다.

《응? 왜?》

어리둥절하며 의아해하는 MC에게 세노오 씨는 작게 한숨을 내쉬고 마이크를 들었다.

《……그라칸들, 연락처를 하나도 모릅니더.》

《교환 안 했어?! 합숙 때 시간 많았잖아?》

《물어본 적도 없다카이. 니 연락처도 모른다.》

《뭐?! 그걸 왜 지금 말하는데. 그보다 알려 준 적 있거든?!》

《니 망상 아니고?》

《알려 줬다니까! 그보다 저번에도 메시지 보냈잖아!》

《스팸인 줄 알았제.》

《그래서 무시한 거였냐!》

아스마 씨와 세노오 씨의 대화를 듣고 무심코 웃고 말았다.

《진정해요. 착신 거부당한 게 아니라 다행이잖아요, 아스마 씨.》

《카에데, 그거 은근히 너무하지 않냐. 너도 그 수가 있었구나 하는 얼굴 하지 마. 세노오! 혹시 앞으로도 무슨 볼일이 있을지…… 아니, 없겠다, 없어.》

아스마 씨는 혼자서 납득한 것처럼 털썩 자리에 앉았다. 그러자 교대하듯이 치요마츠 씨가 오쿠무라 씨에게 어깨동무를 했다.

《냐하하, 메짱은 뭔가 엄청 고민했었지냥~.》

《반짱 씨, 쉬잇! 그보다 보고 있었어요?!》

《그야 내가 호즈미랑 왓키에게 메시지 보낸 뒤로도 계~속 끙끙 앓고 있었잖아? 배 아픈 줄 알았지!》

《그, 그건…… 그야 동경하던 사람에게 보내는 메시지잖아요!! 실례되는 소리는 절대 쓰면 안 된다구요!》

《아, 이 녀석, 호난에 있는 선수의 엄청난 팬이거든요.》

《네에……. 이젠 그냥 팬이란 말로는 표현할 수 없을 정도로요.》

《보세요, 맞죠?》

황홀한 표정으로 눈을 감은 오쿠무라 씨를 보고 아스마 씨는 어이가 없다는 듯이 고개를 저었다.

《아아, 그래도 오늘은 하나 실패해 버려서.》

《실패라 하면?》

MC는 흥미진진해하며 몸을 조금 앞으로 내밀었다.

《실례가 없도록 이번 메시지도 계절 인사부터 시작했거든요. 더운 여름에 문안 인사 드립니다 하고요.》

《너무 딱딱하시다~.》

《그리고 방송을 봐 달라고 요점을 적고 나서 얼마나 시합을 기대하고 있는지 제 마음을 적으려 내용을 생각했어요. 그랬는데…… 반짱 씨가 제게 부딪쳐서 그대로 송신해 버렸다구요!》

《아핫! 미안하다냥~. 그치만 간신히 화장실로 GO! 하고 서두르던 중이라!》

《으으……. 분명 그냥 여름 문안 인사인 줄 알았을 거야…….》

《아니, 오히려 못 적어서 다행 아냐? 거기다 지금도 분명 보고 있을
테고.》

　아스마 씨가 카메라를 가리켰다. 오쿠무라 씨는 퍼뜩 놀라 고개를
들었다.

《츠바키마치 전, 어어어어어엄청 멋있었어요! 최고였어요!! 감동

했습니다! 감사합니다!》

《누가 팬 메시지를 보내라냐.》

아스마 씨가 옆에서 오쿠무라 씨의 머리를 꾸욱 붙잡았다. 명랑한 갤럭시 스탠더드 멤버들을 보고 MC가 웃었다.

《하하! 정말 기운들이 넘치네~.》

《하여간……. 죄송합니다. 정신이 없어서.》

아스마 씨는 고생스럽겠지만 사이세이다워서 좋다.

《자, 그래서 오늘은 그 호난 분들에게 메시지가 있다죠? 스와 씨.》

궤도를 수정하듯이 서브 MC가 말했다. 방긋방긋 팀원들의 대화를 듣고 있던 스와 씨는 단단히 고개를 끄덕였다.

《네. 실례지만 이 자리를 빌려 모레 시합의 오더를 발표하고자 합니다.》

"뭐어?!"

나는 놀라 몸을 앞으로 내밀었다. 그치만, 오더를 발표한다잖아!

《괜찮겠어? 말해 버려도. 스트라이드는 오더가 무척 중요하다던데.》

MC가 묻자 시즈마 씨가 곤란하다는 듯이 고개를 저었다.

《네. 그다지 전례가 없는 일이지만…….》

《그만큼 이번 호난과의 시합은 특별합니다. 정정당당하게 잔꾀 부리지 않고 싸우고 싶어요.》

스와 씨의 말에 멤버들이 깊게 고개를 끄덕였다. 사이세이도 우리와 싸우는 것을 기대하고 있다는 사실이 전해져왔다.

《모두 같은 마음입니다.》

그렇게 말하고 스와 씨는 조용히 카메라로 시선을 향했다. 실제로 내가 보이는 게 아님에도 불구하고 진짜로 시선이 맞은 듯한 기분이 들었다.

《너희와 전력으로 싸울 수 있길 기대할게.》

그곳에 있는 건 갤럭시 스탠더드의 스와 씨가 아니라 사이세이 스트부의 스와 씨였다. 무엇이 다르냐고 묻는다면 잘 설명할 수 없겠지만…… 하지만, 평소에 보던 스와 씨라고 해야 할까? 화면을 뛰어넘어 곧바로 만질 수 있을 정도로 눈앞에 있는 것처럼 뜨거웠다.

《그러면, 엔드 오브 서머 2017 준결승. 사이세이 학원의 오더를 발표하겠습니다.》

그렇게 말한 것은 시즈마 씨였다.

《제1구간 치요마츠, 제2구간 세노오, 제3구간 오쿠무라, 제4구간 마유즈미 아스마, 앵커 스와──.》

《자아, 호난. 너희는 이걸 어떻게 받아들일 거지?》

이것은 선전 포고다.

나는 꿀꺽 숨을 삼켰다.

《──진심으로, 시합을 고대하고 있습니다.》

그렇게 말하며 MC 쪽으로 시선을 돌렸을 때, 이미 스와 씨는 화면 너머로 돌아간 것처럼 느껴졌다.

《오오, 멋있네.》

MC가 웃었다. 서브 MC는 퍼뜩 정신을 차린 듯이 숨을 들이켜곤 살짝 허둥대며 마이크를 손에 다시 쥐었다.

《그러면, 갤럭시 스탠더드 여러분, 준비 부탁드릴게요.》

여섯 명이 자리에서 일어나 무대로 향하기 위해 카메라 앞에서 사라졌다. MC가 미소를 띠며 말했다.

《박력이 고등학생 같지 않은걸?》

정말로, 텔레비전 너머임에도 스와 씨의 박력에 압도될 뻔했다.

《……엔드 오브 서머 2017 준결승은 모레 8월 20일, 스마일랜드에서 개최됩니다. 사이세이, 호난, 둘 다 열심히 해 줬으면 좋겠네요.》

《그렇군요.》

《──무대 준비를 마쳤나 봅니다. 그럼 들어주세요. 갤럭시 스탠더드의 'RUSH'!》

화면이 바뀌자 빛이 쏟아지는 무대에 여섯 명의 그림자가 떠올랐다. 업 템포로 힘찬 인트로가 흘러나옴과 동시에 빛이 춤을 추었다.

"하아……."

온몸에 주고 있던 힘을 뺐다. 여섯 명의 노래도 퍼포먼스도 굉장하지만, 그 이상으로 스와 씨의 선전 포고가 가슴을 뜨겁게 달궜다.

그때, 옆에 놓아 둔 스마트폰이 착신음을 울렸다.

"……!"

펄쩍 뛰어오를 만큼 놀랐다. 부원 중 누군가인 줄 알고 보니, 리코였다.

"여보세요, 리코──."

《나나! 방금, 방금 그거 봤어?!》

"응, 봤어!"

리코의 흥분한 목소리에 귀가 아팠다. 너무 크게 말했어, 리코.

《굉장해. 굉장해! 뭔가…… 그냥, 굉장하다고밖엔 말 못 하겠어!》

"응!"

정말로 그렇다. 이 솟아오르는 듯한 감정을 제대로 말로 표현할 수 없다. 가장 들어맞을 만한 것은──그래, 지금 당장 달리고 싶어!다.

《안드로메다는 지금 이 얘기로 들끓는 중이야!》

"다들 뭐래?"

역시 모레에는 소외감을 느끼게 될까?

《느낌이 좋아. 그야 지금까진 갤럭시 스탠더드가 텔레비전에서 선전 포고한 적이 없었으니까. 라이벌 대결! 그러면서 다들 잔뜩 신났어. 갤럭시 스탠더드 팬은 스트라이드로 싸우는 남자애를 응원하는 면도 있으니까, 이런 건 제대로 불타오르나 봐. 역시 라이벌은 강해야지!》

리코의 목소리가 흥겹다. 다행이다. 팬들도 받아들여 준 모양이다.

《힘내, 나나! 평소처럼 응원 갈게!》

"응, 고마워!"

기관총처럼 말을 쏟아낸 리코와의 전화를 마치고 나는 숨을 돌렸다. 가슴이 아직도 두근거려.

"……힘내자."

순수하게 그렇게 생각했다. 평소처럼 영차 하고 자신을 분발시키는 마음가짐이 아니라, 천천히 차분해지는 듯한 조용한 결의.

사이세이에게 이긴다면 결승전이다. 그렇기에 승리와 패배도 물론 중요하지만, 사이세이에게 전력을 다해 맞서는 부끄럽지 않은 스트라이드가 하고 싶다.

분명 그것이야말로 우리가 목표로 하는 스트라이드일 테니까.

생방송 촬영이 끝났다. 대기실로 돌아가도 아직 라이브의 여운이 남아 있었다.

페트병에 담긴 물을 꿀꺽꿀꺽 마셔 버리고서야 아스마는 숨을 돌렸다.

"——오늘 거, 녀석들 봤을까?"

"깜짝 카메라 대성공! 그렇게 됐으면 좋겠다냐~."

"그야 깜짝 놀랐겠지."

생방송으로 선전 포고하는 정도는 예상하고 있었을지 모르나 그 와중 오더를 발표하리라곤 생각도 못 했을 것이다.

이쪽의 오더 자체는 시즈마가 찬찬히 코스를 분석하고 결정한 것이다. 선수를 보고 부딪치는 것도 좋을 것이고 코스의 상황을 보고 부딪치는 것도 호난의 릴레이셔너…… 나나 나름이다.

"아아아……. 쿠가 씨에게 제대로 전해졌으면 좋겠는데요……."

"야, 카에데. 어떤 글을 보낸 거야? 잠깐 보여 줘 봐."

"거절하겠습니다."

"깍쟁이. 뭐, 아무렴 어떠랴."

찌그덕찌그덕 페트병을 눌렀다 펴며 아스마는 의자에 깊숙이 앉았다.

"드디어, 모레구나……."

합숙을 한 게 마치 어제 같다.

호난과 싸우는 건 올해 EOS의 목표 중 하나였다. 둘 중 하나가 도중에 꺾이면 이룰 수 없는 꿈이었다.

'뭐, 우리는 그리 쉽게 꺾이지 않지만.'

아스마는 호난에게서 피지컬과 멘탈 모두 문제가 많다는 인상을 받았다. 특히 리쿠는 형제 일로 갈피를 못 잡고 있다는 것이 뻔히 보여서 아무래도 남 일 같지 않았다. 어느 정도 중심을 잡은 것처럼 보였지만, 다음 시합에서는 어떨까.

"그러고 보니, 세노오. 너 저번 츠바키마치 전 때 호난 부스에 들렀다고 들었는데 뭐 하고 왔어?"

"딱히. 니랑 먼 상관이고."

"아, 나도 그거 조금 궁금했는데."

레이지가 말하자 타스쿠는 떨떠름하게 입을 열었다. 정말로, 레이지에겐 약하다.

"──하세쿠라 씨가 앵커로 해 달라코 릴레이셔너한테 떼쓰는 걸 보고 왔을 뿐입니더."

하지만 히스는 앵커가 아니었을 터. 그렇다는 건.

"너, 뭐 하고 왔지? 기합 넣어 주고 왔냐?"

"……내가 그런 참견을 왜 하나?"

"툭 하면 그 사람을 눈엣가시처럼 여기더라, 넌."

"맘에 안 들어가 그카는 기지."

그런 소릴 하면서도 타스쿠가 히스의 파워와 스테미너를 라이벌시하고 있다는 것은 멤버라면 누구나 아는 사실이었다.

"솔직하지 못하다니까."

"뭐라꼬?"

죽일 듯이 노려보는 눈빛에 더는 놀리지 말아야겠다며 가볍게 어깨를 으쓱였다.

"──호난은 강적이야. 시합을 거듭하며 진화했지. 그들과의 싸움 너머에서 무엇을 볼 수 있을지……. 그게 벌써부터 기대돼."

"레이지 님……. 하지만 전 조금 걱정입니다. 저쪽에 수를 밝히는 짓을 해 버리다니……."

시즈마는 마지막까지 오늘 발표를 불만스러워했다. 레이지 또한 걱정하지 않았던 것은 아니다. 그러나 걱정해 봤자 소용없을 것이다.

"감출 필요는 전혀 없어, 시즈마. 호난의 오더를 전혀 예상할 수 없다. 그런 소릴 하려는 건 아니잖아?"

"그건…… 그렇지만요."

"오더를 알려 주든 알려 주지 않든 분명 결과는 똑같아. 우리는 우리의 달리기를 할 거고, 이길 거다. 그뿐이야."

"……네."

"거기다 오더를 알려 줘서 지는, 그런 한심한 달리기를 할 생각도 없어."

"……당연하죠."

"물론입죠!"

"꼭 이긴다!!"

"쿠가 씨를 이기면…… 이번 생에 여한은 없습니다!"

"아니, 부담스럽거든, 카에데."

"지금까지 살아온 15년, 이란 뜻이에요!"

어이가 없어 내려다보니 카에데는 곧 표정을 다잡 았다.

"하지만…… 진심이에 요. 라이벌로서 그 옆에 설 수 있다면, 같이 달릴 수 있다면, 그리고 이길 수 있다면— 팬으로서, 그렇게 행복한 일은 또 없 잖아요?"

"그러게."

아스마는 쓴웃음을 지으 며 고개를 끄덕였다.

그저 팬일 뿐이라면 호 난에 가면 그만이다. 그러 나 카에데는 단순한 팬이 아니다. 쿠가와 싸워 이기고 싶다는 소망을 위해 노력을 거듭하는, 투지 넘치는 러너인 것이다.

"모두, 믿고 있어."

"우리의 마지막 EOS! 반드시 이기자! 그치, 레이!"

"아. 반짱……. 그렇구나."

무심코 선배였단 사실을 깜빡할 뻔하지만, 반타로도 이번이 마지막 EOS였다. 가벼운 어조이긴 해도 반타로가 그 말을 입에 담은 건, 적어도 이번이 마지막이라고 제대로 인식하고 있어서가 틀림없으리라.

'레이지 씨, 형, 그리고 반짱……. 올해가 마지막 EOS야. 꼭 우승
시켜 줘야겠지.'

이런 건, 반타로답지 않다. 말로 표현할 순 없지만, 분명 타스쿠도
카에데도 그렇게 생각하고 있을 것이다.

"리쿠에겐 미안하지만, 반드시 이겨 주겠어!"

마음과 마음의 진검승부.

절대로 질 수는 없다.

04

EOS 준결승의 날이 다가왔다. 오늘은 무척 화창하다. 바닷가라서
그런지 조금 바람이 센 것도 같지만, 스트라이드 하기 좋은 날이다.

"우와―, 스마일랜드 오랜만이다! 찍을 만한 곳도 잔뜩이야! 불타
는걸!"

리코는 카메라를 들고서 샥 샥 하고 주변에 향했다. 일요일의 유원
지, 그것도 스마일랜드여서 온갖 곳이 인파로 흘러넘쳤다.

"나도 오랜만이야! 이런 데 오면 있잖아, 신나지!"

"응 응! 도쿄의 유원지는 처음 와 봐!"

야가미는 크게 고개를 끄덕였다. 홋카이도에도 유원지는 있지만,
아무리 그래도 이렇게 사람이 많지는 않다. 특히 이 스마일랜드는 도
쿄와 칸토 사람뿐만 아니라 전국에서 놀러 오거든. 굉장해……!

"……마이하마는 치바야."

"어?"

어라? 그랬던가? 후지와라를 보니 깊숙이 고개를 끄덕였다.

"사쿠라이 씨는 스마일랜드 데뷔이외까."

"아, 네! 오늘은 못 놀아서 조금 아쉽지만요."

카도와키 선배는, "그래, 그렇구먼." 하고 방긋방긋 웃었다.

"……사쿠라이. 나도 처음이야. 문제없어."

"그렇구나!"

"그래."

응? 왠지 후지와라, 평소랑 분위기가 다른 것 같아. 긴장……은 아닌가? 뭘까.

"……그보다, 후지와라 너…… 혹시 의외로 신났냐?"

"무슨 소리지? 야가미."

"……아하앙?"

"……뭐야. 기분 나쁘게."

야가미가 "딱히 아무것도." 하고 웃는 걸 본 후지와라는 미간에 깊은 주름을 새겼다.

"동생들도 데리고 오고 싶었는데 아쉽네~."

코히나타 선배가 입구 화단을 보며 조용히 중얼거렸다. 그러고 보니 코히나타 선배는 형제가 잔뜩 있었지. 데려왔다면 분명 좋아했을 텐데.

"자~아, 나나, 코히나타. 나란히 서 봐, 나란히."

"네?"

"뭐예요? 쇼나 씨."

오늘은 쇼나 씨가 응원을 와줬다.

우리는 재촉하는 대로 화단 앞에 나란히 섰다. 쇼나 씨는 스마트폰을 들었다.

"스마일 스마일……. 자, 치—즈!"

찰칵하는 셔터 소리가 스마일랜드의 소란스러움 뒤로 희미하게 들렸다.

"응. 귀엽게 찍혔어!"

"귀엽게……?"

"쇼나 씨, 갑자기 왜 그러세요? 우리 두 사람만…….”

"다이 언니한테 보낼 거야! 일 때문에 못 온 걸 아쉬워했거든. 스마일랜드를 배경으로 다이 언니 최애 투 샷! 혹시 모르잖아, 이매지네이션을 자극해 새로운 디자인을 완성시킬지도!"

"다음 광고 모델은 이 녀석들로 결정이군."

하세쿠라 선배가 심술궂게 히죽 웃었다. 촬영이 싫은 것은 아니지만, 역시 아직 사진을 찍히는 건 부끄럽다. 거기다 코히나타 선배는…….

"뭐야, 그 투 샷이란 거! 난 이제 여장 안 할 거거든?!"

참 잘 어울렸는데 역시 선배는 남자라 여장은 싫겠지······. 하지만, 정말로 엄청 귀여웠는데.

"에고고, 여장이라곤 한마디도 한 적 없는데 견제구라니. 보아하니 코히나타 공, 그대도 싫지만은 않은 것처럼 보이오."

"······."

코히나타 선배가 원망스럽다는 듯이 카도와키 선배를 보았다. 조용히 비틀비틀 다가가 양어깨를 붙잡았다.

"······있잖아, 아유무. 한번 입어 보면 알 거야. 그, 절대적으로 발밑이 휑~한 느낌. 방어력 제로. 제로라니까? 있어 봤자 5 정도야. 알몸으로 곰이랑 싸우러 나서는 거나 마찬가지라고!"

"그, 그 정도까지······!"

"아유무도 어때? 의외로 잘 어울리지 않을까? 비교적 키도 작고 분명 화장도 잘 먹힐걸? 자아······ 어서 오려무나······. 이쪽 월드, 다시 말해 PIAN(피안)으로······ 여름이니까······ 여름이니까 말이지······."

"히, 히익! 소인 아직 죽고 싶지 않소! 삼도천을 건너긴 싫소이다!"

도망치는 카도와키 선배를 코히나타 선배가 쫓아간다.

"야, 너무 멀리 가지 마라. 나 원, 녀석들······."

기가 막혀 머리를 긁적이는 하세쿠라 선배를 보고 쿠가 선배가 훗하고 웃었다.

"적당히 긴장이 풀렸다는 증거야."

"뭐, 그야 그렇긴 하겠는데."

"그나저나······ 오늘 하늘은 맑군. 공기의 습도도 딱 좋아."

"네! 기분이 좋아요!"

태풍이 올지도 모른다는 예보도 있었지만, 그 정도로는 접근하지 않고 지나가 준 덕에 오늘은 정말로 상쾌한 날씨였다.

"그나저나 설마 스트라이드 시합을 하러 스마일랜드에 오게 될 줄은 몰랐네~."

그렇게 말한 야가미에서 리코가 그러게 하고 수긍했다.

"스마일랜드까지 회장으로 쓰다니, 과연 스트라이드 협회야."

"그러게. 게다가 전세로 빌리는 게 아니라 영업 중인 유원지 안을 쓰다니, 보통 허가를 안 내주거든. 안전 문제 때문에."

쇼나 씨는 감탄했다는 듯이 팔짱을 끼었다.

그러고 보니 요코하마에서 시합을 했을 때도 그랬지…….

윽, 그때 일……. 카쿄인과의 시합을 떠올리자 마음이 조금 무거워졌다.

'안 돼 안 돼! 사이세이와의 경기만 생각해야지.'

전력을 다해 싸우자고 결심했으니 지금은 사이세이와의 시합에 집중하자.

"오늘은 시합이 있단 걸 모르고서 온 사람도 있겠지. 스트라이드를 모르는 사람은 깜짝 놀랄 거야, 분명."

어느새 돌아온 코히나타 선배가 빙그르 주변을 둘러보았다.

"게다가 사이세이의 시합이니까 팬들도 오지 않았을까?"

"여성 관객의 90%는 안드로메다라고 생각해도 틀림없을 거야. 그에 더해 남자 팬도 있지. 굵은 목소리로 보내는 성원은 유명하외다~."

카도와키 선배는 살포시 팔짱을 끼고 턱을 쓰다듬었다.

"더 말하자면 오늘은 한 시합 더, 준결승 제2 시합인 카쿄인 고등학교 대 쿠로모리 고등학교의 경기도 잡혀 있잖아. 스트라이드 팬이라면 이 이상 없을 일대 이벤트 데이인 셈이지."

그렇구나. 우리 시합이 끝나면 다음은 카쿄인의 시합이 있어.

카쿄인……. 우리와 대전했을 때는 아직 결성한 지 얼마 지나지 않았지만, 그 뒤로 한 달이나 넘게 흘렀다. 분명 그 무렵보다 훨씬 강해졌을 터.

"……."

하지만 우리도 강해졌어. 자신을 가지자. 마음이 약해지면 절대 이길 수 없어. 사이세이에게도, 카쿄인에게도.

"전원 이동해라. 중앙 스테이지에서 부른다."

단 선생님이 불러서 우리는 그 뒤를 따라갔다.

"중앙 스테이지에서 뭘 하나요?"

"갤럭시 스탠더드가 오프닝 라이브를 한다는군."

"오오오! 더 신나는데—! 그저께 M스테도 엄청났지! 선전 포고였잖아, 선전 포고!"

"응! 가슴이 엄청 두근두근거렸어!"

어제 연습 때도 모두와 얘기했지만 선전 포고를 한 M스테는 보면서 긴장으로 숨이 막히는 줄 알았다.

"헷! 선전 포고, 좋다 이거야."

"히스도 참, 싸우는 게 아니거든. 그나저나 시합 전 라이브라~. 반짝 체력이 괜찮을까?"

"우리까지 스테이지에 부를 줄이야. 변함없이 여유가 넘치는구려!"

드디어 다가온 사이세이 전……. 여기서 이기면 결승 진출이다.

사이세이가 없었다면 우리는 어딘가에서 마음이 꺾였을지도 모른다. 그렇기에 더더욱 꼴사나운 모습을 보일 순 없다.

아직 호난이 막 재시동했을 때부터 관심을 가져 준 사이세이. 그 기대를 배신하지 않기 위해서라도 오늘이 결승인 것처럼 싸우자.

그것이 라이벌로서 앞을 달려 준 사이세이에게 우리가 보내는 나름대로의 '답'이다.

05

더위를 날려 보낼 듯한 열광이 갤럭시 스탠더드 라이브 회장을 감쌌다. 관객들의 흥분은 최고조에 달했다.

어제 M스테도 물론 굉장했지만, 눈앞에서 보니 또 다른 박력이 있었다. 사이세이의 배려 덕에 맨 앞에서 관람할 수 있어서, 더더욱.

열광하는 스테이지와 관객석이 하나의 생물처럼 꿈틀거려, 정신을 차리니 그 속에 말려들었다. 심장부터 손끝까지 찡~ 하니 저리는 것 같아.

이것이 사이세이. 이것이 갤럭시 스탠더드. 그렇게 느껴지는 라이브다.

노래도 퍼포먼스도 진심이었다. 물론 스트라이드도 진심이기에 준결승까지 올라온 거겠지. 얼마나 힘든 일일까? 상상도 못 하겠어!

"저번 방송도 그랬는데! 사이세이, 왠지 더 파워 업 한 것 같아! 스와 씨, 완전 멋있어!"

"앨범 곡이 좋았지."

흥분한 듯한 야가미에게 후지와라가 조용히 수긍했다. 하지만 겉으로 표현하지만 않을 뿐 후지와라도 갤럭시 스탠더드의 스테이지에 시선이 못 박혔다.

"타케룽이 완전히 갤럭시 스탠더드의 팬이?!"

카도와키 선배가 반은 놀림을 섞어 놀라는 척했다.

"안드로메다 아이들도 열이 올랐나 봐!"

"우리도 지지 않도록 호난을 응원하자. 리코."

"물론이죠!"

"고마워요, 쇼나 씨, 리코! 둘이 응원해 주면 든든하죠!"

마침 그때였다.

"온다……."

후지와라가 평소보다 살짝 눈을 크게 뜨고 몸을 앞으로 내밀었다. 다음 곡의 인트로가 흐르기 시작했다.

〈그럼, 라스트 간다!!〉

아스마 씨가 외쳤다. 우리는 팬과 함께 그 퍼포먼스에 빨려 들어갔다.

♛

마지막 곡이 끝났다. 커다란 환성 속에서 노래의 여운이 잦아든다. 그에 맞춰 우리도 어깨에서 힘이 빠졌다.

뙤약볕 아래, 격렬하게 움직이던 갤럭시 스탠더드의 모두는 땀범

벽이 되었다. 스와 씨는 땀으로 달라붙은 앞머리를 쓸어올리며 팬을 둘러보았다.

"자아, 여기서 우리의 오늘 대전 상대. 호난 고등학교 스트라이드 부 여러분도 무대로 초대해 볼까."

"……뭐?!"

호난을 불러서 순간 무슨 소린지 몰라 벙찌고 말았다. 스와 씨는 우리에게 손짓했다.

"컴 온—! 어서 안 오면 마중 간다☆"

"야~ 리쿠. M스테 봤냐—!!"

치요마츠 씨가 커다랗게 손짓했고 아스마 씨는 팔을 흔들었다. 그때마다 팬들에게서 환성이 올랐다.

"히엑?! 지명을 왜 해! 우리, 그런 건 됐다고!"

"포기해, 릿군. 나랑 아유무는 무려 전국 방송에서 별명을 불렸다니까?"

토닥토닥하고 야가미의 어깨를 두드리는 코히나타 선배의 눈은 공허했다.

허둥거리며 망설이고 있자 어디서랄 것도 없이 호난을 외치는 소리가 들리기 시작했다. 서서히 커지던 소리는 회장을 감쌌다.

"어……?"

멍하니 있는데 뒤에 있는 갤럭시 스탠더드 팬들의 목소리가 들려왔다.

"나, 호난 시합 동영상 좀 봤거든. 그랬는데 엄청 대단한 팀이더라!"

"맞아! 뭐랄까? 모두 스트라이드를 좋아한단 게 느껴지지."

"응 응! 올곧아서, 엄청 응원하고 싶어지는 느낌이야!"

우와아……. 부끄럽다. 가슴 속이 근질근질거려.

주위에 있는 사람들은 갤럭시 스탠더드의 팬인데, 그런 소릴 해 줄 줄은 생각도 못 했다.

"거 봐, 말했지? 느낌이 좋다고! 자신 더 가져!"

팡하고 리코가 등을 때렸다. 아, 아파, 리코.

"자아, 호난 여러분, 이쪽으로 와 주세요."

시즈마 씨가 손을 내밀며 말했다. 호난을 부르는 소리가 더더욱 커졌다.

"……올 끼믄 퍼뜩 오라."

"세노오 씨, 다 들려요."

호난을 외치는 소리 사이로 세노오 씨와 오쿠무라 씨의 대화가 들려왔다. 오쿠무라 씨는 힐끗힐끗 이쪽을──이라기보다는 쿠가 선배를 보고 있다. 지금이라도 말을 걸고 싶어 견딜 수 없다는 느낌이다.

"……하아, 선생님, 이래도 됩니까?"

하세쿠라 선배가 푸욱 한숨을 내쉬자 단 선생님은 천천히 고개를 끄덕였다.

"상대가 상대니까 예상은 했지. 오늘의 기개를 전하고 와라."

스태프가 우리 앞에 놓인 울타리를 치웠다.

"어서 와─! 안 그러면 반짱이 로켓 발사한다?"

어? 하고 놀라 올려다보니 무대 모서리에서 치요마츠 씨가 몸을 수그리고 있었다. 선언대로 마중을 가고 싶어 근질거리는 모양이었다.

"컴온, 컴온─!"

이건 이제 갈 수밖에 없나 보다.

좋아 하고 결의한 뒤 무대로 향했다. 하지만 역시 스마일랜드의 무대라니 긴장돼. 보는 사람도 많고. 모두와 함께 무대 위에 오르자 정말로…… 수많은 사람의 눈이 이쪽을 향해 조금 무서웠다. 나스에서 있었던 일이 조금 떠오른다. 스와 씨에게 건네받은 마이크를 쥔 손이 떨렸다.

"드디어 이날이 왔구나."

"앗, 네, 넷!"

우와, 목소리가 뒤집혔어. 스와 씨가 키득거리며 웃었다.

"그렇게 긴장 안 해도 돼."

"모두의 힘, 보여 주세요. 그럼, 사쿠라이 씨부터 먼저."

나는 마이크를 양손에 꼬옥 쥐고서 배에 힘을 꽉 주고 목소리를 냈다.

"네! 전력으로 임하겠습니다!"

"남정네들로 가득한 스트라이드에서 여기까지 싸워 온 릴레이셔너인 사쿠라이 나나 씨에게 안드로메다 여러분. 성대한 박수를!"

스와 씨의 호령에 와아 하고 커다란 박수가 일었다. 갤럭시 스탠더드 팬 모두가 따뜻하게 맞이해 준다는 사실을 피부로 느껴 기쁨이 솟았다.

"리쿠! 이제야 승부를 겨루겠네. 기대 왕창 하고 있었다고!"

"나도야! 누가 이겨도 원망하기 없기다?"

"뭐, 우리가 이기겠지만 말이지."

"누가 그렇게 둔대!"

아스마 씨와 야가미의 대화에 힘내— 하는 성원이 날아왔다.

"잘 부탁한대이, 부장님."

"하! 그 얼굴에 넘치는 여유도 지금뿐이야, 세노오. 각오해."

"그건 마, 내가 할 말이다."

저릿거리는 기분 좋은 긴장감이 하세쿠라 선배와 세노오 씨 사이를 달렸다.

"전 줄곧 이날을 꿈꿔왔습니다. 쿠가 씨. 당신과 달리는 날을."

오쿠무라 씨는 크게 한 번 심호흡했다. 그 얼굴은, 팬이 아니라 러너로서 똑바로 쿠가 선배를 바라보고 있었다.

"제가 가진 모든 힘으로 도전하겠습니다. 잘 부탁드리겠습니다!"

"좋은 얼굴이야. 하지만 이쪽도 질 생각은 없어."

"네!"

"호~즈밍! 왓키~!"

힘차게 코히나타 선배와 카도와키 선배 사이에 끼어들어 어깨동무를 해 온 것은 치요마츠 씨였다. 회장에서는 귀여워~ 하는 소리가 올라왔다.

"오늘은 스마일랜드에 왔으니 스마일 넘치는 즐거운 시합을 벌이자냥~! 물론! 이겨서 마지막에 스마~일이 되는 건 우리 사이세이 멤버겠지만 말이지!"

"쯧쯧쯧. 호즈미는 최근 들어 다리 힘을 잔뜩 성장시켰다오! 최후의 웃는 얼굴은 제대로 받아 가겠소이다!"

"응, 절대 안 질 거야. 잘 부탁해, 반짱!"

코히나타 선배의 말에 치요마츠 씨는 무척 기뻐 보였다.

"러너는 기합이 충분한 듯하네요. 우리도 좋은 승부를 펼치도록 해요, 사쿠라이 씨."

"네! 시즈마 씨가 가르쳐 주신 것, 전부 부딪칠게요!"

성장한 우리를 보여 주는 거야.

"후후. 모두의 투지, 받아들였어. 넌 어때? 후지와라."

"스와 씨…… 반드시 당신보다 빠르게 달리겠어요. 이기는 건, 저희 호난입니다."

"그렇게 나와야지."

한층 커다란 환성이 피부를 징징 울렸다. 굉장해. 갤럭시 스탠더드는 이렇게 수많은 팬의 기대를 짊어지고 달리는 거야. 그리고 오늘은 호난에게도 버금가는 기대를 품고 있다고 말하는 것 같았다.

"그럼, 마무리는…… 항상 하던 그거, 할까?"

"오? 좋지! 오늘은 특별한 날인걸!"

치요마츠 씨와 아스마 씨가 서로 고개를 끄덕이고 우리를 보았다.

"호난도 같이 해 줘!"

"그거라니…?"

어리둥절한 야가미는 고개를 갸웃거렸다. 아스마 씨는 그거 말야, 그거 하고 손을 위아래로 움직였다.

"아…… 혹시 나스에서 탁구한 다음 했던 거?"

"바로 그거예요! 기억하고 있죠?"

얼굴을 들여다보듯이 물어보는 오쿠무라 씨에게 고개를 끄덕였다.

"물론이지!"

"그럼, 다 함께……**간다!**"

아스마 씨의 신호에 회장이 술렁거렸다.

"Must be STRONG!"

술렁거림은 스와 씨의 한마디에 기쁜 비명으로 바뀌었다.

"어……?! 어?! 꺄아아악!"

"잠깐! 오늘 여기서 볼 수 있다곤 못 들었단 말야!"

"거짓말! 어떡해! DVD에서밖에 본 적 없는데!"

시즈마, 반타로 **"Must be RIGHT!"**

타스쿠, 카에데 **"Must be!"**

아스마 **"사이세이 VS 호난! 결승을 걸고 서로 전력을 다하자!"**

아스마 씨가 객석을 향해 주먹을 치켜들었다. 나는 크게 숨을 들이쉬었다.

회장 전체 **"Got you!!"**

사이세이와 호난과 관객들── 모두의 목소리가 하나가 되자 소름이 돋았다. 굉장해!

레이지 "GALAXY STANDARD."

6명 "BEAUTIFUL EIGHT!"

타악 하고 마지막으로 여섯 명이 크게 바닥에 발을 구르며 발소리를 울렸다.

오늘 하루 가장 큰 환성이 올랐다.

"어떡해! 라이브로 볼 수 있다니, 대박 감동이야……!"

"진짜로 오늘 미쳤다! 상대가 호난이라 그런 거지?"

"오길 잘했어!"

회장이 하나가 된단 건 이런 거구나. 아까부터 소름이 전혀 가시질 않아.

"환성이 엄청나……."

흥분이 잦아들지 않는 회장을 둘러보고 있자 시즈마 씨가 키득 웃었다.

"저 구호는 평소에 관객 앞에선 안 하거든요."

"딱히 아껴 두는 건 아닌데! 그냥 우리끼리 기합 넣는 거니까."

아스마 씨가 조금 쑥스럽다는 듯이 말했다. 오늘은 우리가 있어서 그런 특별한 구호를 외쳐 준 거야.

스와 씨는 고개를 끄덕이고 객석에 시선을 향했다.

"다들, 고마워. 우리도, 호난도 응원해 줄 수 있을까?"

커다란 환성에 휩싸였다. 소외감을 느낄 줄 알았는데, 이제 그런 건 아무래도 상관없어졌어.

"좋은 시합을 하자."

"네!"

"호난 여러분, 감사했습니다."

"감사했습니다!"

시즈마 씨의 안내를 받아 무대를 내려갔다.

하아, 긴장했어. 야가미와 다른 사람들을 보니 나와 똑같았다. 긴장했지만, 의욕이 가득하다는 것이 느껴진다. 이렇게까지 모두에게 응원을 받았으니, 기합을 넣고 열심히 해야지!

"우리 라이브는 여기까지~!"

"이어서 사이세이와 호난의 시합을 응원해 줘!"

치요마츠 씨와 아스마 씨가 말하며 커다랗게 손을 흔들었다.

"분명 좋은 시합이 될 거야. 안드로메다의 모두가 지켜봐 줬으면 좋겠어."

스와 씨의 마무리 멘트에 다시 환성이 올랐다. 방금까지 저곳에 있었다고 생각하자 신기한 기분이 들었다.

"갤럭시 스탠더드 여러분. 성대한 라이브, 감사합니다."

사이세이가 무대를 내려가며 라이브의 열기가 사라지기 전에 조금 온도 차가 느껴지는 목소리가 스피커에서 들렸다. 이 목소리는…….

"관객 여러분과 함께 저도 즐겁게 관람했습니다."

여름의 태양 아래라 무척 더울 것 같은 검은 양복 차림의 사람이 단상에 나타났다. 역시나 스트라이드 협회의 쿠로베 씨였다. 왜 무대까지 올라간 걸까.

"이런 곳까지 나오는 거야? 저 아저씬."

"준결승이니까. 결승 토너먼트는 전부 협회 본부 주관이다."

하세쿠라 선배와 단 선생님의 표정은 딱딱했다. 아마 나도 비슷한 얼굴이었을 것이다.

"인사가 늦었습니다. 저는 스트라이드 협회 회장인 쿠로베라고 합니다."

느긋한 말투가 조용해진 회장에 울려 퍼졌다.

"라이브에 지지 않도록 신나는 시합을 보여드리고자 하니, 관객 여러분께선 계속해서 응원을 부탁드리겠습니다."

"변함없이 시합도 이벤트 취급이구려."

카도와키 선배가 입을 비죽거렸다.

"이번 이 준결승을 푸짐하게 즐기실 수 있도록 코스에도 많은 신경을 썼습니다. 간단히 설명해 드리죠! 여러분, 모니터를 주목해 주시기 바랍니다."

방금까지 갤럭시 스탠더드를 비추던 모니터가 이 스마일랜드의 지도를 비추었다. 스마일랜드는 두 개의 유원지가 나란히 붙어 있는 형태의 거대한 유원지다. 거리를 이용하는 스트라이드의 코스가 그 안에 쏙 들어간다.

"이번에는 이 스마일랜드의 각 지역 특성을 살려 보기에도 즐거운 코스를 만들었습니다. 우선, 제1구간은 여기!"

쿠로베 씨는 천천히 모니터 앞을 걸어갔다.

"물을 모티브로 한 놀이기구, '아쿠아 스플래시' 옆으로 달리는 코스! 제2구간은 1900년대 미국을 본뜬 인기 쇼핑 지구를 달리는 코스! 이어서 제3구간은 지역을 크게 이동합니다. 두 개의 유원지 입구를 잇는 연안 도로가 코스죠."

쿠로베 씨의 설명에 맞춰 모니터에 표시된 영상이 마치 스마일랜드

속을 빠져나가듯이 시점을 이동해간다.

"그리고…… 이번 경기에서 가장 눈길을 끄는 코스라고 해도 과언이 아닐 제4구간! 남미 유적을 본뜬 대인기 놀이기구 속을 달리는, 전대 미문의 테크니컬 코스!"

놀이기구 안까지 코스가 됐구나. 저곳도 살펴보러 갈 수 있을까? 그렇다면 조금 기대도 되겠다. 놀이기구를 타지 않고 안을 지나갈 일은 좀처럼 없으니까.

"러너 여러분, 조심하시기 바랍니다."

쿠로베 씨는 의미심장하게 씨익 웃었다.

"어쩌면, 고대인의 저주가 내릴지 모르니까요."

일부러 낮게 깐 목소리에 웃음이 일었다.

변함없이 과장된 연설이야. 쿠로베 씨가 스트라이드를 쇼로 삼고 싶다는 건 지금까지도 느껴왔지만, 이래서야 정말로 쇼가 시작되는 것 같다.

"그리고 골 지점은 스마일랜드의 중심에 있는 저 거대한 성! 제5구간은 저 성을 향해 달리게 될 겁니다!"

그것은 스마일랜드의 상징이기도 한 성이었다.

"모든 코스가 드라마틱한 전개가 기대되는 스페셜 코스로 조성되었습니다. 끝까지 오늘 시합을 즐겨 주시기 바랍니다!"

쿠로베 씨가 정중히 고개를 숙이자 박수가 일었다. 스트라이드는 쇼가 아니라고 생각하지만, 관객의 반응을 보니 알쏭달쏭해진다. 스포츠가 아니라 엔터테인먼트로서의 스트라이드를 즐기고 싶은 사람도 분명 적잖게 있는 거야.

"……오늘의 코스는 봤던 것처럼 복잡하다. 실제로 확인하지 않으면 이미지도 떠오르지 않겠지. 시간은 부족하지만, 살피러 가자."

"앗, 네!"

단 선생님의 말에 퍼뜩 제정신으로 돌아왔다.

결승이 걸린 싸움이다. 사이세이가 그저께 발표한 오더도 있으니 코스뿐만이 아니라 상대도 생각해서 작전을 세워야 해.

'어려워 보이지만, 여기선 절대로 방심할 수 없어.'

똑똑히 코스를 파악해서 최고의 오더를 짜자.

우리는 갤럭시 스탠더드 팬들의 성원을 받으며 한층 기합을 넣고 코스를 살피기 위해 이동을 시작했다.

06

"와아……. 굉장해."

코스를 다 살피고 나서 릴레이셔너 부스에 도착하자 우선은 감동하고 말았다. 골 지점인 성 위에 있는 부스는 무척 전망이 좋았다. 손님들이 손을 흔들고 있다. 분명 시즈마 씨의 팬들도 많겠지?

"사쿠라이 씨, 다시 잘 부탁해요."

"네! 저야말로 잘 부탁드려요!"

어느새 시즈마 씨도 와 있었다. 응원과는 다른 환성이 오른다. 역시 인기가 많구나.

"드디어 이날이 찾아왔네요. 컨디션은 어때요?"

"네……. 두근거리지만, 비슷할 만큼 기대도 돼요. 사이세이 여러분과 싸울 수 있는 곳까지 오게 돼서 기뻐요!"

"그건 저희도 마찬가지랍니다."

정말로 거짓말 같아……. 으응. 그런 말 하면 안 되겠지. 여기까지 오기 위해 수없이 연습하고 노력하며 힘든 일, 괴로운 일도 극복해 왔잖아.

우연이 아니야. 거짓말도, 꿈도 아니야. 우리가 쓰러뜨려 온 팀의 마음을 짊어지고, 여기까지 온 거야. 그 성과를 부딪치는 거야.

"오늘은 진검승부예요. 저희는 당신들 호난을 꼭 쓰러뜨릴 겁니다. 당신도, 각오하세요."

"저희도 지지 않겠어요!"

"……좋은 눈이군요."

시즈마 씨는 상냥하게 눈웃음을 지었다.

나는 심호흡을 한 번 했다. 사이세이와 싸우는 날을 줄곧 기다려왔다. 기쁨과 흥분으로 들뜬 마음을 가라앉혔다.

좋아.

"──여러분, 준비됐나요?"

《야가미, 완전 OK! 어서 달리고 싶어서 근질근질거려!》

《후지와라. 문제없어.》

《코히나타, 스타트 지점에 도착했어. 그나저나 관객이 굉장하네. 압도될 것 같아.》

《쿠가, 스타트 지점에 도착. ……언제든 갈 수 있어.》

《하세쿠라다. 이쪽도 괜찮아. 신주쿠도 굉장했는데. 그보다 위가 있을 줄이야.》

의욕으로 가득한 모두의 목소리를 듣고 나는 한 번 심호흡했다.

"……준결승이에요. 전력을 다해, 열심히 해요!"

《그래!》

♛

【코히나타 호즈미(호난) vs. 치요마츠 반타로(사이세이)\제1구간】

쏴아아 하고 물이 떨어지는 소리가 들린다. 아쿠아 스플래시의 최대 클라이맥스 지점인 커다란 폭포가 바로 옆에 있기 때문이다. 호즈미는 딱딱한 적갈색 지면을 밟아 다지며 호흡을 가다듬었다.

오늘은 휴일인 만큼 스마일랜드를 찾아온 인파가 가득했다. 그에 더해 갤럭시 스탠더드의 팬들이 밀려왔으니 혼잡도는 저번 주의 신주쿠를 월등히 뛰어넘었다.

"안뇽—, 호즈밍!"

반타로가 경쾌하게 어깨를 두드렸다. 밝고 친근한 미소에는 이제부터 달려야 한다는 긴장감이 보이지 않았다.

"스마일랜드에서 시합이라니, 엄청 재밌을 것 같지 않아? 아니야? **맞지?!**"

"와우. 반짱. 신났네. 시합 전에도 이렇구나."

"그렇지냥~."

"반짱은…… 긴장, 안 해?"

반타로는 깜빡깜빡 눈을 깜빡이더니 씨익 웃었다.

"긴장했징~. 그래도 그것도 즐기지 않으면 손해야, 손손!"

"긴장을, 즐긴다라…….."

긴장하는 것은 당연하다. 하지만 그것을 플러스 요소로 바꾸는 것이 반타로였다.

어느 때라도 평소 모습대로 있을 수 있다. 그것이 호즈미는 조금 부럽게 느껴졌다.

"그렇게 됐으니! **퍼퍼퍼, FU~~~~~N!** 자, 같이!"

"**퍼퍼퍼, FU~~~N!** ……아니, 왠지 이러면 별로 재미있을 것 같지가 않은데?"

베토벤의 「운명」은 충격적인 장면에 나오는 곡이다.

"그런가냥? 운명의 문을 두드리는 소리를 어떻게 느끼는진 사람 나름이잖아? 게다가 난 호즈밍이 키치죠지 페스에서 달리는 걸 봤을 때부터 같이 달리고 싶어!! 그렇게 생각했거든냥~. 오늘 같이 달리니, 역시 이건 데스티니!!"

"그렇게 말해 주니 기분이 좋은걸. ……그래도 반짱, 그거 알아?"

"흐음?"

"그 곡, 「운명」은 말이지, 일본에서만 그렇게 부르는 거야."

"이럴 수가! **금, 시, 초, 문~~! 놀, 라, 라~~~.**"

"푸핫! 뭐야 그게. 그래도, 좋은걸! 나도 재밌어지기 시작했어."

반타로는 활짝 만면의 웃음을 띠곤 응응 하고 고개를 끄덕였다.

"오늘 시합은 어깨 힘 **빼**고, 마음껏 즐기자, 호즈밍! 아니면, 이기든 지든 후회할 거야!"

"……응!"

이기든 지든 후회한다라.

맞는 말이다. 긴장이 지나쳐 실력을 발휘하지 못했다, 그런 변명은 절대 하고 싶지 않다.

호즈미는 훗 하고 작게 웃었다. 결승 진출이 걸려 있음에도 불구하고 이렇게 즐기자는 생각이 드는 시합은, 분명 달리 없을 것이다.

'즐기자, 전력을 다해서. 후회가 없도록.'

♕

【쿠가 쿄스케(호난) vs. 오쿠무라 카에데(사이세이) \ 제2구간】

쿄스케가 달리는 제2구간은 완만히 꺾인 전통적인 코스였다. 주변에는 서부 느낌이 나는 건물이 늘어섰다. 그 안은 스마일랜드 상품을 팔고 있는 가게다.

쇼핑객이 걸음을 멈추고 신기하다는 듯이 이쪽을 보고 있다. 타다다 하고 다가온 발소리에 돌아보니 마침 대전 상대인 카에데가 도착한 참이었다.

"쿠가 씨! 잘 부탁드리겠습니다!"

"그래."

카에데는 입을 꾹 다물고 열의가 담긴 강한 눈빛으로 쿄스케를 응시했다.

"저는…… 이날을 고대했어요. 저는, 당신의 첫 번째 팬이고 싶지만…… 그 이상으로 싸워야 할 상대이고 싶어요. 당신과 진심으로 승부를 겨룰 수 있는 남자이고 싶어요. 처음으로 당신의 시합을 본 날부터 줄곧 그렇게 생각했습니다."

쿄스케는 카에데의 말을 막지 않고 천천히 고개를 끄덕이며 받아들였다. 팬이란 말을 듣는 것에 여전히 위화감이 들었지만, 그럼에도 자신을 동경해 목표로 삼고 있다는 카에데의 마음을 부정할 생각은 없었다.

"스트라이드를 시작한 시기도, 체격도…… 전 모두를 따라갈 수 없지만, 그래도 그것을 커버할 수 있을 만큼 연습을 거듭해 왔어요. 당신과 같은 무대에 서는 것…… 그걸 위해 할 수 있는 건 분명 전부 해 왔을 겁니다."

"그랬나……."

"네! 다만 그렇게 말은 해도 저도 모르는 사이에 없는 걸 달라고 떼를 쓰고 말아요. 더 필요하다고…… 그렇게 생

각하고 말아요."

카에데는 내려다본 양손을 꽉 쥐었다.

"남자는 묵묵해야 제맛……! 그렇게 행동하고 싶지만…… 저는 아직 쿠가 씨만큼 등으로 말할 순 없어요."

"……말로 하지 않으면, 알 수 없는 것도 있어."

"의외네요, 쿠가 씨가 그런 소릴 하시다니. 하지만…… 말로 하면 진부해지고 마는 것도 많잖아요? 말로 하면 그것만으로 만족하고 마는…… 말로는 할 수 없을 것 같은, 말로 하기 싫을 것 같은 마음도 있지 않을까요?"

그야말로 그러한 것을 찾듯이 말을 자아내는 카에데의 모습에 쿄스케는 눈웃음을 지었다.

"그 마음을 마음 그대로 전하기엔, 말에는 조금 필터가 강하게 걸려 있다고 생각해요."

"……."

"그래서 저는 당신이 부러워요. ……당신처럼 등으로 말하고 싶어요. 계속 동경해 온, 그 등…… 오늘, 넘어 보이겠습니다!"

좋은 눈이다. 쿄스케는 훗 하고 작게 웃었다.

"……고맙다."

"네……?"

감사를 표하는 쿄스케에게 카에데는 신기하다는 듯이 눈을 깜빡거렸다.

한 번은 손에서 놓으려 했던 길이었다. 그것을 뒤쫓아 여기까지 온 자가 있다. 지금은 쿄스케를 넘어서는 것을 목표로 삼고 있으나, 언젠가 더 높은 곳으로 나아갈 것이다.

리쿠와 타케루에 나나──. 다음 세대를 떠맡은 후배들에게 성장의 거름이 된다면, 그 또한 좋으리라.

'그렇게 쉽게 져 줄 생각은 없지만 말이지.'

"……오늘을 좋은 시합으로 만들자."

"네!"

안심했는지 딱딱하던 표정에서 힘이 빠졌다. 카에데는 늘어진 볼을 서둘러 다잡고 쿄스케에게 꾸벅 고개를 숙였다.

【하세쿠라 히스(호난) vs. 세노오 타스쿠(사이세이) \ 제3구간】

"……."

히스는 자신을 향하는 날카로운 시선에 머리를 긁적였다.

"그러니까, 넌 왜 날 보면 우선 노려보는 거냐."

가차 없이 찌르는 듯한 시선이 난처했다. 뭔가 나쁜 짓이라도 저질렀던가? 하고 의아해했으나 그다지 교류가 없었을 적부터 이랬으니, 대단한 이유도 아닐 것이다.

"……마음에 안 든다카이."

"시비 거냐?"

딱히 마음에 들고 싶지도 않았지만, 이렇게 확실하게 말하니 발끈하는 게 있었다.

일단은 연상이라고 마음속으로 불만을 말하자 타스쿠는 바보 취급하듯이 코웃음을 쳤다.

"핫, 머라카노."

싸움을 거는 게 아니라면 대체 뭐란 말인가. 히스는 의아함에 미간을 찌푸렸다.

"오늘은 떼 안 썼나 보제?"

"야……. 안 좋은 기억 떠오르게 하지 마."

저번 주 츠바키마치 전에서 나나에게 앵커를 시켜 달라고 부탁하던 중, 무슨 일인지 그 자리에 함께 있던 상대가 타스쿠였다. 그때는 타스쿠의 말에 열이 뻗쳐 되려 냉정해진 덕에 나나의 말을 들을 수 있었으니 잘됐다면 잘된 일이었지만 그것을 솔직하게 알려 줄 생각은 없었다.

"케도 얼빠진 얼굴을 본께 달라붙은 게 널찌긴 했나 보제?"

"야, 역시 시비 거는 거 맞지?"

어디가 얼빠진 얼굴이냐고 히스는 볼을 쓰다듬었다. 그런다고 알 수 있는 것도 아니지만, 당연히 평소와 다름없었다.

"그보다, 괜찮나?"

"앙? 뭐가."

"짚이는 게 있지 않나?"

살피는 듯한 시선에 히스는 저도 모르게 다리를 뒤로 뺐다. 타스쿠의 시선이 두려웠던 것이 아니다. 타스쿠가 말한 '짚이는 것' 때문이었다.

'이 녀석, 언제부터…….'

히스는 내심 혀를 찼다. 설마 츠바키마치 전 때도 그걸 확인하러 온 건가?

"……괜히 억측해서 대충 하지 마라?"

"머라카노. 니야말로, 추태 부리지 말라카이."

타스쿠는 등을 쭉 뻗더니 도전하듯이 날카롭게 노려보았다.

"정면 승부로 내가 이긴다. 레이지 씨를 승리로 이끈다. 그를 위해서 널 뭉갠다. 그뿐이래이."

"건방진데?"

흥 하고 고개를 돌리는 타스쿠를 곁눈질로 보며 히스는 손으로 허벅지를 꾸욱 눌렀다.

'끝까지 달려 주겠어. 무슨 일이 있어도.'

♛

【야가미 리쿠(호난) vs. 마유즈미 아스마(사이세이)＼제4구간】

"야, 리쿠."

"응?"

눈앞에 솟아오른 놀이기구를 바라보던 리쿠는 갑자기 부르는 소리에 돌아보았다.

"오늘 승부, 번거로운 건 다 접어 두고서 하는 거야."

"뭐? 당연하지. 일부러 시합하는데 번거로운 일을 꺼내오겠냐."

무슨 소리냐며 바라봐도 아스마의 표정은 고요했다.

"그래도 너, 제법 그런 녀석이잖아. 그래서 부탁하는 거야. 모처럼 라이벌과 달리는 중에 이상한 생각을 하다가 자멸하지 말라고."

아스마가 씨익 하고 웃었다. 걱정해 주는 줄 알았더니 기합을 넣어 주려는 거였나.

"······나도 알거든. 그런 건."

"오? 인정하는 거냐?"

의외라며 아스마가 눈썹을 치켜올렸다.

언제나 빙글빙글 생각에 빠지는 건 안 좋은 버릇이란 걸 리쿠도 알 고 있었다. 하지만 그러고 마는 것이 자신이다. 생각하지 않으려고 하는 것이 불가능하다면 그런 자신과 다른 방법으로 타협하면 그만 이다.

지금까지 시합을 거치며 그런 생각을 할 수 있을 만큼은 성장했을 터이다.

"번거로운 거······라기보다, 여기 스타트 지점에 오면 대부분의 녀 석이 형 얘길 꺼내거든."

"그렇겠지."

"그래서, 늘 그 생각 때문에 엉망진창이 돼. 난 그 녀석이 아닌데 왜 다들 비교할까 하면서."

"오오, 맞아 맞아."

"하지만 결국 가장 형 뒤를 쫓고 있던 건 나란 말이지."

그래서 쫓을 수 없는 등의 환영을, 아무리 시간이 지나도 떨쳐낼 수 없었다. 형은 아무 잘못도 없다. 리쿠가 스스로 멋대로 괴로워하고 있었을 뿐이었다. 그렇다. 알고는 있지만, 금세 마음을 정리할 수 있 는 것도 아니다.

리쿠는 짧게 숨을 내쉬었다.

"난 내가 할 수 있는 걸 할 뿐이야. 형이 아니라 내가 할 수 있는 걸."

로켓 스타트도 재점화도 리쿠 자신의 무기다. 그 무기를 어떻게 써서 어떻게 싸울 것인가. 그 방법은, 아직 완벽하진 않지만 리쿠 안에서 조금씩 형태를 갖추기 시작하고 있다.

"흐음. 대단한데?"

"너야말로 기분 전환하고 싶을 때 묘하게 달라붙더라."

되갚아 줄 생각으로 말하자 아스마는 눈을 깜빡이더니 헤실 웃었다.

"아……. 들켰어?"

"그런 건 당연히 들키지. 남의 고민을 듣고 싶을 땐 대개 자기가 엉망일 때잖냐."

"아하하. 민폐였냐?"

딱히 민폐는 아니다. 리쿠 역시 도움을 받은 부분이 크다.

"뭐, 너도 제대로 기분 전환이 됐다면 됐어."

"그래, 고맙다!"

"우와, 가벼워! 훨씬 고마워해도 되는 거 아니냐? 이거."

"바보야. 가벼우니까 좋은 거잖아. 바보도 아닌데."

"한쪽만 해!"

무심코 딴지를 걸자 아스마는 깔깔 웃었다.

"뭐, 그런 느낌이니 오늘 승부는 원망하기 없기다!"

"그래. 전력을 다하자!"

아스마가 얼굴 앞으로 들어 올린 손을, 리쿠는 힘차게 맞잡았다.

♛

【후지와라 타케루(호난) vs. 스와 레이지(사이세이)＼제5구간】

오늘 나는 저번 주의 나와는 확실히 다르다. 그런 감촉을 느꼈다.

동경하던 사람을 이겼다는 사실은 타케루의 자신감으로 이어졌다. 확실한 감촉에 세상이 평소보다 밝아진 것 같았다.

'오늘도——.'

동경과는 조금 다르다. 하지만, 쓰러뜨려야 할 상대다.

"안녕, 오늘은 잘 부탁해. 드디어 너와 시합에서 달리겠구나."

"……잘 부탁드리겠습니다."

"후지와라, 조금 눈매가 변했네."

"……생각하는 건 똑같군요."

레이지는 의외라는 듯이 눈을 깜빡이더니 불현듯 미소 지었다. 조금 전까지의 미소와는 다르게 어딘가 도전적인 표정이다.

"놀라운걸. 네겐 내가 그렇게 보여?"

"같은 걸 원하는 사람끼리 양보할 수 없다는 눈을 하고 있어요."

"……그래?"

레이지는 만족스럽다는 듯이 고개를 살짝 숙이고 노려보았다.

"하지만…… 제게 졌다고 해서 갤럭시 스탠더드를 그만두진 마세요."

이번에야말로 레이지는 눈을 휘둥그레 뜨며 놀라움을 드러냈다. 타케루는 레이지와 정면으로 마주 보며 말을 이었다.

"전 그런 변명은 하지 않는 게 레이지 씨라고 생각합니다. 당신의 속도는, 그런 속도예요."

처음에는 갤럭시 스탠더드와 스트라이드에 양다리를 걸치고 있는 것에 반발심을 느꼈지만, 레이지는 진짜였다. 연예계 활동도 스트라이드도 모두 허투루 하지 않고 진심이었다.

그것이 스와 레이지라는 남자였다.

타케루가 진심으로 이기고 싶다고 생각하는 상대였다.

"후…… **아하하하! 왠지 기쁜걸.**"

갑자기 웃음을 터트린 레이지에게 타케루는 살짝 당황했다. 웃을 만한 부분은 없었을 텐데.

"그만둔다든가 하는 생각은 안 했으니까 안심해. 후지와라처럼 한 길만 쭉 파는 아이는 이해해 주지 않을 줄 알았는데."

조용히 레이지의 얼굴에 긴장이 달렸다.

"그래, 내가 원하는 건 자유가 아니야. 사슬에 이어져 중력에 질질 끌리면서도, 그럼에도 날갯짓하는 강하고 아름다운 날개……. 그런 모습에야말로 나는 끌리지. 내가 생각하는 멋있다는 건 바로 그런 거야."

분명 레이지는 남들보다 배는 욕심이 많았다. 그렇기에 갤럭시 스탠더드도 스트라이드도 줄곧 높은 곳을 목표로 삼았다. 그리고 그것이 가능한 사람이었다.

"그럼 나머지는 달리기에서. 네 마음, 전부 보여 줘."

"……그러면 스와 씨도, 전부 보여 주세요."

레이지는 곁눈질로 후지와라를 보고선 입꼬리를 쭈욱 올렸다.

"**──그럴 마음이 들게 만들어 봐.**"

《스마일랜드에 모이신 여러분. 그리고 중계를 보고 계신 모든 스트라이드 팬 여러분. 오래 기다리셨습니다! 엔드 오브 서머 2017, 운명의 하루가 막을 열었습니다!》

흐르기 시작한 안내 아나운스에 나는 자연스럽게 등줄기를 곧추세웠다. 묘하게 화려한 음악이 울린 것 같다……. 항상 이렇게 음악을 틀었던가? 스마일랜드라서 그런가? 아니면 준결승이라?

《오늘 이곳에서 싸우는 것은 모두 뒤지지 않는 실력의 4개 학교. 작년의 준우승 학교이자 갤럭시 스탠더드로서 이제는 국민적 인기를 자랑하는! 카나가와의 사이세이 학원!! 이에 맞서는 건 지금 최고 주목도를 자랑하는 학교! 부활한 명문, 도쿄의 호난 학원 고등학교!!》

엄청난 환성이다. 사이세이도 호난도, 누가 앞선다고 할 것도 없이 성원을 받았다.

"수많은 분이 시합을 기대하고 있어요. 저희뿐만 아니라, 호난의 달리기에도."

"정말로요!"

《그리고, 오늘은 무려 시합이 하나 더 치러집니다! '검은 번개' 후루타치 쥬로가 이끄는 이와테의 강호, 쿠로모리 고등학교 대 '킹' 사쿠라이 죠가 이끄는 센다이의 신생 카쿄인 고등학교!!》

《결승에 진출하는 것은 어느 팀이 될 것인가, 모든 것은 이 두 경기로 결정됩니다!》

《오늘은 여러분의 기억에 남을 하루가 될 것입니다!!》

기억에 남을 하루…….
관객뿐만이 아니다. 우리에게 있어서도, 분명.
나는 가슴에 주먹을 대고 한 번 심호흡했다.
"여러분, 열심히 해요!"
《그래!》

On your mark, Get set——

GO!

STEP25

VISUAL NOVEL SERIES
PRINCE OF STRIDE 07

THE FATAL DAY

CHARACTERS
갤럭시 스탠더드

음악 방송 라이브 중 호난에게 준결승 오더를 공개한 갤럭시 스탠더드. 이 전대 미문의 사태에 호난은 물론, 갤럭시 스탠더드의 팬들 사이에서도 큰 소란이 벌어졌다. 시합에 대한 기대치가 증가하는 가운데, 드디어 '운명의 날'이 다가왔다.

갤럭시 스탠더드
GALAXY STANDARD

인기 아이돌 그룹. 매년 멤버가 바뀌는 것으로 유명하며 올해 멤버는 8대째. 역대 최고 수준의 인기와 실력을 자랑한다!

STEP 26

VISUAL NOVEL SERIES
PRINCE OF STRIDE 07

PAIN AND GAIN

`01`

【코히나타 호즈미(호난) vs. 치요마츠 반타로(사이세이)＼제1구간】

"헉, 헉……!

호즈미는 경쾌하게 월을 넘었다.

출발은 순조롭게 호즈미가 앞서나갔다. 코스는 호즈미의 특기인 기믹이 많았다. 마치 트릭으로 이루어진 숲이다.

'즐기자, 반짱!'

"냐호―잇!

산속을 구불구불 흐르는 강 같은 놀이기구 위의 코스는 한 걸음 잘못 내디디면 물속으로 직행이다.

'균형 감각, 올 그린!! 전부 합쳐, 컨디션 최고조!'

따라오는 반타로의 고양감이 저릿저릿 전해져 온다. 즐겁게 뛰고 있다. 호즈미는 무심코 훗 하고 웃었다.

이쪽까지 즐거워질 것처럼 달리는 사람은, 그리 많지 않다. 반타로와 달리고 있자면 이것이 승부라는 사실을 잊을 것 같다.

'하지만, 질까 보냐……!'

"냐호로호~~~이!!"

"!"

바로 뒤까지 반타로가 쫓아왔다. 짧은 터널을 빠져나간 순간, 등 뒤로 반타로가 날아왔다. 터널을 넘어 온 것이다.

"호즈밍, 록 온!"

"이런……!"

호즈미는 이를 악물고 스피드를 올렸다.

출발 자체는 호즈미가 앞섰지만, 뒤쫓는 반타로의 속도는 놀라웠다. 하나 이대로 쉽게 뒤처질 것 같냐며 다리에 힘을 주었다.

'착한 아이처럼 달리는구먼, 텅 비었다냐!'

완만한 내리막길은 왼쪽 벽을 도려내듯이 큰 커브를 그리고 있다. 오른쪽에는 강, 발판도 좁다. 기믹을 앞에 두고 저도 모르게 감속한 호즈미와는 반대로 반타로는 속도를 올려 벽으로 뛰어올랐다.

'반짱특허…… 화려한 오버 테이크!'

반타로가 머리 위를 날아 넘듯이 호즈미 앞으로 나온다. 잘못하면 물속으로 떨어져도 이상하지 않았다. 반타로는 실패 따윈 전혀 두려워하지 않은 것이다.

'뒤처졌다……!'

호즈미는 까득 이를 악물었다. 탄력을 이용해 앞으로 앞으로 점점 나아가는 반타로를 필사적으로 물고 늘어졌다.

'이 이상 벌릴 순 없어……!'

♕

"코히나타 선배!"

치요마츠 씨……. 어떻게 저리 높이 뛰어오를 수 있을까.

"치요마츠는 체력 면에선 조금 불안하지만 트릭키한 코스가 무엇보다 특기죠. 이 코스는 그야말로 물 만난 고기라고 해야겠군요."

"……."

그래도 코히나타 선배도 지지 않았다. 뒤처지긴 했지만 그리 차이는 벌어지지 않았다.

"……쿠가 선배, 와요!"

《그래.》

"──카에데, 세트."

나는 한껏 태블릿에 집중했다. 코히나타 선배는 끝까지 포기하지 않았다. 필사적으로 치요마츠 씨를 뒤따르는 마음이 전해져오는 것 같다.

"──쿠가 선배, 세트!"

쿠가 선배라면 분명 이 차이를 메워 줄 거야!

♛

【쿠가 쿄스케(호난) vs. 오쿠무라 카에데(사이세이) \ 제2구간】

사이세이보다 뒤늦게 이루어진 코히나타 선배와 쿠가 선배의 릴레이션.

'죄송합니다……. 큭, 잘, 부탁해요!'

'문제없어.'

높이 울려 퍼지는 두 사람의 하이터치!

"이어졌다……."

코히나타 선배의 마음을 받은 쿠가 선배가 쭉쭉 가속해간다.

앞서가는 오쿠무라 씨는…….

"──오쿠무라 씨, 움직임이 엄청 가벼워."

"카에데는 노력하는 천재죠. 체격은 작지만 '정확함' 이 무엇인지 이해하고 있어요. 컨디션의 기복도 적습니다. 방심하면 당할 거예요."

방심……. 아니, 쿠가 선배는 방심 따위 하지 않아. 누가 상대든 전력이다. 왜냐하면 그것이 상대에 대한 경의니까.

♛

스마일랜드 입구로 향하는 완만한 호를 그리는 미들 코스. 기믹도 앞 구간보다는 훨씬 줄어들어 속도를 올리기 편하다. 쿄스케의 눈은 앞서가는 카에데의 등을 응시하고 있었다. 단순한 코스이기에 더더욱 어디서 승부를 걸지, 그것이 열쇠다.

'쿠가 씨……. 저는, 당신을 넘어 보이겠어요!'

강한 마음이 전해져 온다. 카에데는 쫓기는 입장이면서도 도망치는 것이 아니라 뒤를 쫓는 듯한 기백으로 달리고 있었다.

코스 좌우에는 서부 느낌의 낡은 목조 건물이 늘어섰고 데크에선 관객들이 커다란 성원을 보내온다. 그 목소리도 바람 소리에 섞여 사라져 가는 것만 같았다.

'……움직임이 좋군. 허튼 동작이 전혀 없어……. 하지만.'

쿄스케는 완벽하게 그 등을 포착했다. 슬금슬금 카에데의 등으로 육박해 갔다.

'정말로 그래도 되는 거냐……? 형태에 너무 갇혀 있는 건 아니냐……?'

'……큭, 온다!'

카에데의 등이 긴장으로 굳는다. 쿄스케는 조용히 확실하게 차이

를 좁혀 갔다.

다른 테마의 구역으로 들어갔으리라. 서부 느낌이던 풍경이 남국의 분위기로 바뀌었다. 주변에 선 토템 폴이 두 사람의 달리기를 지켜봐 주는 것 같다.

중앙 입구로 향하며 환성이 점점 커져 갔다.

'중요한 건…… 승리가 아니야.'

쿄스케는 자기 본연의 자세를 확인하려는 듯이 가슴 속으로 중얼거리고 타이밍을 기다렸다.

곧 중앙 입구가 보이기 시작했다.

'뒤처진다?! 어쩌지, 블록…… 아니, 아니야!! 이대로, 이대로 내 전부를, 저 사람에게…… 부딪치고 싶어!'

카에데의 망설임은 찰나였다. 그러나 그 순간만으로도 충분했다. 쿄스케는 단숨에 거리를 좁혔다.

'중요한 건, 의지…….'

'나는, 도망치지 않아……!!'

'승리 그 너머를 바라보는, 강한 의지다……!'

카에데와 나란히 섰다. 카에데가 이를 꾹 악물고 있는 것을 알 수 있었다.

"……큭, 우오오오오오오오!"

카에데는 악착같이 쿄스케에게 달라붙어 양보하지 않았다.

'네 강한 마음, 확실히 받았다…… 하지만.'

카에데의 전력을, 쿄스케는 추월해 갔다.

"이 너머를, 넘겨줄 순 없어!"

♛

쿠가 선배와 체격도 저렇게 차이가 나는데 오쿠무라 씨는 전혀 앞을 내주지 않는다. 마음도, 달리기도 조금도 지지 않았어!

"……웃, 하세쿠라 선배! 쿠가 선배가 오쿠무라 씨와 거의 동시에 와요!"

《그렇단 말이지? 저 1학년, 꽤 애쓰는걸.》

오쿠무라 씨는 몸이 산산조각이 날 것처럼 한계에 가까운 달리기에 들어갔다.

차이를 내려면 릴레이션밖에 없다.

'집중해…….'

태블릿을 잡아먹을 듯이 바라보며 러너의 호흡에 집중했다.

"하세쿠라 선배, 세트!"

"──세노오, 세트."

곁눈질하자 시즈마 씨와 눈이 맞았다. 모두 필사적으로 달리고 있다. 내가 릴레이션에서 질 순 없다. 시즈마 씨도 같은 마음이라는 것을 알 수 있었다.

'질 수 없어. 지고 싶지 않아!'

우리는 같은 타이밍에 숨을 들이쉬고, 그리고——.

""——GO!""

02

【하세쿠라 히스(호난) vs. 세노오 타스쿠(사이세이)＼제3구간】

출발이 거의 동시였다면, 릴레이션도 거의 동시였다.

제3구간은 스마일랜드의 입구로 나와 옆 유원지까지 이어지는 만의 연안 간선도로를 달리는 직선 롱 코스다.

'하세쿠라 선배와 세노오 씨⋯⋯. 힘과 기술의 대결. 그런 느낌이야.'

"제3구간은 바람이 강해요. 체력이 있는 두 사람이 딱이죠."

옆에서 불어오는 강한 바닷바람에 대항하려면 파워가 필요하다. 두 사람은 한 발짝 앞서면 한 발짝 후퇴하길 반복하고 있었다. 아주 살짝 하세쿠라 선배가 불리할지도 몰라⋯⋯.

"⋯⋯세노오는 하세쿠라 씨 대책에 온 힘을 다했습니다. 이 구간은 받아 가겠어요."

"⋯⋯웃."

♛

'……역시 빠르구만. 그보다, 빈틈이 없어!'

합숙에서 본 엄격한 모습 그대로 빈틈없이 단단한 달리기다. 타스쿠와의 승부는 체력이 얼마나 버틸지를 보는 인내력 싸움이다.

'입만 산 녀석은 아니란 거냐. 여기선…… 베스트보다 베터를 선택하자.'

타스쿠를 제치는 것이 베스트. 하지만 잘못 시도했다간 강풍에 휘말려 거꾸로 균형을 잃어 버릴 수도 있다. 그렇게 되면 거리가 벌어진다. 아직 앞에는 리쿠와 타케루가 남아 있다. 혼자서 달리는 것이 아니다. 여기선 더 이상 차이가 벌어지지 않도록——.

'공격 하나 안 한다코? 우습게 보였구마.'

"……윽!"

타스쿠의 등이 한껏 멀어진다. 스퍼트를 건 것이다.

'젠장, 멀어진다……!'

연안 도로를 빠져나가 옆 유원지로 들어간다. 기다렸다는 듯이 관객들이 환성을 질렀다.

다음 구획을 향할수록 커브가 늘어났다. 롱 코스를 달려와 남은 스테미너가 얼마 되지 않는다. 표면이 우둘투둘한 적갈색 바위로 이루

어진 놀이기구가 눈앞으로 다가오고 있었다.

'니들한텐 미안하지만 이 승부는 절대로 질 수 읍다. 레이지 씨의 마지막 EOS, 반드시 승리를 안겨드리겠다고 약속했으니께.'

멀어져가는 등을 보며 히스는 입꼬리를 치켜올렸다.

'그래……. 달리기에서 베터를 선택하다니, 지키기만 해선 이길 수 없어!'

나야말로 이번이 마지막 EOS다. 질 수는 없다. 설령 무슨 일이 일어나더라도!

"큭, 우오오오오오오!

♛

"하세쿠라 선배!"

굉장해. 물고 늘어졌어……. 하지만, 세노오 씨가 빨라!

《사쿠라이, 하세쿠라 선배는?!》

"뒤처졌어. 후방…… 4초!"

《우와, 진짜로? ……할 수밖에 없구만!》

"……아스마, 세트."

시즈마 씨의 조용한 지시에 나는 입을 다물었다. 하세쿠라 선배도 한계에 가깝게 달리고 있었다. 이대로 아슬아슬할 때까지 기다릴까? 아니면…….

"……!

으응, 조급하게 굴면 안 돼. 하세쿠라 선배는 꺾이지 않았어. 마지막까지 야가미와 후지와라를 믿고서 전력으로 달려올 거야.

"야가미…… 세트!"

《웅!》

여기선 야가미의 스타트 대시로 만회하자!

♕

【야가미 리쿠(호난) vs. 마유즈미 아스마(사이세이)＼제4구간】

"하세쿠라 선배! 나머진 제가!"

"……윽, 미안하다, 부탁하마!"

짝 하고 하이터치 소리가 울렸다. 변함없이 우렁차다. 그만큼 선배들의 강한 마음이 담겨 있었다.

'……반드시 따라잡겠어!'

아스마는 이미 놀이기구 안이었다. 리쿠도 뛰어들듯이 그 뒤를 이었다.

모험가가 된 손님이 탄 광차가 고대 유적 안을 통과하는 놀이기구다. 안은 어두컴컴해 횃불을 본뜬 불빛이 점점이 빛나고 있을 뿐이다. 발치에도 광차가 달리는 레일이 깔려 있어, 좋게 말하더라도 달

리기 편하다곤 할 수 없다. 하지만 그것은 아스마도 마찬가지다.

리쿠는 더욱 눈을 번뜩이며 달렸다.

'――찾았다!'

아스마의 등이 힐끗힐끗 횃불의 불빛을 받았다가 사라진다. 합숙 때보다 훨씬 빠르다. 빠르지만, 못 따라잡을 정도는 아니다.

커브에서 힐끔 아스마가 뒤를 돌아보았다.

'톱 스피드론 이길 수 없거든. 그래서 낭비 없이 달릴 거다. 섬세하면서도 대담하게!'

'코스는 그리 길지 않아……. 그러니 딱히 스피드가 떨어지더라도 기다릴 필요…… 없어! 조금 이르지만…… 스퍼트를 걸자!'

스피드가 떨어지기 시작한 뒤로 재가속을 걸어 그 속도이니, 속도가 떨어지기 전에 거는 재점화는 더욱 빠르다. 급격한 커브를 빠져나간 순간, 리쿠는 스퍼트를 걸었다.

하지만 아스마도 지지 않았다.

'이 짜샤아아아아아아!!'

이른 스퍼트를 걸어 야가미가 거리를 좁혀 갔다. 거의 차이가 사라졌어!

"굉장해……! 둘 다, 한 발짝도 물러서지 않아!"

그때였다.

"어……?"

나는 태블릿을 바라보았다.

코스 지도 위에서 야가미의 마커가 안 보이잖아?!

설마 태블릿이 고장났나? 지금?!

"……윽!"

회장도 술렁거리고 있었다. 시즈마 씨를 보자 미간에 주름을 새기고 험악한 표정을 짓고 있었다. 손은 헤드셋에 놓여 있다. 아마 시즈마 씨도 러너의 모습이 보이지 않는 거야. 어디에 있는지 몰라서 필사적으로 호흡을 찾고 있어.

야가미에게 무슨 일이 생긴 것은 아닌 모양이었다. 숨소리는 인터컴으로 들려온다. 하지만 어떻게 된 거지……? 야가미의 마커가 아직 보이지 않아. 코스 안의 고정 카메라가 포착한 영상이 태블릿 화면으로 이따금 송출될 뿐이다. 안 그래도 어두컴컴한 놀이기구 안이라 배경만 봐선 어딜 달리고 있는지까진 판단이 서질 않는다.

'어쩌지…….'

《……왜 그러지, 사쿠라이.》

"……웃, 후지와라……. 아니야. 괜찮아! 믿어 줘!"

《……알았어.》

내가 동요하면 안 돼. 집중해서── 제대로 마음이 통하면 분명 알

수 있을 거야.

　몇 번이고, 몇십 번이고 연습을 반복해 왔잖아.

　나는 눈을 감았다. 잡음도, 쓸데없는 마음도 전부 내려놓자.

　야가미의 호흡을 들어. 느끼는 거야──.

《헉, 헉, 헉……》

"후지와라, 세트."

"레이지 님, 세트."

　분명 이어질 거야. 이어지게 만들겠어.

"쓰리, 투, 원──GO!"

03

【후지와라 타케루(호난) vs. 스와 레이지(사이세이)＼제5구간】

　무슨 일이 일어났다. 스태프가 허둥대는 모습을 보건대 결코 좋은 일은 아닐 것이다. 회장을 감싸는 불온한 분위기에 불안함이 솟아난다.

　하지만.

　'……사쿠라이가 믿으라고 했어.'

　전례 없이 강하게. 그렇다면 자신은 그것을 믿을 뿐이다.

"……드디어구나. 후지와라."

"네."

　말을 걸어온 레이지에게 후지와라는 고개를 끄덕여 보였다.

　무슨 일이 일어났는지 레이지는 알고 있는 걸까? 타케루는 곁눈질로 레이지를 보았다. 무척 담담해 보인다. 상황을 파악하고 있다는 여유인지…….

아니, 알든 모르든 이 사람은 변함없을 것이다. 무슨 일이 일어나더라도 대응할 수 있다는 자신감과 실력이 레이지에겐 있었다.

타케루는 얼굴을 다잡았다.

"나와 너의, 둘만의 승부야……. 즐기자."

도전적인 레이지의 눈빛에 타케루는 그저 고개를 끄덕였다.

어려운 건 생각하지 않아도 된다. 그저 달려서 이 사람을 이기기만 하면 된다.

《후지와라…… 세트!》

"……."

목소리에서 나나의 긴장이 전해져 온다. 타케루는 크게 심호흡했다.

《쓰리, 투, 원——GO!》

"……흡!"

믿으라는 말대로 망설임 없이 달려 나갔다.

레이지의 스타트보다 훨씬 빠르다. 그러나 이 속도의 차이는 레이지라면 간단하게 뒤집을 것이다.

블라인드에서 속도를 더해 갔다.

"후지와라!"

"그래!"

테이크 오버 존에서 리쿠가 불렀다. 믿은 대로 절묘한 타이밍이었다.

"가라! 후지와라!"

강한 하이터치에 손바닥이 저렸다. 러너 모두의 마음이 실린 뜨거운 하이터치였다.

타케루는 그대로 쭉쭉 가속해 갔다.

'스와 씨를, 이 릴레이션으로 떨어뜨려 놓겠어⋯⋯!!'

"이어졌다⋯⋯!"

이제 와서 무릎이 후들거렸다. 야가미와 후지와라 둘 다 톱 스피드에서 릴레이션했다. 그 이상 빠르거나 늦었다면 실패했다. 아니, 감속했다면 그나마 낫다. 충돌 사고가 벌어지는 것이 가장 무서웠다.

"다행이야⋯⋯."

"멋진 릴레이션이었습니다."

"가⋯⋯ 감사합니다. 시즈마 씨도⋯⋯."

정말로⋯⋯ 한때는 어떻게 되는 줄 알았다.

나머지는 후지와라를 믿을 뿐이다.

태블릿 위의 마커 표시는 어느새 돌아와 있었다. 나는 그것을 눈으로 좇았다.

후지와라는 조금 앞설 수 있었지만, 차이는 별로 없었다.

'하지만⋯⋯ 아까 그건 뭐였을까⋯⋯?'

"사고, 치곤 너무 공교롭네요."

"시즈마 씨⋯⋯?

"하지만 지금은 시합에 집중하도록 하죠."

"⋯⋯네!"

그래. 지금은 지나간 일을 생각하지 말자.

"……웃! 스와 씨, 벌써 스퍼트?! 후지와라, 올 거야!"

얼마 안 되는 차이 따위 순식간에 좁혀진다. 혹시 카쿄인의 이다 씨보다 빠른 게 아닐까……? 하지만 후지와라도 지지 않아.

"굉장해……. 스트라이드에서 본 적 없는 스피드의 시합이야……!"

"……스트라이드는 그 경기 특성상 러너에게 미리 하나의 제한이 걸려 있어요."

"제한……이요?"

"네. 호흡이죠. 육상에선 400미터를 일반적인 무산소 운동의 한계라고 일컫습니다. 스트라이드도 한 구간의 평균 거리는 400미터죠. 하지만 레이스용으로 조성된 코스를 달리지 않아요. 코스에 레인이 없기에 커브에선 라인 쟁탈전이 벌어지며 고저 차, 기믹도 있죠. 그리고 무엇보다 릴레이션이 있습니다."

"네……."

치요마츠 씨의 다이내믹한 추월을 떠올렸다. 그것도 스트라이드에서만 볼 수 있는 추월이다.

"스트라이드에서는 육상의 400미터를 월등히 뛰어넘는 운동량이 요구됩니다. 그렇기에 무산소 운동…… 무호흡 상태로 있을 수 있는 시간은 정말 잠시뿐이에요. 페이스 배분을 하며 달리는 것. 그것이 일반적입니다."

시즈마 씨는 태블릿으로 시선을 떨구고 눈을 가늘게 떴다.

"……하지만 지금 저 두 사람은 무산소 상태에서 달리는 시간을 무척 길게 잡았어요. 이 페이스로 달리다간 무너질지도 모르겠군요."

"네……?!"

그렇게 무리해서 달리고 있다고?

'숨쉬기, 괴로워……! 공기로 된, 물 밑을 달리는 것 같아…….'

'……그래.'

후지와라의 괴로운 숨소리가 느껴진다. 그리고…… 스와 씨도……?

'손발이…… 무거워……!'

'하지만, 그렇기에, 의미가 있지!'

'나는, 내 껍데기를 부수고 싶어……!'

'모든 중력을 거스르는, 날개를 원해……!'

두 사람의 마음이 싱크로를 이루어간다. 같은 거야. 두 사람의 마음은———.

'내 한계는, 내가 정하겠어!'

"……!!"

후지와라와 스와 씨의 너무 강한 마음에 가슴이 괴로워.

둘 다 물러서지 않는다. 질 수 없다는 마음이 너무 강해서…….

"……레이지 님."

'끝없이 **빠르게**! 한계 따윈 없어!'

'이것이 우리의 레이스! 우리의, 간절한 외침!'

'지금 이 순간 우리의 달리기……!'

'누구도, 멈출 수 없어!!'

후우 하고 시즈마 씨가 숨을 토해냈다.

"……이제 둘 다 서로를 보고 있지 않군요. 더 앞을 보고 있어요."

"……더, 앞을요……? 그건……."

"그건 우리는 알 수 없죠."

"지켜볼 수밖에 없단 건가요……?"

시즈마 씨는 미소 지으며 조용히 고개를 끄덕였다.

환성이 다가온다. 이제 곧 골이다.

04

'이렇게나 골이 멀다니.'

줄곧, 줄곧 이 길이 영원히 이어지는 듯한 착각을 느꼈다.

전력에 전력을 거듭해 계속해서 달리고 있다. 몸의 감각은 둔하기 짝이 없지만, 신경만은 날카롭게 날이 선 듯하다. 몸이 뜨겁다. 하지만 머리는 차갑다.

"헉, 헉, 헉……."

자신의 호흡 소리가 선명하게 들렸다. 얕고, 빠르다. 그뿐이었다.

그것 말고 다른 소리는 세상에서 사라진 것만 같았다.

한계를 넘는다——. 아니, 여전히 한계는 멀었다. 한계라고 느낀 시점에서 발은 멈추리라.

분명, 더 빠르게 달릴 수 있을 것이다. 중력의 사슬을 개의치 않고 높게. 날아오르는 것처럼 빠르게.

누구보다도 빠르게!

시선 끝으로 히끗히끗 타케루의 모습이 보인다.

타케루도 자신을 걸고 달리고 있었다.

지금 순간만은 자신을 위해서——.

"······큭!"

《레이지 님······!》

'시즈마──. 그렇게 걱정스러운 목소리 내지 마.'

괜찮아. 지금 최고로 기분이 좋거든. 최고로 즐거워.

여기서 무리도 안 하고 억지도 안 쓰면 내가 아니잖아?

'아아······. 신기하다.'

물속에서 흔들리는 듯한 불확실한 '목소리'가 몇 개나 들려오는 것만 같았다. 마치 혼선된 라디오처럼 모두의 목소리가 흘러들어온다.

모두의 목소리가.

'가라──! 레이지이이이!!'

'부탁합니다! 레이지 씨!'

'레이지 씨······!!'

'가랏! 거기예요! 지지 말아요, 레이지 씨!'

강한 마음이 전해진다. 여태껏 느꼈던 것 중 가장 명료하고 강하다.

'──아니. 나만을 위해서가 아니야······.'

팀의 모두가 필사적으로 이어 온 이 마음을 골까지 전하기 위해, 누구보다도 **빠르게.**

질 수 없다. 지고 싶지 않아!

한계 그 너머로 가는 거야. 설령 지금 이 다리가 부서지더라도 상관없어!

이기는 건 우리다!

마음이 등을 민다. 더 앞으로 가라고 다리를 움직인다.

더 빨라질 수 있어. 훨씬 빨라질 수 있어!

'이래서 스트라이드를 그만둘 수 없는 거야!'

다른 어떤 스포츠와도 다르다. 마음이 힘을 준다. 실력보다 몇 배나 강해질 수 있다.

'믿음으로 맡겨 준 멤버의 마음에 보답해 줄 수 없다면, 남자가 아니지!'

"……웃, 우오오오오오오!"

이 멤버로, 최고의 멤버로 우승하는 거야!

《레이지 님!》

골을 향해……!

"……웃!"

'이기는 건 우리 호난이다!'

갑자기 울려 퍼진 소리에 레이지는 눈을 활짝 떴다.

──고작, 반걸음 앞.

'후지와라!'

몸이 뜨겁다. 전신이 찡하니 저려온다.

"······허억, ······허억."

타케루는 지면에 대자로 뻗어 있었다. 등이 뜨거웠지만 그조차 신경 쓰이지 않을 만큼 온 힘을 쏟아냈다.

"······이겼, 어······?"

"······하하. 왜 의문형이야?"

바로 옆에 벌렁 뻗어 있는 것은 레이지였다.

"······네 승리야."

거친 숨결 사이로 나온 목소리는 주변의 환성에 지워지지 않고 타케루의 귀에 닿았다.

근소한 차이였다느니 뭐라느니 하며 시끄럽게 타케루의 승리를 선언하는 안내 아나운스보다 레이지의 목소리가 훨씬 현실감이 있었다.

슬금슬금 그 사실이 스며들어오는 듯한 감각에 눈을 감았다.

이겼다. 이긴 거야. 사이세이에게.

"······웃."

"──봐봐, 하늘."

레이지의 재촉에 눈을 떴다.

"엄청나게 파래."

"······진짜 그러네요."

어디까지고 투명하게 맑은 하늘.

호난의, 푸름이다.

"웃, 후지와라!"

"사쿠라이……."

릴레이셔너 부스에서 서둘러 내려왔을 것이다. 나나가 숨을 헐떡이며 다가왔다. 타케루는 가쁜 숨을 내쉬며 눈웃음을 지었다.

믿으면 믿은 만큼, 아니, 그보다 더한 마음이 돌아온다. 이 호난에서 그것을 배웠다.

"……."

완전히 지친 몸을 바로 일으킬 수 있을 것 같지 않았다. 타케루는 바닥에 누운 채 오른손을 하늘로 뻗듯이 치켜올렸다.

"……웃! 수고했어!"

짝 하고 나나가 타케루의 손을 쳤다. 그 손은 타케루에게 뒤지지 않을 만큼 뜨거웠다.

'──진 건가.'

타케루와 나나의 하이터치 소리를 들으며 레이지는 생각했다.

그 소리는 자신이 한 말 이상으로 레이지에게 패배를 분명하게 들이밀었다.

패배를 처음 겪는 것은 아니다. 하지만 패배는 성장을 위한 밑거름이다. 그렇게 생각하며 그때마다 더더욱 연습을 거듭해 왔다.

'올해야말로. 그렇게 생각했는데…….'

눈이 부실 정도로 푸른 하늘에 손을 뻗었다. 손바닥의 윤곽이 빨갛게 떠올랐다.

손바닥을 태양에, 그런 노래가 있었지. 문득 그런 생각이 떠올라 레이지는 작게 웃었다.

사이세이의 빨강——이라.

호난에 뒤지는 것이 있었다곤 생각하지 않는다. 노력도 마음도 절대 뒤지지 않았다. 둘 중 누가 이기더라도 이상하지 않았다.

'……분한걸.'

뻗은 손을 힘껏 움켜쥐었다.

둘 중 누가 이겨도 이상하지 않았기에 더더욱 졌다는 사실이 분했다. 전력을 다했다. 이 이상 없을 만큼.

"——설 수 있겠어요?"

쏟아지는 목소리에 시선을 움직였다. 분함을 곱씹는 듯한 표정의 시즈마가 손을 내밀었다.

"당연하지."

시즈마의 손을 잡고 일어섰다. 보아하니 나나가 걱정스러운 얼굴로 이쪽을 살피고 있었다.

'승자에게 저런 얼굴을 시키면 안 되지.'

레이지는 아직 거친 숨을 고른 뒤 나나에게 다가가 손을 내밀었다.

"축하해. 너희는 역시 내가 점찍은 대로였어. 너희와 싸워서 기뻤어."

"스와 씨……! 감사합니다."

응, 역시 여자아이는 웃어야 좋다. 승자는 솔직하게 기뻐해야지.

호난과 싸워서 기쁘다. 그 마음은 진심이다. 그 어느 때보다 더 진심으로 싸웠다, 그렇게 느꼈다. 패배는 분한 게 사실이었지만, 그에 버금갈 만큼 후련하기도 했다.

"후지와라도."

"……옙."

드디어 일어난 타케루와도 굳건한 악수를 나눴다.

"지지 마라."

"……상대가 누구더라도, 지지 않겠습니다."

응 하고 레이지는 만족스럽게 고개를 끄덕인 뒤 시즈마를 돌아보았다.

"죄송합니——."

"사과하긴 없기야. 시즈마. 누구도 사과해야 할 일은 하지 않았으니까."

모두가 전력을 다해 싸웠다. 그것만이 사실이었다.

"자, 돌아가자. 다들 기다리고 있어."

05

"나이스 릴레이션! 나이스 런!"

스와 씨 일행을 배웅하니 흥분한 기색의 카도와키 선배가 달려왔다. 커다란 수건을 활짝 펼치고 후지와라의 등에 뛰어들었다.

"윽……?!"

"카도와키 선배!"

"내가 여태껏 스트라이드 경기를 많이 봐 왔지만…… 이렇게 흥분하고, 이렇게 감동한 시합은 처음이야……! 뭔가, 그냥, 말로는 표현할 수 없을 정도로! 정말 굉장한 릴레이션이었어! 사쿠라이! 진짜, 한때는 어찌 되는 줄로만…….'

"카도와키 선배, 고맙습니다!"

"선배…… 무거…… 무거워요."

"어머나, 나도 참! 미안해라!"

카도와키 선배는 그렇게 말하고 후지와라에게서 떨어졌다. 온 힘을 다해 달린 후지와라에겐 조금 힘들었나 봐.

"나나──!"

"리코!"

리코가 카도와키 선배에게 뒤지지 않는 기세로 껴안았다.

"굉장해! 굉장했어, 해냈구나! 안드로메다 애들도 다들 엄청 흥분했어! 스트라이드는 정말로 굉장해! 이렇게 사람을 감동시키는 스포츠는 또 없을 거야!"

"리코…… 고마워!"

아아, 하고 카도와키 선배가 감동한 듯이 한숨을 내쉬었다.

"사이세이에게…… 준결승에서 이겼다는 건, 다음은 드디어 결승이구나. ……정말로, 여기까지 온 거구나."

카도와키 선배는 다친 쇄골에 손을 얹고 얼굴을 구기며 웃었다.

"왠지…… 하하. 내가 들어간 건 장기부였을 텐데. 스트라이드로 이런 곳까지 와 버렸어……."

선배의 울먹이는 목소리가 떨렸다. 이끌려 나까지 울 것 같았다.

"……웃, 이런 모습을 보였다간 웃음을 사겠지?"

카도와키 선배는 안경 밑으로 눈물을 가볍게 닦아내고 만면의 웃음을 지었다.

"우리도 돌아가자. 분명 다들 목이 빠지게 기다리고 있을 거야."

"네!"

"아, 왔다 왔어! 사쿠라이—!!"

호난 부스로 돌아가자 야가미가 크게 손을 흔들며 맞아 주었다.

"수고했어! 사쿠라이!"

"수고했어, 야가미!"

"후지와라도! 해냈구나."

"……그래."

기다리던 모두는 무척 기뻐 보였다.

"그보다 사쿠라이, 들었어! 내가 달리고 있을 때 태블릿에서 마커가 사라졌다며. 그랬는데 그 릴레이션을…… 대단하다."

"……그랬어?"

후지와라가 눈을 동그랗게 떴다. 그러고 보니 후지와라에겐 아직 말을 안 했던가?

"응. 말 안 해서 미안해. 하지만 릴레이션에 집중하길 바랐거든."

"……아니, 괜찮아. 믿고 있었으니까."

"고마워. 나도 후지와라랑 야가미를 믿고 있었어!"

그렇기에 그 릴레이션이 가능했던 거야. 야가미가 속도를 낮췄다면, 내가 망설였다면, 후지와라가 믿어 주지 않았다면……. 셋 중 하나만 일어났어도 실패했을 것이다. 그 릴레이션은 우리 세 사람이 만들어 낸 신뢰의 증표다.

"웃……."

"야, 카도와키. 뭘 울고 그러냐."

"누, 누가 울었다고 그러시오! 이건 갑작스러운 청춘 과잉 섭취로 인해 흘러나온 청춘의 즙이오!"

"……뻔한 건지 아닌 건지."

"아하하!"

코히나타 선배가 경쾌하게 웃고는 조용히 시선을 내렸다.

"……아유무. 결승, 꼭 이길게. 그날, 아유무가 이어 준 마음을 헛되이 하지 않기 위해서라도."

"호즈미……."

카도와키 선배는 안경을 들어 올려 눈물을 훔쳤다.

"이렇게 말하는 건 안 좋을지 모르지만, 지는 게 헛된 건 아니야."

붉어진 카도와키 선배의 눈이 똑바로 코히나타 선배를 바라보았다.

"물론 후회는 남겠지. 하지만 부끄러움이 남을 만한 짓은 하지 않았어. 지금까지 걸어 온 길이 소중하다는, 그런 자부가 있잖아? 말 안 해도 알아. ……마음만은 함께 달리고 있으니까."

"……응!"

크게 고개를 끄덕이는 코히나타 선배에게 카도와키 선배는 대담하게 웃어 보이며 안경을 빛냈다.

"그걸 전제로, 당연히 지는 것보다 이기는 게 좋은 건 진리이자 명백, 자명한 사실!"

카도와키 선배가 **처억!** 하고 손가락으로 가리키자, 코히나타 선배는 눈을 껌뻑거렸다.

"만에 하나라도 지는 날에는, 벌로서 **두리안 냄새에 절인 마스크를 씌우고 그라운드 10바퀴 형에 처하겠다!**"

"뭐야, 그 급격한 하드코어는!"

카도와키 선배도 코히나타 선배도 평소 모습이 돌아온 것 같다.

"그보다! 사이세이에게 이기다니, 우리 진짜 강한 거 아냐?!"

"아하하! 왠지 꿈을 꾸는 것 같아. 여기까지 오다니……."

"아직이야."

"어?"

후지와라는 결의에 찬 강한 눈빛으로 나와 야가미를 보았다.

"아직 통과점이야."

"맞아 맞아, 우리의 약속은…… 호난 스트부에서 EOS 우승을 노리자! 맞지?"

"당연하지."

"응!"

사이세이에게 이겼다고 끝이 아니다. EOS 우승이라는 약속을 이루는 것이 우리의 목표다. 오늘의 승리는 기쁘지만, 아직 끝난 것이 아니다.

"……뭘 히죽거려, 쿄스케."

하세쿠라 선배의 목소리에 돌아보자 확실히 쿠가 선배가 웃고 있었다. 히죽거린다기보다는, 무척 온화하고 다정한 미소였다.

"──좋은 팀이야."

"당연하지."

하세쿠라 선배는 자랑스러워 보였다. 모두 그렇게 생각했다. 호난은 좋은 팀이라고.

"사쿠라이."

"네!"

쿠가 선배에게 불려 등을 곧추세웠다.

"결승도 부탁하마. 우리에겐 네가 필요해."

"웃, 네!"

기쁘다. 그렇게 생각한 그때였다.

"제법이다? 호난."

"어?"

"오~랜만에 지루하지 않았어."

주머니에 손을 찔러넣고 내려다보듯이 턱을 치켜들고서 나타난 것은 카쿄인의 이다 씨였다.

"하! 설마 네놈들이 EOS 마지막 상대일 줄은 몰랐다!"

왜 여기에…….

"뭐야? 왜 벌써부터 너희가 결승에 진출하는 것처럼 말하냐. 너희 시합, 다음이잖아."

그렇다. 준결승 제2시합도 이곳, 스마일랜드에서 열린다. 그래서 카쿄인의 이다 씨가 있어도 전혀 이상한 일이 아니다. 이상한 일은 아니지만…… 설마 호난의 부스로 찾아올 줄이야, 깜짝 놀랐다.

"너희가 질 가능성도 있는 거 아냐?"

하세쿠라 선배에 이어 야가미가 노려보듯이 바라보며 말했다. 이다 씨는 한쪽 눈을 가늘게 뜨며 야가미를 내려다보았다.

"이 몸이 최속이라는 건 말이다……. 빅뱅 이전부터 정해진 사실이지. 아카식 레코드에도 적혀 있거든……?"

"*아카시야키?"

맛이야 있지만, 아카시야키에 뭐가 적혀 있던가?

" '아카식 레코드' 야. 굉장한 소릴 하고 있는데 뭐, 신경 안 써도 될걸."

카도와키 선배가 말했지만, 어째 와닿지 않아.

"이 몸은 만유인력에서 해

---

* 아카야시키 : 효고 현의 향토 음식. 달걀 반죽에 문어를 넣은 작고 동그란 만두.

방된 남자다. 날개가 있거든. 날아다닌단 말이지."

"서 있잖아."

"지구가 이 몸의 발밑을 따라다니는 것도 어쩔 수 없는 일이지."

"읍스, 밑도 끝도 없이 얘기가 거창하네."

딴지를 건 코히나타 선배는 절레절레 고개를 젓고 한 걸음 물러섰다.

"너희에게 핸디캡을 몇 파섹 주더라도 승부가 안 될 거다. 하하!"

왠지 잘은 모르겠지만 바보 취급하는 것만은 알았다. 하지만 어떻게 되받아쳐야 할지 그럴싸한 말이 떠오르지 않는다.

파섹이 뭐지?

"파섹은…… 아마 3광년 정도였나? 굉장한 자신감인걸."

3광년! 3광년……? 들어 본 적 있는 말이 되긴 했지만, 역시 잘 와 닿지 않아.

……근데 어라? 방금 그 목소리는.

"스와 씨!"

스와 씨뿐만이 아니었다. 시즈마 씨, 치요마츠 씨, 세노오 씨, 아스마 씨, 오쿠무라 씨…… 사이세이의 모두가 와 주었다.

"아앙? 뭐야, 은하 자식들아. 노래는 좋았다. 칭찬해 주마."

"후후, 고마워! 그건 기쁜걸."

스와 씨는 아무렇지도 않게 받아넘겼다. 얼굴은 온화하게 웃고 있었지만, 그 눈은 어딘가 도전적이기도 했다.

"하지만 호난은 하나의 우주를 만들 만한 무언가를 갖고 있을지도 몰라. 새로운 빅뱅이 일어날 수도 있을걸? 그러니까 기대해도 괜찮지 않을까?"

이다 씨는 씨익 하고 얼굴에 웃음을 그리더니 그렇단 말이지? 하고 우리를 둘러보았다.

"그게 사실이라면 재밌겠어."

"······웃, 다들, 전에 싸웠을 때보다 더 빨라졌어요. 이기는 건······ 저희예요!"

"하! 캐서린도, 기운이 넘치는걸."

앗, 역시 캐서린이라고 부르는구나······. 순간 날 부르는 건지 몰랐어.

"아까 릴레이션만은 인정해 주마. 토우야가 기뻐했으니까 말이지."

"나츠나기 씨가······?"

"오케이. 뭐, 기대는 안 하고 기다리고 있으마. 잘 있어라."

이다 씨는 끝까지 여유가 넘쳤다. 자신에게 절대적인 자신이 있다는 것이 절절히 전해졌다. 이다 씨의 자신감은 결코 말뿐이 아니다. 그만한 힘이 있다.

카쿄인이 강한 것도, 이다 씨가 강한 것도 사실이다.

'······우리가 정말로 이길 수 있을까?'

카쿄인에게 졌을 때의 공포가 문득 가슴에 밀려들었다.

지금은 마음이 약해질 때가 아닌데······.

"괜찮아, 분명 이길 거야."

스와 씨였다. 나는 깜짝 놀라 입을 붙잡았다.

"······앗! 저, 저 지금 소리로 냈어요?"

"아니. 얼굴에 쓰여 있었어."

그렇게 티가 났을까? 무심코 볼을 붙잡았다. 스와 씨는 키득키득 웃었다.

"너희가 강하다는 건 우리가 가장 잘 알아. 마음 약해질 것 없어. 그보다…… 호난 스트라이드부, 결승 진출 축하해."

"스와 씨……. 감사합니다!"

"무척 좋은 시합이었어. 너희와 싸운 걸 기쁘게 생각해."

"네. 레이지 님이 말한 대로예요. 축하합니다, 사쿠라이 씨. 당신의 릴레이션에 놀랐어요. ……완패했습니다."

"시즈마 씨……."

"지금의 당신이라면 분명 카쿄인에게도 지지 않아요. 건투를 빌겠습니다."

"열심히 안 해 주면 곤란하지. 그도 그럴 게 호난은 우리 사이세이를 이겼으니까."

전력을 다해 맞선 우리에게 사이세이의 모두가 응해 주었다. 레이지 씨와 시즈마 씨가 해 준 말이 무엇보다 기뻤다. 이렇게 모두가 와 준 것도.

갑자기 아스마 씨가 걸어 나와 중얼거렸다.

"하아……. 여기서 올해 여름은 끝이구나."

"……아스마."

야가미가 대답하자 고개를 숙이고 머리를 긁적이던 아스마 씨는 돌연 얼굴을 들었다.

"야, 리쿠."

툭 하고 가슴에 주먹을 세차게 찌르자 야가미가 살짝 기침을 했다.

"콜록! ……야, 아스──."

"절대 지지 마라. 우리의 마음, 지금 여기에 넣었으니까. 넌 절대로 지면 안 돼!"

"……! 그래. 약속할게."

"쿠가 씨."

오쿠무라 씨는 쿠가 선배 앞에서 눈을 내리깔았다. 그 옆얼굴은 분함을 곱씹는 것처럼 보였다.

"쿠가 씨는 역시 제가 동경하는 사람이자 목표예요. 하지만……."

의지가 담긴 눈빛이 똑바로 쿠가 선배를 올려다보았다.

"언젠가 반드시 넘어 보이겠습니다. 그때까지 지지 마세요."

"그래. 우리는 지지 않을 거다."

그런 두 사람 옆에서 지금 당장에라도 혀를 찰 것 같은 얼굴로 하세쿠라 선배를 노려보는 것은 세노오 씨였다. 하세쿠라 선배는 어이없다는 얼굴로 난처해했다.

"……그러니까 왜 넌 나만 콕 찝어서 노려보는 거야."

"몰라서 그러나?"

"뭐?"

모르겠는데 하고 말하려는 하세쿠라 선배의 말은 커다란 한숨에 가로막혔다.

"읏…… 하아아아아아────!"

"우와?!"

깜짝 놀라 돌아보았다. 이번에는 치요마츠 씨였다.

"끝났…… **다아아아!**"

치요마츠 씨는 양손을 펼치고 코히나타 선배와 카도와키 선배에게 뛰어들었다.

"우와?!"

"어이쿠?!"

"호즈밍! 왓키! 우리 마음, 갖고 가. ……**우리의 마지막 여름, 마지막 마음…… 웃.**"

꼬옥 하고 팔에 한 번 세게 힘을 준 치요마츠 씨는 펄쩍 몸을 떼고서 팡팡 하고 두 사람의 어깨를 두드렸다.

"나머진…… 맡기겠소이다!!"

"반짱……!"

"잊고 있었는데 이 사람, 3학년이었지."

코히나타 선배와 카도와키 선배는 서로 눈짓해 보이고 함께 고개를 끄덕였다.

"하명, 받들겠나이다. 치요마츠 공의 마음, 확실히 계승해 보이겠소이다. 주로 호즈미가."

"응. 힘낼게. 반짱의 마음, 받아 갈게."

"……웃, 웅!"

레이지 씨와 시즈마 씨만이 아니다. 치요마츠 씨도 3학년. 이것이 마지막 EOS였어…….

감상에 젖어 있는데 옆에 있던 후지와라가 조용히 등을 곧추세우는 것이 느껴졌다. 지금까지 모두의 대화를 다정히 지켜보던 스와 씨가 후지와라 앞에 온 것이다.

"후지와라."

"……스와 씨."

두 사람은 빤히 서로의 눈을 바라보았다. 그리고 스와 씨는 불현듯 표정을 풀었다.

"네가 결승에서 누구보다 빠르게 달리길 기대할게."

"네."

스와 씨가 응, 하고 고개를 끄덕였다.

"……얘들아, 슬슬 가자."

조심스럽게 말을 건 것은 갤럭시 스탠더드의 매니저님이었다. 쇼나 씨도 지금 왔는지 함께 부스 안을 들여다보고 있었다.

"……그럼 갈게, 결승까지 얼마 남지 않았어. 마지막 준비, 힘내."

"말 안 해도 그럴 거다."

"하세쿠라."

스와 씨가 손을 슥 들었다. 그에 답하듯이 하세쿠라 선배는 스와 씨와 하이터치 했다.

'이어졌어……. 사이세이의 마음이 우리에게.'

우리는 이렇게 쓰러뜨린 팀의 마음도 짊어지고 달리는 것이다. 분명 그것이 카쿄인에게 없는 우리만의 강점 중 하나———.

"……사쿠라이 씨. 끝으로 하나만 말씀드려도 괜찮을까요?"

떠나며 시즈마 씨가 내 쪽을 보고 말을 걸었다.

"네. 뭔가요?"

"당신은 네이키드 스피드 때 일어난 '오버플로' 라 불리는 현상을 알고 있나요?"

"'오버플로' 말인가요? 들어 본 적 없어요."

네이키드 스피드. 아빠와 엄마가 관여했던 대회다. 하지만 그 말은 처음 들어 보는 것 같다.

"어떤 분이 알려 주신 얘기인데…… 텔레패스와 비슷하게 '확신'이 불러일으키는 것이라고 합니다. 현상이라고 불러야 할지는 잘 모르겠지만…….'"

시즈마 씨는 망설이는 기색으로 말했다. 지금부터 얘기하려는 것은 시즈마 씨 본인도 반신반의하는 내용일지 모른다. 작게 헛기침했다.

"'다만 한 가지는 말할 수 있다. 그때 마음은 전해졌다. 릴레이셔너, 러너, 아군, 적을 초월해 그 자리를 공유하는 수많은 사람에게. 강하게 이어진 마음은, 전파된다.' ──그분이, 제게 그렇게 가르쳐 주셨습니다."

"아군과 적을 초월해서…… 마음이, 이어져요?"

"……결코 그것이 승패를 좌우하는 것은 아닙니다. 다만……."

정말로 이 사실을 전해야 할지, 시즈마 씨가 망설이는 것처럼 보였다. 하지만 망설임을 뿌리치고 향해 온 시선에는 강한 마음만이 담겨 있었다.

"다만, 저는 당신이 좋은 릴레이셔너라고 믿고 싶습니다. 지금까지 이어받아 온 마음이 당신에게 있어서 얼마나 진실이었는지, 그것을, 저희에게 보여 주세요."

"……."

"소중한 팀원, 함께 정상을 목표로 한 라이벌, 그늘에서 지지해 준 사람들……. 그 반짝이는 마음의 빛을 결승에서 보여 주세요. 당신이라면 분명 가능할 겁니다. ……약속해, 주시겠어요?"

"······웃, 네! **약속할게요!**"

시즈마 씨는 빙그레 웃더니 깊숙이 고개를 끄덕였다.

"정말, 좋은 대답이군요."

시즈마 씨는 "그럼 이만." 하고 가볍게 인사를 하곤 먼저 나가 기다리던 사이세이 멤버와 합류했다.

'지금까지 받아 온, 모두의 마음을 이어서······.'

지금까지 수많은 라이벌과 싸우며 이기고 그 마음을 맡았다. 받아 왔다. 그 모든 것이 진짜였다.

시합 때마다 가슴에 밀려 들어온 커다란 마음은 언제까지고 식지 않고 이곳에 그대로 남아 있다.

'다음엔, 드디어 결승전──카쿄인과 리턴 매치야.'

"어휴, 왜 이리 분위기가 우울해?"

사이세이의 모두와 교대하듯이 쇼나 씨가 부스로 들어왔다. 밝은 목소리에 안심해 숨을 내쉬었다.

"오늘은 축하해! 엄청난 시합이었어! 그렇게 힘낸 모두에게 다이 언니가 보내는 전언이랍니다~."

"이봐, 누나······."

"그러면, 음성 메시지 스타트!"

드높이 치켜든 스마트폰에서 다이안 씨의 목소리가 흘러나왔다.

《호난 스트부, 잘했어. 뭐, 우리가 스폰서를 해 주니 이 정도야 당연하지. 그래서, 열심히 한 상을 줄 테니 기뻐하렴.》

"상?"

대체 뭘까?

《오늘 밤은 집에 갈 필요 없어! 자세한 건 단 선생님께 들으렴. 그럼 이만. 결승에서 지면 가만 안 둘 줄 알아!》

할 말만 남기고 뚝 끊어졌다. 돌아갈 필요 없다니 무슨 뜻일까?

"뭐야? 안 돌아가면 뭐 하는데?"

야가미가 고개를 갸웃거렸다. 카도와키 선배는 히죽 웃으며 턱을 쓰다듬었다.

"즉, 결승을 대비해 노숙하며 심신을 단련하라는 스폰서님의 오더가 아닌지!"

"너 혼자 해라."

간발의 차도 없이 하세쿠라 선배가 말을 뱉었다.

"……다들 열심히 했다."

"선생님!"

타이밍 좋게 단 선생님이 나타났다. 기분 탓인지 단 선생님의 얼굴이 만족스러워 보인다. 항상 엄격한 표정을 짓고 계셨기에 찡하니 기쁘다.

"트릭키한 코스였지만 용케 사이세이에게 밀리지 않고 끝까지 달렸다. 사쿠라이도 해프닝에 침착하게 대응한 좋은 릴레이션이었어. ……수고했다."

"감사합니다!"

"그래서요, 선생님. 상은 뭐예요?"

야가미가 몸을 내밀자 단 선생님은 반대편으로 살짝 몸을 뺐다.

"그래, 그 얘기 말인데. 오늘은 D's 인터네셔널이 후의를 베풀어 줘서 스마일랜드에서 묵고 가게 됐다."

"뭐…… 뭐라구요?! 오늘 우리, 스마일랜드에서 묵고 갈 수 있어요?! 저기?! 저 스마일랜드 호텔에?!"

"그래. 진정해라, 야가미."

"쩐다—! 한번 묵어 보고 싶었거든요!"

단 선생님의 소리도 들리지 않을 만큼 야가미는 크게 신났다. 스마일랜드 호텔이 어떤 곳인지 살짝 와닿지 않았지만, 그래도 굉장하다는 것은 알 수 있었다. 야가미에게 이끌려 나도 설레기 시작했다.

"이래도 될까, 스마일랜드 호텔은 엄청 비싸지 않았던가?"

"고등학생이 그런 거 신경 쓰는 거 아냐, 호즈미. 다이 언니가 말한 거니까 느긋하게 쉬다 가면 돼."

알았지? 하고 쇼나 씨가 윙크했다.

"얏호—!"

"그 전에, 야가미."

하세쿠라 선배가 만세를 부르는 야가미의 팔을 붙잡아 내렸다.

"뭐 잊은 거 없냐?"

"잊어요……? 아뇨, 아무것도!"

"너……."

하세쿠라 선배는 빙글빙글 야가미의 머리를 짓눌렀다.

"……카쿄인과 쿠로모리의 시합이 있어."

"아……."

쿠가 선배의 말에 모두가 입을 다물었다.

"적을 정찰하러 가 보자 이거야. 이전 시합 이후로 녀석들이 얼마나 빨라졌는지, 어디 한번 보자고."

'솔직히 말하면, 내가 있을 곳이 아니라곤 자주 느껴.'

멀리서 피어오른 환성을 들으며 카쿄인의 아오바 난페이는 스타트 지점에서 하늘을 올려다보았다.

준결승 제2 시합. 카쿄인 고등학교 대 쿠로모리 고등학교. 한창 그 시합 중에도 아오바의 마음은 평온했다.

멤버를 일신해 카쿄인은 강해졌다. 아오바도 그 안에 들어가게 된 이후로 한층 더 카쿄인의 현 팀원이라며 당당해질 수 있도록 연습을 거듭해 온 것 같다. 이 팀이라면 분명 우승하리라고 아오바는 생각한다. 그리고 우승한 이후를 상상해 보았다.

'나는 기뻐할 수 있을까…….'

방금 치러진 호난과 사이세이의 시합──. 진심과 진심이 맞부딪치는 모습은 보는 이까지 기분이 좋아졌다. 이쪽까지 가슴이 뜨거워지는 듯한, 마음의 릴레이였다.

부럽다고 느껴도 어쩔 수 없으리라. 지금 카쿄인은 팀 워크를 강화할 생각이 없는 제멋대로인 녀석들뿐이다.

《아오바 씨.》

"응? 하지메가 오나?"

환성은 아직 멀게 느껴지는데.

《우리에겐 우리의 스트라이드가 있습니다.》

"……."

넌지시 깨닫게 해 주는 듯한 부드러운 음색으로 릴레이셔너인 나츠나기 토우야가 말했다. 아오바는 머리를 긁적였다. 다 꿰뚫어 보고 있는 듯해 이따금 무섭다. 단순히 이쪽의 마음을 헤아리는 걸 잘하는 게 아니라, 마음을 그대로 읽고 있는 게 아닐까 싶어서.

지금 카쿄인의 스트라이드는 나츠나기를 중심으로 이어져 있다고도 할 수 있다. 이다 아마츠도 야가미 토모에도 빠른 것은 사실이지만, 그것만으로 팀이 성립될 수는 없을 것이다. 개성이 과한 멤버를 규합하는 것은 나츠나기의 힘에 의한 부분이 컸다.

《──세트. 평소대로.》

"……그래."

나츠나기의 목소리는 어디까지나 잔잔했다. *이름은 그 사람을 나타낸다고 하던가. 나약하게도 들릴 법한 그 지시가 자신의 힘을 100% 살리는 주행을 하도록 해 준단 사실을 아오바는 이미 알고 있었다. 거부할 이유가 없었다. 믿지 않을 이유가 없었다.

《GO!》

"……흡!"

그저 자신의 주행을 보여 주면 된다. 강하게 지면을 박찼다.

테이크 오버 존에 들어간다. 제1구간, 제2구간은 이즈미노 료, 하지메가 이었다. 둘은 같은 서커스단 출신으로 오늘처럼 기믹이 많은 코스를 더욱 잘 달렸다. 그 자유로운 움직임으로 상대를 농락했을 것이다. 당연한 듯이 하지메가 앞서고 있었다.

'──생각보다는.'

---

* 나츠나기(夏凪)의 나기(凪)는 파도가 잔잔해진다는 의미가 있다.

차이가 벌어지지 않았다고 느꼈다. 느끼고 말았다. 상대인 쿠로모리 고등학교는 2년 연속 EOS 베스트 4에 들어갔고, 올해도 준결승까지 이기며 올라온 의심의 여지가 없는 강호였다. 이전의 카쿄인이었다면 분명 발끝에도 미치지 못하는 상대였다.

아오바는 하지메와 무난하게 하이터치를 해 이어서 달렸다.

제3구간은 파워를 중시한 롱 코스다. 슬금슬금 뒤쫓아오는 것을 알 수 있었다. 발소리가, 숨소리가 들려온다.

《──아오바 씨, 오른쪽에서 옵니다.》

"……윽!"

몸이 자연스럽게 움직였다. 어택을 걸어온 쿠로모리의 선수를 방해하자 상대는 생각 못 한 블록에 동요한 듯이 속도를 늦췄다.

'여기서 단숨에──.'

스퍼트를 걸어 거리를 벌리려 들었다. 저 앞에는 야가미, 이다가 기다리고 있다.

괴물 두 사람이.

"……윽."

그러나 방심은 하지 않는다. 그것은 신뢰가 아니라 배신이라는 걸 알고 있다.

"헉, 헉, 헉──."

흐르는 듯이 눈앞에 나타난 토모에의 등을 쫓는다.

"야가미……!"

"──."

재빨리 올라간 손에 손을 마주친다. 찰나 눈이 맞았다. 작게 고개를 끄덕이고 토모에는 점차 가속해 갔다. 그 모습은 놀이기구에 집어삼켜지듯이 순식간에 사라졌다.

"헉, 하아……."

주자를 넘기고 멈춘 아오바 옆에서 그제야 쿠로모리 측의 릴레이션이 이어졌다.

"가라아!"

등을 미는 강한 목소리였다. 포기하지 말라는, 그 마음을 담은 하이터치 소리가 여름 하늘에 높이 울려 퍼진다.

"부탁이야……."

"……."

릴레이션에 전력을 다하고 무릎을 찧은 쿠로모리 선수에게 걸어 줄 말은 찾을 수 없었다.

♕

"헉, 헉……, 헉."

달려도 달려도 따라잡을 수 없다. 차이는 벌어져 갈 뿐이다. 마치 다리가 멈춰 버린 것만 같았다.

따라잡을 수 없다. 저 등을——야가미, 토모에를.

저런 녀석을 따라잡을 수 있을 리가 없다.

마음이 꺾이는 소리를 들었다. 무릎이 무너질 것만 같았다.

"포기하지 마!"

날카로운 목소리에 퍼뜩 정신을 차렸다. 코스 앞에 후루타치 부장의 등이 보였다.

"포기하지 마!

"부장……!"

마지막 힘을 쥐어짜 내 부장에게 이었다.

"죄송합니다……!"

"나한테 맡겨!"

마주친 손바닥이 아프고 아파서 어쩔 수가 없었다.

'——젠장.'

이런 곳에서, 이렇게 질 순 없어!

쿠로모리 고등학교 스트라이드부 부장, 후루타치 쥬로는 까득 이를 악물었다.

준결승이란 말이다. 예선과는 다르다. 우연히 올라온 녀석은 한 사람도 없다. 강호가 모이는 결승 리그에서 이렇게…… 이렇게 지는 일은 있어선 안 된다.

"젠자아아아앙!"

이다는 아득히 멀었다. 이미 승부는 났다. 그럼에도 녀석은 대전 상대 따윈 상대도 안 한 채 그저 혼자서 달리기를 즐기는 듯이 멀어져 갔다. 그 모습도 이제는 더 이상 보이지 않는다.

실제로 대전 상대 따윈 처음부터 안중에도 없었다. 스타트 지점에 있을 때도 그랬다. 이다 안에는 자신이 정점이라는 것만이 사실이었고 남들의 실력 따윈 아무래도 좋았다.

상대가 자신을 즐겁게 해 줄지 말지. 이다에겐 오직 그것만이 다른 선수에 대한 유일한 관심거리였다.

'젠장, 젠장, 젠장!!'

이렇게 손 하나 못 쓰고 지는 것은 처음이다. 어찌할 도리가 없었다. 어느새 검은 번개라 불리고 있었던 만큼, 스퍼트에 자신이 있었음에도 이다와의 거리는 조금도 좁혀지지 않았다.

《고———올!》

아직 이제 코스를 반 정도 지났을 때였다.

"……윽."

그럼에도 발을 멈추지 않는 것이 마지막 고집이었다. 분함에 새어나온 것을 훔쳐냈다. 1초라도 타임을 줄이기 위해, 꼴사나운 모습을 보이지 않기 위해 후루타치는 발버둥 치듯이 달렸다.

"하아, 하아……."

골라인을 넘었다. 관객의 따뜻한 박수가 그저 괴롭다.

후루타치는 거친 숨을 토해내며 천천히 주변을 둘러보았다.

"……윽."

아연실색해 무릎부터 아래로 무너져내렸다.

이다의 모습은, 더는 어디에도 보이지 않았다.

"굉장하다……."

나는 무심코 가슴께를 꼬옥 움켜쥐고 있었다.

"아, 압도적이구려……."

카도와키 선배의 목소리가 가라앉아 있었다.

모두 조용했다. 그 정도로 카쿄인의 달리기는 굉장했다.

"……전보다 더 빨라졌군."

입을 연 것은 쿠가 선배였다. 하세쿠라 선배는 제정신을 차린 듯이 숨을 삼켰다.

"……젠장, 뭐야 저게. 진짜 무슨 괴물이냐."

"우와……. 하하, 왠지 그냥…… 웃음밖에 안 나와."

코히나타 선배는 볼을 씰룩거리고 있었다.

"──이길 겁니다."

조용히, 하지만 똑똑히 말한 것은 후지와라였다.

"우리라면 이길 수 있어요. 그렇지? 야가미."

"어?! 아…… 당연하지! 츠바키마치에게도 사이세이에게도 이겼는데! 이 기세 그대로 카쿄인한테도 이길 거야!"

센 척하는 야가미의 목소리는 떨리고 있었다. 몸 옆으로 내린 손은 단단히 주먹을 움켜쥔 채다.

'토모에 씨……. 빨랐어.'

이다 씨는 물론이고 카쿄인의 다른 멤버도 빨랐다. 그리고 무엇보다 릴레이션이 전혀 달랐다. 그것을 명확하게 알 수 있었던 것은 분명 나도 힘을 길렀기 때문이겠지.

"……괜찮아."

"사쿠라이?"

"괜찮아! 이길 거예요. 이겨요!"

벌써부터 질 생각을 하면 안 된다. 모처럼 요코하마에서의 시합을 극복해 냈는데. 츠바키마치, 사이세이를 이기며 쌓아 온 승리의 긍정적인 이미지를 제대로 들고 가지 않으면 패배에 끌려가고 만다. 그런 느낌이 들었다.

"——맞아. 아직 일주일 남았어. 자식들아, 파이팅 하자!"

"오오!"

모두 한마음으로 외쳤다.

시합은 이제 한 번. 우승은 이미 눈앞에 있다. 여기까지 왔으니, 이젠 그저 악착같이 할 수밖에 없다. 상대가 아무리 강하더라도 우리라면 분명 이길 것이다.

두려워하지 말고 멈추지 말고 마지막까지 달려 나간다면, 분명!

07

'잠이 안 와…….'

밤의 스마일랜드 호텔 복도를 혼자서 걷고 있었다.

낮에 흥분한 탓인지 눈이 말똥거려 좀처럼 잠자리에 들 수 없었다. 밤바람을 조금 맞으면 기분전환이 돼서 잘 수 있을지도 모르겠다는 생각에 안뜰을 산책하려고 함께 자던 리코를 깨우지 않도록 몰래 방을 나선 참이다.

오늘은 사이세이에게 이겼다는 것만으로도 기분이 무척 고양됐는데, 그 다음 본 카쿄인 전 때문에 마음이 걷잡을 수 없이 술렁거렸다.

나는 한숨을 쉬며 하늘을 올려다보았다. 맑게 갠 하늘에 별이 반짝
반짝 빛나고 있었다. 조금 전까지는 밤까지 매미가 대합창을 하고 있
었는데, 어느새 가을벌레 소리가 더 커졌다. 끈적거리는 더위도 해
가 떨어지면 조금은 누그러든다.

여름이 끝을 향해 가고 있다. 그런 기척을 느꼈다. EOS도 앞으로
한 시합 남았다.

'그 카쿄인과…… 다음에 싸우는 거야.'

한 번은 싸웠던 상대다. 순수한 패배로 마음이 꺾일 뻔했다. 그럼에
도 그 분함을 원동력으로 삼아 여기까지 왔다.

아빠와 나츠나기 씨, 이다 씨, 그리고 토모에 씨도 있는 팀.

'야가미는 괜찮을까…….'

최근에는 토모에 씨에 대한 걸 조금씩 떨쳐내는 것처럼 보였는데,
오늘 달리기를 보고서 또 고민하지 말았으면 좋겠다…….

게다가…… 후지와라와 후지와라네 아버지에 대한 것도 잊어선 안
된다. 이 EOS에서 제대로 결과를 내지 못하면 후지와라는 멀리 유
학을 떠날지도 모른다. 더는 같이 스트라이드를 뛸 수 없게 될지도
모르는 거야.

"……응?"

가로등 아래 벤치에 누군가 앉아 있었다. 호텔 손님일까? 방해하면
미안하니 돌아가자──.

"이런 데서 뭘 하고 계신 거죠?"

'어?'

시즈마 씨의 목소리다. 내가 온 방향과는 다른 방향에서 천천히 다

가오고 있었다. 나는 눈치채지 못했나 보다. 기둥이 그늘이 되어 보이지 않는 것일지도 모른다.

그럼 저기에 있는 건 레이지 씨?

"시즈마……."

"……나갈 거면 말을 해 주세요. 한참을 찾았잖아요."

"……미안해."

역시 레이지 씨다.

'……레이지 씨의 저런 목소리, 처음 들어 봐.'

아까는 그렇게 활기찼는데…….

'끝난 거야, 사이세이의 EOS는…….'

새삼 실감했다.

오늘은 정말로 아슬아슬한 접전이었고 둘 중 누가 지더라도 이상하지 않았다.

지금 저곳에 서 있는 것이 우리 호난 중 누군가일 수도 있었다. 그렇게 생각하자 가슴이 꽉 조여왔다.

"……."

긴 침묵이었다. 더 들어선 안 된다. 바로 방으로 돌아가는 게 낫다는 것은 알고 있다. 하지만, 지금 움직여선 안 된다. 그렇게 느꼈다.

"……하아."

누구의 한숨일까. 무거운 분위기를 토해내는 듯했다.

"……무슨 말을 하고 싶은진 대충 알아."

"시즈마 씨?"

평소와 다른 말투에 깜짝 놀랐다. 이것은 본격적으로 들어선 안 되는 얘기를 하려는 게…….

'후, 훔쳐 들으면 안 돼……!'

조금씩이라도 좋으니 이곳에서 벗어나야…….

"하지만, 말하면 때릴 거다."

'뭐?!'

무심코 소리가 나올 뻔해 입을 틀어막았다. 더더욱 움직일 수 없게 됐다.

"……아하하. 아이돌의 얼굴을 때리다니, 너무한걸."

스와 씨……. 무리하고 있다. 목소리에 힘이 없다.

"아이돌 이전에 레이지는 레이지야. 특히 오늘 밤은."

"……미안해."

"그건 무슨 뜻이지?"

"널 말려들게 했어. 함께 할 수 있는 스포츠는 스트라이드밖에 없었으니까…… 하지만 그조차, 정점까지 데려가지 못했어."

"…….."

"……갤럭시 스탠더드도 스트라이드도 가업도, 전부 하겠다고 결심했지. 한다고 했으니, 전부 톱을 따겠다. 네게도 그렇게 말했는데."

훗 하고 스와 씨가 웃었다. 자조하는 듯한 미소였다.

"'사이세이는 무관의 제왕' ──. 결국 또, 우승엔 닿지 못했어. 너와 반타로에게도 마지막 EOS여서…… 꼭 우승하겠다, 그렇게 결심했는데."

'스와 씨…….'

온 힘을 다한들 승부는 반드시 결착이 난다. 그것은 스와 씨가 나보다 훨씬 잘 알고 있을 테지만, 알고 있기에 단념할 수 없는 거겠지. 스와 씨도 이기면 기쁘고 지면 분할 거야. 아무리 활기차게 행동한들 그런 생각이 드는 건 당연해.

스와 씨의 목소리는 평소와 같은 목소리임에도 무척 미덥지 못했고 가슴에 안고 있는 분함과 괴로움이 전해져오는 것 같아 숨이 막혔다.

"만약……"

하아 하고 스와 씨가 마음을 토해내는 듯한 무거운 한숨을 내쉬었다.

"만약, 스트라이드만 했다면, 오늘, 이길 수 있었을까……."

'스와 씨……!'

"……알고서 말한 거지? 레이지."

찌릿 하고 분위기가 팽팽해졌다. 그러나 스와 씨는 조용히 웃었다.

"……그럴지도 모르지."

"그럼, 얼굴 이리 내……."

'어……?!'

설마.

무심코 기둥 그늘에서 스와 씨 일행을 훔쳐보았다. 짝 하고 메마른 소리가 울렸다. 하이터치의 그것과 비슷하지만, 훨씬 애처로운 소리.

"……끙──. 진심으로 때렸지!"

스와 씨는 손등으로 볼을 감싸고 있었다. 나는 더는 그 자리에서 움직일 수 없었다.

"바보 취급하지 마. 레이지."

"……."

"날 말려들게 했다고? 아니. 내가 고른 거야. 스트라이드를 하는 것도, 1년 유급해 남은 것도. 내가 선택했어. 난 내가 하고 싶은 걸 한 거야. ……너처럼!"

"……웃."

"스와 가의 레이지로서 있는 것도, 갤럭시 스탠더드도 스트라이드 도. 전부 네가 하고 싶어 했던 거잖아. 진심으로 했던 거잖아!!"

'시즈마 씨…….'

"……그런 널 수많은 사람이 따라왔지. 하지만 나나 팀의 모두가 네게 EOS의 정점에 데려가 달라고 부탁한 적이 있었나? 반대야. 모두 널 EOS의 정점에 데리고 가고 싶어 했어. 그 정도는 너도 알잖아!"

"……시즈마."

"오늘 진 게 전부 너 혼자만의 책임이라고 생각하지 마. 그렇게 생각한 순간 이 여름까지 이어 온 모든 사람의 마음이 사라진다. 너는 그런 짓을 저지를 정도로 바보냐? 내 앞에서 지금까지의 너를 부정하지 마."

깜짝 놀랐다. 시즈마 씨도 레이지 씨에게 저런 식으로 심하게 화를 낼 때가 있구나.

시즈마 씨의 괴로운 마음이 전해져온다. 고개를 숙인 스와 씨는 작게 고개를 저었다.

"──고마워."

고개를 들었다. 여기선 표정이 보이지 않지만, 목소리는 훨씬 밝게 들렸다.

"역시 시즈마한테 혼나는 게 제일 잘 듣네. 눈이 뜨였어."

어떻게든, 해결이 된 걸까……? 스와 씨도 시즈마 씨도 괜찮은 거…… 맞지.

'아, 아무튼 어서 가자.'

분명 둘 다 이런 모습은 남에게 보이고 싶지 않을 것이다. 모두의 앞에 있을 때와는 말투도 분위기도 다르다. 둘만 있을 때, 완전히 개인적인 시간을 엿보고 만 것 같아 미안했다. 나는 슬슬 움직여도 괜찮

205
PAGE

PAIN AND GAIN
STEP 26

PRINCE OF STRIDE
TITLE

겠지? 하고 기둥에서 얼굴을 쏙 내밀었다.

"아아, 역시 홋카이도 아가씨였네. 머리를 풀어서 순간 누군가 했어."

"……와아?!"

스와 씨! 어느새 이렇게 가까이……. 시즈마 씨는 뒤에서 눈을 휘둥그레 뜨고 있었다.

"사쿠라이 씨…… 언제부터…….."

"죄, 죄송해요! 훔쳐 들을 생각은 아니었는데! 어째 움직이려야 움직일 수가 없어서……."

스와 씨는 응 하고 쓴웃음을 지었다. 그 볼은 애처로울 만큼 빨갛게 부었다.

"내 쪽에선 거기, 꽤 보이거든. ……꼴사나운 모습을 보이고 말았네."

"꼴사납다뇨!"

나는 고개를 붕붕 저었다.

"전혀 꼴사납지 않아요. ……조금, 안심했어요."

"안심?"

"뭐랄까……. 스와 씨도, 평범한 남자아이이구나 싶어서요."

"평범한 남자아이……."

"스와 씨는 뭐든 손쉽게 해낸다는 이미지가 있었거든요. 초인처럼……."

"초인……."

"그래서 풀이 죽거나 망설이고 그걸 제대로 시즈마 씨께 부딪치는 모습을 보고서, 왠지 조금 안심했다고 해야 하나⋯⋯."

"⋯⋯."

"⋯⋯저어?"

스와 씨는 입가를 손으로 가리고 고개를 숙여 버렸다. 내가 뭔가 또 이상한 소릴 했나 봐⋯⋯!

"훗, 아하하! 평범한 남자아이라! 그러게⋯⋯. 평범한 남자아이야. 초인 같은 게 아니지."

"스와 씨?"

"레이지 님?"

무심코 시즈마 씨와 얼굴을 마주 보았다.

"말은 많았지만⋯⋯ 나도 어깨에 괜히 힘이 들어가 있었나⋯⋯."

스와 씨는 깊이 숨을 내쉬곤 또 살짝 작게 웃었다.

"⋯⋯결국 나는 욕심쟁이인 거야. 이것도 저것도 전부 가지고 싶어지거든. 무언가 하나를 고른다 해도 만족할 수 없단 말이지."

스와 씨는 부어오른 **뺨**을 한번 쓰다듬었다.

"무엇 하나 대충 하고 싶지 않아. 그게 나니까."

혼잣말처럼 중얼거리곤 또 웃었다.

"고마워. 홋카이도 아가씨. 기운이 솟았어."

"저는 아무것도⋯⋯."

스와 씨는 고개를 젓고 평소처럼 미소 지었다.

"EOS 마지막 싸움이 너희여서 다행이야."

"저야말로 스와 씨와 사이세이 여러분과 싸울 수 있어 좋았어요. 여러분의 마음은 제대로 모두에게 이어졌어요. 꼭 우승해 보일게요!"

"응. 고마워. ──넌 강하구나."

부드럽게 눈웃음을 짓는 스와 씨를 보고 나는 고개를 저었다.

"전혀 강하지 않아요. 만약 강해 보였다면 그건 분명 모두의 마음이 절 떠받쳐 줘서 그런 거예요…… 그러니까 사이세이의 마음도 더해져서 일당백── 아뇨, 일당천인 거예요!"

"아하하! 그래. 그거 기쁜걸. ……누구보다 절실히, 너희의 우승을 빌게."

"네!"

시간이 늦었다며 두 사람이 재촉해 방으로 돌아갔다.

괜히 더 흥분해서 잠이 안 올 것 같았지만, 정신을 차리니 아침이 찾아왔다. 살짝 놀랐어.

"아, 나나 좋은 아침~."

"잘 잤어? 리코."

방 커튼을 여는 리코 너머로 푸른 하늘이 펼쳐져 있었다.

응. 오늘도 좋은 날씨!

07

"이얏호─잇! 왔습니다, 스마일랜드! 보이도 걸도 빵긋빵긋해지는 것으로 유명한! 웃음의 왕국!"

카도와키 선배, 아침부터 기운이 넘치셔!

하지만 이해가 가. 어제 스마일랜드 호텔에 묵는 게 다가 아니라 다이안 씨가 티켓을 준비해 주셔서 스마일랜드에서 놀 수 있거든.

오늘은 최종 결전을 앞둔 마지막 휴일이라며 단 선생님이 쉬는 날을 하루 주셨다. 그래서 다들 아침 식사 전부터 근질근질 안절부절못하고 있었다. 나도 그중 하나이고!

"예—이! 앗, 타케룽, 쿠가 선배! 여긴 스마일하지 않으면 놀이기구를 못 타거든요! 주의하시구려!"

의미심장하게 고개를 끄덕이는 코히나타 선배를 보고 눈을 살짝 동그랗게 떴다.

"그런가요?"

"……그거 곤란한걸."

쿠가 선배는 난처하다는 얼굴로 턱에 손을 댔다. 그렇다는 건 정말로 스마일이 아니면 못 타는 거야?

"후지와라, 쿠가 선배……."

이따금 미소는 지어 주지만, 그것만으로 괜찮을까…….

그렇게 생각하고 있는데 쿠가 선배는 괜찮다고 말하려는 듯이 고개를 끄덕였다.

"야, 알고는 있겠지만, 카도와키가 거짓말한 거야."

"네에?!"

"거짓말이라니 실례구려. 부장님도 웃지 않으면 못 탄다오!"

하세쿠라 선배는 기가 막힌다는 듯이 한숨을 내쉬었다.

"나 원. ……너희 너무 신나게 굴다가 다른 손님한테 폐 끼치지 마라."

어제 하세쿠라 선배가 달려간 스마일랜드의 중앙 입구에는 당연히 다른 손님들도 있었다. 하지만 어제보다는 적은걸? 아직 여름 방학이라곤 해도 평일이라 그런가 봐.

"……아앗! 저기서 래비 풍선 뿌린다! **스마일 헌터 1호, 출동!**"

"핫! 기다리시오, 스마일 헌터 1호! 2호도 버니 풍선이 마침 가지고 싶던 참이라오!

코히나타 선배와 카도와키 선배, 순식간에 가 버렸어. 가장 신이 난 건 카도와키 선배인 줄 알았는데 코히나타 선배가 더 신이 난 것 같아.

"……하여간 녀석들. 저래 놓고 넘어져서 다치면 죽을 줄 알아."

그렇게 말하며 어이없다는 듯이 하세쿠라 선배와 쿠가 선배가 총총히 두 사람을 쫓아갔다.

"선배들, 기운이 넘치시네~."

"그보다, 난 쿠가 선배가 생각보다 싫지만은 않아 하는 것처럼 보이는 게 의외야."

"그렇지도 않아, 리코. 선배는 코히나타 선배랑 카도와키 선배가 저러고 노는 거 제법 좋아하시는 것 같더라구."

"그래? 사람은 겉만 보곤 모르는 법이구나."

리코가 "과연, 그렇군." 하고 고개를 끄덕였다.

"그래서, 너흰 안 쫓아가려고?"

리코는 빙그르 야가미와 후지와라를 돌아보았다.

"그야, 여자애 둘만 남겨 둘 순 없잖아."

"그거, 진짜로 둘 맞아~? 실은 한 사람이 아니구~?"

"아, 아니거든……! 후, 후지와라도 있잖아!"

리코의 조금 놀리는 듯한 웃음에 야가미는 땀을 뻘뻘 흘렸다. 둘이나 한 사람이라니, 무슨 소릴까?

"……그보다 후지와라는 아까부터 뭐 하는 거야? 팸플릿이랑 눈싸움하면서……."

"……할 거라면 전력을 다해야지."

"뭐?"

"난 놀이기구를 전부 제패하고 싶어. 그걸 위해서라면 무슨 수든 쓸 거다."

"너 인마…… 기합 넣은 게 시합 때랑 동급이잖아. 역시 어제부터 기대 왕창 했던 거 맞지?"

"……."

후지와라는 홱 고개를 돌렸다.

그러고 보니 어제 스마일랜드에 도착했을 때도 조금 설레 보였던가? 후지와라도 유원지를 좋아하는 걸까?

"아……."

"왜 그래? 나나."

"으응. 잠깐 생각나는 게 있어서."

"뭔데?"

"나스에 갔을 때 일."

트라이얼 투어 제1시합의 무대가 된 장소. 그때도 시합 다음 날, 유원지가 있는 패밀리 목장에서 야가미와 후지와라에 나까지 셋이 함께 놀러 갔었지. 후지와라는 처음엔 놀기보다 연습하고 싶다며 전혀 내켜 하지 않는 것 같았지만, 결국 신나게 놀아서 즐거웠어.

"사쿠라이. 꾸물대지 마."

"사쿠라이~ 어서 가자!"

"잠깐만, 애들아! 나도 있거든!"

"아하하!"

그 무렵엔 아직 여러 가지 것들을 더듬으며 찾아가는 중이라 기대와 불안으로 가득했다.

그 뒤로 3개월. 우리는 얼마나 변했을까. 얼마나 성장할 수 있었을까.

"안 돼, 안 돼! 그렇게 돌면! 후지와라, 스마일랜드를 얕보지 마!"

"음……."

리코가 팸플릿을 뺏어 갔다. 후지와라는 가려던 놀이기구를 반대 당한 모양이다.

"놀이기구 제패? 좋지! 여기부턴 이 스마일랜드 박사, 카와라자키 리코 님에게 맡겨 두시라고!"

가슴을 턱 두드리는 리코가 무척 믿음직스러웠다.

♛

"주, 죽겠다⋯⋯. 죽겠어⋯⋯. 분명 한 번은 죽었어."

"괜찮아? 야가미."

벤치에 축 늘어진 야가미의 안색이 안 좋았다. 괜찮을까?

"미안해, 사쿠라이⋯⋯. 나, 롤러코스터 계열은 괜찮은데, 자유 낙하 쪽은⋯⋯."

"좋은 낙하였어."

"낙하에 좋고 나쁘고가 어딨어!"

"좀 하는데? 후지와라. 좋았어, 그러면 다음은⋯⋯."

지도를 펼친 리코 뒤를 사람들이 달려 지나갔다.

"스마일 헌터 1호, 3호! 다음은 저쪽으로 돌격하라!"

"라져!"

"오케이!"

무척 익숙한 목소리였다.

"⋯⋯응?"

"⋯⋯있잖아, 지금 아무렇지도 않게 스마일 헌터 3호가 되어 있던 거⋯⋯ 갤럭시 스탠더드의 치요마츠 씨 아냐?"

"아니. 아니 아니. 그럴 리가. 갤럭시 스탠더드가 여기에 있었다간 엄청난 소란이 일어날걸!"

"그렇겠지? ⋯⋯아니, 너무 쏙 닮았길래."

리코와 야가미는 아하하 하고 메마른 웃음을 지었다. 하지만 방금 그건 역시⋯⋯.

"여어, 리쿠! 왜 죽을상이야?"

"으엑?! 아스마!"

벤치에 기댄 야가미의 어깨를 덥석 붙잡은 것은 아스마 씨였다. 그럼 역시 아까 그건…….

"……응?"

누가 어깨를 두드린 것 같은데?

"――안녕."

"스……!"

"쉬잇! 들키겠다."

　방긋 웃은 것은 스와 씨였다. 모자를 깊숙이 눌러쓰고 안경을 걸쳤다. 순간 누군가 싶었지만, 본인이었다. 뺨이 붓지 않아 다행이야.

"지금 시즈마를 따돌리고 온 거야."

"네에?! 그, 그래도 돼요?"

"그럼 그럼."

"그럼은 무슨 그럼이에요. 따돌렸다기보다…… 형이랑 세노오한테 팬들을 맡기고 도망쳐 왔다고 해야 하나. 들키면 제가 혼나거든요?"

　아스마 씨는 하여간 하고 한숨을 쉬었다.

"그래서 그런데 붙잡히기 전까지는 같이 다녀도 될까?"

"그건…… 괜찮은데요."

　시즈마 씨와 세노오 씨, 고생이겠다.

"믿고 있던 카에데는 완전히 쿠가의 광팬으로 돌아가 버렸거든. 어제의 그 녀석은 어디로 가 버렸는지…….."

"아하하…….."

　아스마 씨도, 고생이겠어.

　아스마 씨의 말에 따르면 오늘은 사이세이도 하루 쉬게 되어 스마일랜드에서 놀기로 했다고 한다.

"흠……. 다시 말해, 되도록 들키지 않을 법한 놀이기구를 원하시는 거죠? 알겠습니다! 추천은 스마일랜드 최강 최속! 우주 코스터 '스페이스 런어웨이'! 이름 그대로 우주 공간을 달리는 거라 줄을 설 때도 주변이 어두워서 얼굴이 잘 안 들킬 거예요!"

리코는 처억 엄지를 세웠다.

"아하하! 과연 홋카이도 아가씨 친구구나."

스와 씨는 만족스럽게 고개를 끄덕였다.

"최속이라…… 좋은데."

"후지와라는 최속 참 좋아하니까."

부활한 야가미는 벤치에서 일어나 쭈욱 기지개를 켰다.

"그럼, 가 보실까! 아스마, 우린 모든 놀이기구 제패가 목적이니까 제대로 스와 씨 오라 지워 놔!"

"아니, 지울 수 있으면 거꾸로 엄청난 거 아니냐? 아니 근데 왜 내가."

"잘 부탁해, 홋카이도 아가씨."

"네! 오늘은 있는 힘껏 즐겨 봐요!"

적도 아군도 잊고서 즐기자.

오늘도 잊을 수 없는 하루가 될 것 같다.

CHARACTERS
사이세이 학원 스트라이드부

호난과의 만남에 운명적인 것을 느끼던 부장 레이지. 결승에서 부딪치는 것을 서로 목표로 삼고 절차탁마를 거듭해 왔다. 그리고 드디어 찾아온 대결의 날. 전력을 다한 끝에 사이세이가 본 것은——.

3학년, 러너. 부장. 스트라이드, 음악, 가업인 일본 무용. 무엇 하나 양보할 수 없는 자신을 '욕심쟁이'라고 칭했지만 그런 그의 노력은 소꿉친구인 시즈마가 가장 잘 알고 있었다.

스와
레이지
REIJI
SUWA

3학년, 릴레이셔너. 어릴 적부터 레이지가 살아가는 방식을 지탱하며 스트라이드, 아이돌의 길 모두 자기 뜻으로 받아들이고 걸어 왔다. 패배 이후 나약한 말을 뱉은 레이지에게 강렬하게 따귀를 날린다.

마유즈미
시즈마
SHIZUMA
MAYUZUMI

3학년, 러너. 스프링 스트라이드 페스에서 본 호즈미의 달리기에 이 대결을 누구보다도 기대해 왔긴장조차 즐기려 하는 긍정적인 뒤에는 그 나름의 각오가 있다.

치요마츠
반타로
BANTARO
CHIYOMATSU

2학년, 러너. 누구보다 레이지를 따르며 그를 EOS의 정점에 세우기 위해 모든 노력을 계속해 왔다. 히스와의 대결에서는 '절대로 질 수 없다'는 말 그대로, 히스의 기백을 마지막까지 억누르는 달리기를 보여 주었다.

세노오
타스쿠
TASUKU
SENOO

2학년, 러너. 멤버들에겐 어깨 홀대받고 있지만, 실은 누구보다 상대의 마음을 살필 줄 아는 인물. '귀찮은 형'을 가진 자끼리 우정을 맺은 리쿠와 어디까지나 기분 좋게, 정면에서 맞부딪쳤다.

마유즈미
아스마
ASUMA
MAYUZUMI

1학년, 러너. 심취해 있던 쿄스케 대결에서는 그저 동경만이 아니라 쿄스케를 뛰어넘는 남자가 되고 싶말했다. 체격 차가 핸디캡으느껴지지 않는 뛰어난 달리 쿄스케를 물고 늘어졌다.

오쿠무라
카에데
KAEDE
OKUMURA

STEP 27

VISUAL NOVEL SERIES
PRINCE OF STRIDE 07

ANCHOR

01

"더워라……. 이제 안 산 건 없겠지?"

스포츠 드링크 분말에 보급식, 그리고 하세쿠라 선배가 부탁한 아이싱 스프레이에 테이핑용 테이프……. 응. 전부 다 산 것 같아. 수가 많아서 조금 무겁지만, 못 들 정도는 아니지. 나머진 모두가 부탁한 아이스크림만 사면 된다.

사이세이 전, 그리고 사이세이와 스마일랜드에서의 교류를 마치고 우리는 결승을 향해 한층 더 거듭 연습에 매진하고 있었다. 오늘은 그런 모두를 위해 필요한 것을 사러 나왔다.

여름은 곧 끝나지만 아직 덥다. 다들 시원한 아이스크림을 먹고 기운을 차리면 좋을 텐데.

땀을 닦고서 짐을 다시 들었다. 모두의 오더를 떠올리며 편의점으로 걷기 시작했다.

"코히나타 선배랑 카도와키 선배는 만주 아이스 우지 말차 맛, 야가미랑 단 선생님이 *고리고리 군……. 후지와라랑 하세쿠라 선배는 바닐라 맛이라면 아무거나 상관없었고 쿠가 선배는…… 쿠가 선배는 뭐가 좋을까."

뭐든 상관없다고 말했는데. 나랑 똑같은 걸 사도 되려나? 하지만 나도 아직 뭘 먹을지 고민 중이거든.

"――어라? 혹시 사쿠라이 씨 아냐?"

"어?"

들어 본 적 있는 목소리에 불려 돌아보았다.

"나, 나츠나기 씨?!"

카쿄인의 릴레이셔너, 나츠나기 토우야 씨였다. 왜 이런 곳에……!

"오랜만이네."

"네! 오랜만에 봬요."

스마일랜드에서는 모니터 너머로 본 게 다라 요코하마 시합 이후 처음이었다.

"오늘은 쇼핑 중이야? 짐이 많은걸."

---

* 일본의 유명 아이스크림 '가리가리 군'의 패러디.

"네. 동아리에 필요한 걸 사러 왔어요. 나츠나기 씨는 왜 여기 계세요? 카쿄인 여러분, 벌써 이쪽으로 왔나요?"

"응. 나랑 감독님이랑 일부 선수만 먼저 온 거야. 여름 방학이니까. 조금이라도 빨리 이쪽 환경에 익숙해지자는 게 감독님의 판단이지."

"아빠가······."

"······뭐, 난 이쪽에 오면 이런 걸 잔뜩 살 수 있어서 좋거든."

나츠나기 씨는 쇼핑백을 들어 올렸다.

"그건······ 뭘 산 거예요?"

"이 근처에 수예점이 있는 건 알지?"

"아, 네."

수예점이라. 별로 재주가 없어서 인연이 없는 가게다. 하지만 그리 커다란 가게는 아니었던 것 같은데. 어디에나 있는 조그마한 가게 아니었나?

"그 가게는 귀여운 자투리 천을 잔뜩 팔고 있어서 유명해."

"그래요?"

"응. 새 퐁뇌프를 만들려고. 그 재료를 산 거야."

"퐁뇌프! 신작이군요!"

퐁뇌프는 나츠나기 씨의 오리지널 마스코트 캐릭터다. 프로가 만든 게 아닐까 싶을 정도로 잘 만든 마스코트로 무척 귀엽다! 나츠나기 씨와 처음 만났을 때 받았던 마스코트는 내 마음에 쏙 들었다.

"이제 곧 여름도 끝나니까. 가을에 어울리는 디자인으로 만들려고."

"새로운 퐁뇌프······! 기대돼요!"

"응. 나도야. 다 만들면 또 네게 보여 줄게."

"네! ……아."

오랜만에 만나 무심코 기뻐졌다. ……나츠나기 씨는 다음에 싸울 카쿄인의 선수인데.

"……결승, 이구나."

"네."

"긴장하지 마……라고 말하는 건 어렵겠지. 나도 긴장했으니까."

"나츠나기 씨도 긴장하세요?"

응 하고 고개를 끄덕이는 나츠나기 씨의 얼굴은 평온해서 도저히 긴장한 것처럼 보이지 않았다.

"긴장하지. ──지금 시간 있니? 괜찮으면 잠시 얘기 좀 할까? 마실 거라도 사 줄게."

"앗, 네. 감사합니다."

우리는 근처에 있는 공원 벤치에 앉았다. 짐을 내려놓고 잠시 숨을 돌렸다. 마침 나무 그늘 아래였지만, 여전히 덥다. 그래도 그늘 아래로 불어온 바람이 땀을 부드럽게 쓰다듬고 지나가 기분이 좋았다.

"잠깐만 기다리고 있어."

나츠나기 씨는 그렇게 말하고 공원에서 보이는 카페로 향했다. 기다리라고 했는데, 같이 안 가도 됐을까? 하지만, 짐을 두고 갈 수도 없는 노릇이고……. 안절부절못하고 있으려니 나츠나기 씨가 곧 돌아왔다.

"자. 아이스 카페오레 괜찮니?"

"고맙습니다! 카페오레, 너무 좋아요."

"그래? 다행이다. 나도 카페오레야. 시럽은 하나면 돼?"

221
PAGE

ANCHOR
STEP 27

PRINCE OF STRIDE
TITLE

"네. 하나예요. 잘 먹겠습니다."

양손으로 감싸듯이 받아 든 아이스 카페오레가 서늘해 기분이 좋다.

매미의 커다란 울음소리가 바로 옆에서 들려온다. 한동안 둘 다 조용히 공원 변두리를 멍하니 바라보았다.

신기해. 침묵이 전혀 불편하지 않아.

"……있지, 사쿠라이 씨."

"네?"

"……사쿠라이 씨는 그때…… 처음으로 호난과 싸웠을 때 내가 말했던 거 기억해?"

"나츠나기 씨가 말했던 거요……?"

문득 수면 위로 떠오르듯이 나츠나기 씨의 말이 되살아났다.

"……나츠나기 씨는 러너의 '거울' 이란 거요?"

그리고 러너에게 있어서 나는 어떤 릴레이셔너인지 나츠나기 씨가 물었지. 그 뒤로 계속 나는 그것을 고민하며 싸워 온 것 같다.

　"그래. 나 개인에게 무언가 특별한 능력이 있는 게 아니야. 우리 선수는 다들 굉장한 녀석들이지. 난 그들의 바람을, 그들의 마음을 헤아려 말로 표현하고 지시를 내려. 그렇게 난 그들을 이어 왔어."

　"……."

　"너는 어떠니? 그때 물었던 것과 같은 질문을, 한 번 더 해도 괜찮을까? 넌 러너에게 있어서 어떤 존재일까?"

　나츠나기 씨의 눈은 올곧았다. 내 마음을 꿰뚫어 보는 듯한 눈. 신기하다. 만났을 때부터 줄곧 그랬다. 나츠나기 씨에겐 뭐든 얘기할 수 있을 것 같은, 그런 느낌이 든다.

　"……저는 모두의 마음을 잇는 릴레이셔너이고 싶어요."

　"마음을, 잇는다고?"

　지금이라면 알 수 있다. 나츠나기 씨가 말한 '거울'의 의미를. 나츠나기 씨의 릴레이션은 선수와 선수의 연결 이상으로, 선수 한 사람 한 사람과 나츠나기 씨를 깊게 이어 주고 있다. 그래서 새로운 팀에서도 정확한 릴레이션이 가능하며 그 선수가 가장 적절하게 달릴 수 있도록 해 준다.

　하지만 내게 처음 만난 사람의 마음을 헤아리는 것은 불가능하다. 내가 할 수 있는 건 무척 좋아하는 호난의 모두를 믿고서 이어 주는 것뿐이다.

　"호난은 올해 들어 재시동한 팀이에요. 그건—— 어쩌면 카쿄인과 비슷할지도 몰라요."

"응."

"다들 속에 여러 마음을 품고 있었어요. 목표도 진심도 제각각이라서 부딪치는 경우도 있었고……. 하지만…… 당연한 거죠. 처음부터 모두가 똑같이 강한 마음으로, 똑같은 목표를 향해 갈 수는 없으니까……. 하지만, 그렇기에 더더욱 저는 모두의 마음을 이해하고 싶었어요. 속에 간직한 것을 알고 싶었어요."

"이해, 할 수 있었니?"

"잘 모르겠어요. 반도 이해 못 했을지 몰라요. 하지만…… 모르겠다며 내던지는 것만은 하고 싶지 않아요."

고개를 끄덕이는 나츠나기 씨의 눈은 다정했다.

"어떤 선수의 마음도 호난에게 있어선 빼놓을 수 없어요. 그것이 그 사람을 형성하는 것이니까요. 또, 선수 아닌 다른 사람들의 마음도, 전부 다요."

지금까지 싸워 온 모두. 단 선생님과 리코. 다이안 씨와 쇼나 씨. 코우 삼촌과 사쿠라 언니…… 거기다 엄마의 마음. 모두의 마음이 지탱해 줘 우리는 여기까지 올 수 있었다. 무엇 하나가 빠졌다면 이렇게까지 열심히 할 수 없었다.

"그래서 전 모두의 마음을 다음으로 이어 주는 릴레이셔너가 되고 싶다고 생각해요. 그게 호난의 스트라이드라고 생각해요."

"……그렇구나."

나츠나기 씨는 기쁜 듯이 눈웃음을 짓고는 푸른 하늘로 시선을 보냈다.

"너와 난 무척 닮았어. 하지만 전혀 달라. 난 너처럼은 될 수 없어.

223
PAGE

ANCHOR
STEP 27

PRINCE OF STRIDE
TITLE

그게 무척, 편안해……. 그렇게 생각 안 하니?"

"네──. 저도 나츠나기 씨는 될 수 없어요. 하지만, 그러면 된 거
죠?"

"응."

나츠나기 씨와 무엇이 다른 걸까 하고 생각한 적은 있었다. 어떻게
하면 나츠나기 씨처럼 굉장한 릴레이셔너가 될 수 있을까 하고. 하지
만 다른 게 당연했다. 나츠나기 씨처럼 될 수 없는 게 당연했고 그것
이 '나'였다. 내 릴레이션인 것이다.

"어느 쪽 릴레이션이…… 어느 쪽 스트
라이드가 이길지, 결승에서 정해지겠지."

"……네."

"기대되지."

"네!"

"──그럼, 슬슬."

돌아가는 게 좋겠다고 나츠나기 씨가
일어서려던 때였다.

"……토우야."

"아아, 토모에."

"토모에 씨!"

천천히 걸어온 토모에 씨는 "안녕." 하
고 미소를 지었다.

깜짝 놀랐다. 토모에 씨와도 만나다니.
야가미네 오빠라 조금 긴장돼. 분위기가

전혀 다르거든.

"왜 그래? 토모에. 혹시 나 찾고 있어?"

"그래. 죠 씨가 불러. ……난, 일단 여기가 고향이거든. 찾으러 왔지."

"그랬지. 우연히 사쿠라이 씨와 만나서 잠시 얘기하던 참이야."

"그래."

천천히 시선을 향해와 등을 곧추세웠다. 쿠가 선배처럼 독특한 분위기가 느껴지는 사람이다.

"……결승전 잘 부탁해. 리쿠는 잘 지내니?"

"네……?"

"형이 동생은 잘 지내냐고 물어보는 거, 왠지 이상하지 않아?"

"그런가? 그게 만나질 않았거든. 난 집에도 안 갔으니까."

합숙소를 빌리고 있어서 도쿄에는 있지만 집에 가진 않았던 모양이다. 그건 쓸쓸하지 않을까? 하지만 내가 참견할 일은 아닌 것도 같고…….

"야가미, 아주 잘 지내요. 게다가…… 무척 빨라졌어요."

"……응. 저번 시합, 봤어."

"토모에도 참. 기뻐서 그러지?"

"응. 기뻐. 한 번 스트라이드를 그만뒀는데 돌아와 줘서. 거기다, 빨라져서."

토모에 씨는 기쁘지 않을 수가 없다며 웃었다.

"……저기, 토모에 씨, 집에는 안 돌아가세요?"

"돌아가도 리쿠는 싫은 표정을 할 게 뻔하거든."

225
PAGE

ANCHOR
STEP 27

PRINCE OF STRIDE
TITLE

"그렇진! ……그렇진, 않을 거예요."

"그럴까? 그렇다면 좋겠는데."

토모에 씨, 조금 쓸쓸해 보여.

"야가미는…… 확실히 토모에 씨를 너무 의식해서 힘들어 보일 때도 있었어요. 하지만 지금은 자신을 마주 보고 극복하려 하고 있어요. 그러니까——."

"그러면 더더욱, 돌아가는 건 관둘게."

"토모에 씨……."

토모에 씨는 살짝 내 머리에 손을 얹었다.

"……리쿠를 여기까지 데려와 준 건 너구나."

"저 혼자 한 건——."

"응. 라이벌 복도 좋은 것 같아."

분명 후지와라를 말하는 것이다. 토모에 씨, 제대로 봐주고 있구나.

"고마워, 사쿠라이 씨. 괜찮다면 리쿠에게 결승에서 싸우는 걸 기대하고 있다고 전해 줘."

"……네."

"그럼 사쿠라이 씨. 우린 슬슬 갈게. 다음엔 시합 회장에서 보게 되려나?"

"나츠나기 씨……. 네! 잘 부탁드릴게요!"

"응. 잘 부탁할게. 더우니까 조심하고."

나란히 떠나가는 두 사람의 뒷모습을 배웅하고 나는 살짝 숨을 토해냈다.

나츠나기 씨와 토모에 씨. 두 사람이 같이 있으면 시합이 아닌데도 가슴이 술렁거려.

'하지만…… 얘기할 수 있어서 다행이야.'

내 속에서 제대로 형태를 이루지 못했던 것이——자신이 어떤 릴레이셔너가 되고 싶은지가 명확해진 것 같았다.

'결승에선 저 사람들과 부딪치는 거야.'

긴장되지만, 할 수 있는 걸 전부 하자.

전력을 다해 싸워서 우리가 우승하는 거야.

"그러고 보니 사쿠라이, 오늘 물건 사러 나갔다 돌아오는 게 늦었지? 괜찮았어?"

오늘 동아리 활동을 마치고 부실에서 돌아갈 채비를 하고 있자 야가미가 물었다.

"어? 아…… 응. 돌아오면서 누굴 만났거든."

"누구?"

"……나츠나기 씨랑, 토모에 씨."

순간 부실의 분위기가 변하는 것이 느껴졌다. 야가미는 벙쪄서 눈을 동그랗게 떴다.

"토모에랑, 만났어?"

"응."

"……무슨 말 들었어?"

"결승에서 싸우는 걸 기대하고 있겠대."

"그건……."

야가미는 미간을 한껏 찌푸리더니 입을 꾹 다물어 버렸다.

"야가미…… 토모에 씨는 있지, 야가미가 스트라이드를 하러 돌아온 걸 기뻐했어."

"……그래?"

"응."

"그랬구나. ……고마워. 알려 줘서."

그대로 야가미는 무언가 생각에 잠겨 버렸다. 괜찮았을까? 알려 주지 않는 게 좋았을지도 모른다. 하지만…….

"사쿠라이."

"후지와라…….'"

"괜찮아. 저 녀석은 이제 그 정도 일로 흔들리거나 하지 않아."

후지와라는 오른손을 내려다보았다.

"사이세이 전에서 릴레이션을 하며 확신했어. ……괜찮아."

"……응. 그렇지."

믿자, 야가미를. 후지와라 말대로 야가미라면 분명 토모에 씨를 뛰어넘을 수 있어.

02

결승전을 대비한 연습은 순조롭게 진행되고 있었다. 마지막 총력전이다. 모두의 기합도 달랐다. 각자 카쿄인 전을 대비해 자신의 약점을 보완하거나 강점을 살리며 연습을 거듭했다. 물론 릴레이션 연습도 빼먹지 않았다.

지금까지 누가 앵커가 되더라도 괜찮도록 한 차례 연습을 해 왔다. 이제는 실제로 코스를 보고 정할 뿐이다.

삐익―!

"모두, 일단 집합."

그라운드에 단 선생님의 호루라기 소리가 울렸다. 연습하던 멤버들이 각자 숨을 헐떡이며 돌아왔다.

"여러분, 드링크 드세요!"

"자자, 이쪽에도 있어. 수건은 저쪽이야."

카도와키 선배와 분담해 준비해 둔 드링크를 나누어주었다. 서 있기만 해도 땀이 배어 나올 정도다. 몸을 움직인 모두는 땀을 철철 흘리고 있었다.

"아오, 더워!"

'어라……?'

드링크를 건네려 손을 뻗으며 나는 문득 위화감을 느꼈다.

"하세쿠라 선배……?"

"응, 왜 그래?"

"아뇨……."

아까 조금 발을 끌던 것처럼 보였다. 테이핑도 신경 쓰인다. 하지만 지금은 멀쩡해 보인다.

'으음, 하지만, 일단은 확인해 두는 게 나을지 몰라.'

"하세쿠라 선……."

"모두."

그때 그만 단 선생님이 말을 꺼냈다. 타이밍이 조금 안 좋았네. 나중에 다시 물어보자.

"더운 날이 이어지고 있지만 수분 보급을 게을리하지 말도록. 시합 당일도 쾌청한 날씨다."

"으엑, 진짜냐……."

꿀꺽꿀꺽 드링크를 마시고 하세쿠라 선배가 얼굴을 찌푸렸다.

"그래도 비가 오는 것보단 낫지 않아? 이 시기가 되면 태풍이 잦은데 미하시 때 한 번 오고 시합 때 오는 건 피했잖아."

"아, 뭐, 그렇지."

단 선생님은 코히나타 선배와 하세쿠라 선배에게 힐끗 시선을 주고 말을 이었다.

"여기까지 오면 승부를 판가름하는 건 기초 체력이다. 시기상 긴장되긴 하겠지만, 자택에선 푹 쉬고 규칙적으로 생활할 수 있도록 주의해라."

아무리 연습한들 끝에 가서 결국 컨디션에 난조를 보이면 의미가 없다. 우리는 단단히 단 선생님의 말에 대답했다.

그때였다.

"저요! 단 선생님."

"왜 그러지? 야가미."

야가미는 거친 콧김을 뿜어내며 손을 쭉 치켜올렸다.

"저기, 저. 아, 모두도 들어줬으면 좋겠는데."

"말해 봐라."

"네, 저기……."

모두를 둘러본 야가미는 조용히 숨을 죽였다. 긴장했나 보다. 꿀꺽 침을 삼키고 딱딱하게 굳은 몸을 풀듯이 천천히 크게 심호흡했다.

"좋았어."

자신을 채찍질하려는 듯이 중얼거리고 똑바로 고개를 들었다.

"저, 앵커 할게요! 하게 해 주세요!"

그 목소리는 똑똑히 그라운드에 울려 퍼졌다. 야가미의 강한 각오가 목소리가 되어 나타난 것 같았다.

"……야가미, 왜 앵커를 희망하지?"

단 선생님의 물음에 야가미의 시선이 조금 흔들렸다. 하지만 그 또한 찰나였다.

"……토모에와, 싸우기 위해서입니다."

"왜 싸우고 싶지?"

"제가 다음으로 나아가기 위해서요. 그리고 모두와 우승하기 위해서요! 부탁드립니다!"

"아직 카쿄인의 앵커가 야가미 토모에라고 단정 지을 수 없어. 실제로 얼마 전 쿠로모리 전에서도 야가미 토모에는 앵커가 아니었다."

"하지만, 분명 앵커로 올 겁니다. 그 녀석이 오지 않을 리가 없어요."

야가미, 진심이야. 고민하듯이 단 선생님의 미간에 주름이 살짝 잡혔다.

"……마지막 싸움이다. 너희가 납득이 가도록 정해라."

단 선생님은 멤버를 둘러보았다.

"전, 괜찮은 것 같아요. 릿군이 앵커를 맡는 거. 안정적으로 달릴 수도 있게 됐고 무엇보다 얼굴이 변한 것 같거든요."

"그렇소. 사흘을 안 보면 남자는 다른 사람이 된다지 않소이까. 야가미 공은 매일 다른 사람처럼 보이는 것 같소이다."

"코히나타 선배, 카도와키 선배……. 칭찬해도 아무것도 안 나와요."

야가미는 "감사합니다." 하고 안심한 듯이 미소 지었다.

"좋아서 양보하는 게 아닙니다……. 하지만, 정말로 야가미 토모에가 앵커라면 이 녀석이 달리는 게 나아요."

이다 씨가 앵커였다면 후지와라도 달리고 싶을 터이다. 그럼에도 야가미에게 앵커를 맡겨도 괜찮다고 생각하는 건 그만큼 야가미를 믿고 있기 때문이다.

"사쿠라이는?"

하세쿠라 선배의 물음에 모두의 시선이 집중됐다. 야가미도 후지와라도 진지한 눈으로 빤히 바라보고 있다.

"……."

다른 사람들이 말한 것처럼 야가미는 4월에 비해 훨씬 성장했다. 후반이 되면 속도가 줄어드는 약점도 보완했고 토모에 씨에 대해 품고 있는 마음은 누구보다 강하다. 토모에 씨가 앵커로 달린다면 야가미가 달려 주길 바랐다.

하지만 그것은 후지와라도 마찬가지다. 수없이 헤매고 흔들리면서도 스트라이드에서 자신의 자세를 찾았고, 그렇게 누구보다 빨라지고 싶다, 모두와 이기고 싶다고 바라게 됐다. 그 마음은 분명 스피드로 바뀔 것이다.

"……야가미의 앵커도 물론 좋다고 생각해요. 하지만, 지금 여기선 정할 수 없어요."

"사쿠라이……."

야가미의 표정이 축 처졌다. 미안하다고 생각하고 있는데 하세쿠라 선배가 짝 하고 손뼉을 쳤다.

"좋아. 그럼 절충해서 쿄스케로 할까."

"어, 어어?!"

"그건······."

"선배, 분위기 파악 좀!"

나와 후지와라, 야가미가 동요하는 모습을 보고 하세쿠라 선배는 만족스럽게 고개를 끄덕였다.

"야, 쿄스케. 너도 1학년에게 앵커를 넘겨줄 순 없지?"

"훗, 그렇지."

어안이 벙벙해 눈을 동그랗게 뜬 우리에게 하세쿠라 선배는 씨익 웃어 보였다.

"그렇게 됐으니, 너희의 실력을 시험해 주마."

"그게 무슨······."

아직 무슨 이야기인지 조금 파악이 안 되는 우리에게 하세쿠라 선배는 쿠가 선배의 어깨를 찰싹 때리며 말했다.

"나와 쿄스케. 야가미와 후지와라, 이렇게 2 on 2이다!"

03

으음, 왠지 엄청난 일이 되어 버렸어.

결국 오늘 동아리 활동 마지막에 선배들과 2 on 2를 하게 되었다. 지금은 후지와라와 야가미가 릴레이션 연습을 하고 있다.

지금까지는 야가미에서 후지와라로 이어지는 릴레이션 연습이 많았다. 하지만 이젠 후지와라에서 야가미로 이어지는 릴레이션도 그에 버금갈 만큼 안정적이다.

이거라면…….

"여기 봐~ 사쿠라이. 슬슬 시작한대！"

"앗, 네~에. 야가미, 후지와라!"

코히나타 선배가 불러 야가미와 후지와라를 돌아보았다. 슬슬 시간이다.

"어땠어? 사쿠라이."

"응! 이거라면 분명 선배들도 이길 거야!"

이젠 내가 똑바로 두 사람을 이어 주면 돼.

"헤헤. 고마워."

"……야가미."

후지와라는 야가미에게 진지한 시선을 보냈다.

"……이기자."

마치 진짜 시합 때와 같은 음색에 야가미는 표정을 다잡았다.

"그럼, 맡겨만 둬."

괜한 말은 필요 없는 것 같았다. 그런 두 사람이 이쪽을 바라봐 두근거렸다.

"사쿠라이, 잘 부탁할게."

"네가 승리의 열쇠야."

둘에게 있어, 아니. 우리에게 있어 이것은 진짜 시합이나 다름없다. 가장 가까이에 있는, 높고 넘어야 할 벽이다.

"응, 꼭 이기자!"

우리는 서로에게 고개를 끄덕이고 선배들에게 달려갔다.

여름 방학이라 해도 동아리 활동을 하고 있는 학생은 적지 않았다. 실수로 코스에 들어와 부딪치면 위험하니 일단 이제부터 교사 내에서 스트라이드를 한다고 방송을 부탁했다. 동아리 활동 중인 학생들이 흥미진진하게 견학하러 와 있었다.

4달 전, 입부 시험 때와 같은 장소에 릴레이셔너 부스를 차리고 카도와키 선배와 함께 모두가 스타트 지점에 서길 기다렸다. 스타트 신호는 코히나타 선배가 맡았다.

"……왠지 전에 여기 섰던 게 엄청 옛날 같네."

"네. 그래도 눈 깜짝할 새에 넉 달이 흘렀어요."

"맞아. 사쿠라이는 처음에 태블릿 만지는 것도 벌벌 떨었지."

"와~! 그런 엉망이었던 시절 얘기를!"

키득키득 웃는 카도와키 선배를 보고 고개를 움츠렸다. 확실히 처음에는 매니저가 될 생각으로 온 거라 릴레이셔너의 역할도 제대로 알지 못했다. 그 시절에는 동경하는 마음만 강해서 망설일 때도 많았지만, 지금은 릴레이셔너로서 확실하게 성장했단 것을 느낀다. 지금껏 만난 많은 사람들 덕이다.

《사쿠라이! 위치에 도착했어!》

《사쿠라이. 이쪽도 언제든지 갈 수 있어.》

야가미와 후지와라다. 힐끔 카도와키 선배를 보니 쿠가 선배와 하세쿠라 선배도 준비를 마쳤나 보다.

"코히나타 선배, 스타트 신호, 잘 부탁드려요!"

《오케이. 그러면, 간다! On your mark, Get set──Go!》

후지와라와 쿠가 선배의 스타트는 선배가 앞섰다. 하지만 뒤를 쫓는 후지와라도 전혀 밀리지 않았다. 후지와라, 처음부터 전력으로 달리고 있어. 좁은 복도를 톱 스피드로 달리며 쿠가 선배의 뒤에 딱 달라붙었다.

"이야~ 정말 감개가 깊어. 사쿠라이가 훌륭하게 성장해서."

카도와키 선배는 호들갑스럽게 감동하며 눈물을 닦는 시늉을 했다.

"아하하! 고맙습니다!"

"응. 정말로, 성장했구나……."

실감이 담긴 목소리에 퍼뜩 놀랐다.

"네가 있어서 모두 여기까지 올 수 있었어. 이거 진짜거든?"

"……카도와키 선배."

선배의 다정한 미소에 눈꼬리가 찔끔 뜨거워졌다.

"선배……. 그렇게 갑자기 들어오시면 어떡해요."

"헤헤. 동요시키려는 작전이야."

카도와키 선배는 조금 쑥스러워하는가 싶더니 재빨리 태블릿으로 시선을 달렸다.

"……하세쿠라 선배. 쿠가 선배가 앞서고 있지만 차이는 얼마 나지 않아요. ……세트!"

맞다, 감동할 때가 아니야.

후지와라의 호흡을 듣고서──.

"야가미, 올 거야! 세트!"

《라져!》

'……줄곧 기다렸다. 야가미.'

이것은 후지와라의 마음이다.

'그날…… 프리 파티에서 내 마음을 네가 받아준 그 순간부터 내 스트라이드는 시작됐지……. 내 마음을 받고서 달리는, 네 등을, 나는……!'

"……읏, 야가미! 쓰리, 투, 원…… GO!"

《……흡!》

먼저 달려 나간 하세쿠라 선배를 야가미가 뒤쫓는다.

"야가미, 대단해!"

"저거, 평소의 스타트 대시랑 같은 속도 아냐? 릴레이션으로…… 후지와라가 저걸 이을 수 있을까?"

"……읏, 할 수 있어요! 두 사람이라면!"

분명 할 수 있다. 그도 그럴 게, 이를 위해 요 며칠 연습을 거듭해왔으니까.

나는 기도하듯이 양손을 맞잡았다.

야가미의 스타트 대시. 테이크 오버 존에서 하세쿠라 선배와 나란히 섰다!

'후지와라. 입학했을 때 넌 정말 잘나 보였지.'

야가미의 마음…… 전해져 온다.

'진심으로 하라느니, 느리다느니, 항상 우쭐거리면서 말이야. 하지만 지금은 고마운 것 같아. ……「우쭐거리는」 네가 날 「위」로 끌어올려 줬어!'

"아……!"

야가미의 등을 후지와라가 포착했다!

'야가미…… 내 마음을, 모두의 마음을 잇고서 야가미 토모에에게 이길 자신이 있나?'

"네 마음, 내가 갖고 가마……! 그러니까, 내게…….

《전부, 내 놔아아아!》

"……! 해냈어, 이어졌어!"

야가미의 스타트 대시에 후지와라의 톱 스피드가 겹친 순간. 기적 같은 그 찰나에 하이터치가 이루어졌다!

"야가미!"

♛

'장난 아니다, 이게 뭐야. 완전 기분 좋아!'

리쿠는 자신도 모르게 입꼬리를 치켜올렸다.

지금까지 이렇게 완벽한 하이터치는 없었다. 지금까지 완벽하다고 생각했던 그것이 아직 어설펐다는 것을 여실히 느꼈다.

'더 갈 수 있어. 더 달릴 수 있어. 더, 더, 빠르게! 더 앞으로——!'

"힘내—!"

불현듯, 어린아이의 목소리가 들려왔다.

이건, 사쿠라이?

"그거야! 빠르다, 리쿠!"

그리고 이건…… 토모에.

학교를 달리고 있는데 주변 풍경이 다르게 보였다. 수많은 사람이,

모두가 자신을 응원해 주고 있다. 그 안에 유달리 큰 목소리가 통통 뛰듯이 자신을 응원해 주었다──.

'형…….'

어릴 적, 형을 무척 좋아했다. 자랑스러운 형. 그런 토모에에게 칭찬받으면 기뻤고── 누구보다 빨라진 것처럼 느껴졌다.

'……그래, 그런 거였구나…….'

토모에에게 칭찬받고 싶었다. 칭찬해 주길 바랐다. 하지만 토모에의 기대에 보답할 수 없는 자신에게 진절머리가 나서 괴로워졌다. 토모에가 힘내라고 말해 줄 때마다 못난 자신을 눈앞에 들이미는 것 같아서.

하지만…… 사실은 훨씬, 훨씬 더 순수한 감정이었다.

그저 즐겁다.

그뿐이었던 거야.

시야가 밝아졌다. 답답함이 사라졌다.

'나는…… 토모에와 싸우는 것도 즐기고 싶어!'

"……웃, **우오오오오오!**"

리쿠는 몸을 낮추고 강하게 지면을 찼다. 앞지를 기회를 엿보던 히스를 재점화한 달리기로 멀리 떼어놓았다.

'**토모에와 싸우는 건 나야!**'

"……이겼어! 야가미, 후지와라!"

나는 날아오르듯이 자리에서 일어나 달리고 있었다. 서둘러 골 지점으로 향했다.

"야가미, 하세쿠라 선배!"

두 사람은 그 자리에 대자로 벌렁 누워 있었다.

"아―, 젠장! 졌다!"

"헤, 헤헤. 이번에야말로 이겼다구요, 하세쿠라 선배."

"칫, 건방진 게."

"앵커, 인정해 주세요."

"……처음부터 안 된다고 말한 적 없잖냐. 아~ 아쉽구만. 이게 세대교체란 건가."

거친 숨을 내쉬는 하세쿠라 선배가 벌러덩 누운 채 주먹을 들었다. 야가미는 거기에 자기 주먹을 툭 부딪쳤다.

"부탁하마. 앵커."

"옙!"

"뭐, 앵커를 선택하는 건 사쿠라이지만."

"윽……. 선택받을 수 있도록 힘내겠습니다!"

그랬다. 처음부터 하세쿠라 선배는 야가미의 앵커에 반대하지 않았다. 분명 우리의 각오를 확인하기 위해 이 2 on 2를 준비해 준 거야.

"사쿠라이."

이름이 불려 돌아보니 후지와라와 쿠가 선배, 그리고 코히나타 선배가 함께 찾아온 참이었다.

"이겼어, 후지와라!"

"그래. 당연하지."

"그야 우리가 팀을 짜면 최강이니까!"

"……!"

상반신을 일으킨 야가미가 손을 들었다. 눈을 동그랗게 뜨고 있던 후지와라는 문득 어렴풋이 웃고는 그 손에 손을 마주쳤다.

"사쿠라이도!"

"응!"

셋이 함께 하이터치! 여름이 끝나가는 푸른 하늘에 메마른 소리가 기분 좋게 울려 퍼졌다.

04

"다들 오늘까지 열심히 했다. 이로써 결승 전 연습은 전부 끝이다."

해 질 녘 오렌지색으로 물든 운동장에 단 선생님의 긴 그림자가 드리웠다.

"긴장도 되겠지만 오늘 밤은 내일에 대비해 푹 쉬도록. ――그럼, 해산!"

"수고하셨습니다!"

의욕 넘치는 목소리가 운동장에 울리고 제각기 부실로 돌아갔다.

이제 내일이구나. 진짜로 눈 깜짝할 새였어.

하지만 할 일은 다 했다. 모두 4월과는 비교가 안 될 만큼 기록이 늘었다. 기록뿐만이 아니지. 몸과 마음 모두 놀라울 만큼 성장했어.

야가미는 중반에 속도가 떨어지지 않게 됐고 후지와라는 릴레이션이 더욱 숙달됐다. 코히나타 선배는 어떤 상대라도 제치는 걸 주저하지 않게 됐으며 하세쿠라 선배와 쿠가 선배는, 원래 갖고 있던 파워가 몇 배나 올라갔다. 나도 릴레이셔너가 무엇인지 어떤 릴레이셔너가 되고 싶은지 모르던 시절의 내가 아니다.

지금의 모두라면 분명 카교인과 싸우더라도 이길 수 있을 것이다.

"아～! 배고파!"

야가미가 기지개를 쭈욱 켰다.

"맞다, 사쿠라이네 수프 카레 먹으러 가도 돼?"

"웅! 물론이지. 후지와라도 올래?"

아마도 멤버 중 가장 수프 카레를 좋아하는 건 후지와라다.

"그래. 나도 갈게."

"오케이, 정해졌어! 어서 가자! 진짜 아까부터 배가 고파서 힘이 하나도 안 들어간다니까……."

"아하하! 배부르게 먹으면 힘이 솟긴 하지!"

"그러면 승리를 기원하며 *돈가스는 어때?"

"코히나타 선배! 좋네요, 그거."

"돈가스도 좋지만 너무 욕심부리면 소화 안 된다."

"어이쿠, 부장님은 기름진 음식을 못 드시는 연세이외까?"

"너랑 한 살밖에 차이 안 나거든."

하세쿠라 선배는 카도와키 선배의 머리를 빙글빙글 눌렀다.

"아야야…… 하여간, 부장님은 난폭하시오."

"나 원. 그보다 우리가 승리를 기원한다면 그거 아니냐?"

"그거요?"

---

* 豚かつ(돈가스)의 かつ(카츠)는 일본어로 '승리하다'를 뜻한다.

어리둥절해하는 내게 하세쿠라 선배는 씨익 웃어 보였다. 그 옆에서 카도와키 선배가 톡 하고 생각났다는 듯이 손을 쳤다.

"아아, 그거 말이구려!"

"……응?"

카도와키 선배는 살포시 만 손을 서로 엇갈리듯이 겹쳐서……. 아!

"주먹밥! 그러고 보니 한동안 못 만들었네요. 내일 만들어 올까요?"

"얏호! 역시 호난의 승리의 여신!"

"에이, 카도와키 선배도 과장이셔."

"그렇지 않아, 사쿠라이. 사쿠라이의 주먹밥은 힘이 솟거든."

코히나타 선배까지. 그렇게 칭찬받으면 쑥스러운데.

"나도 먹고 싶어! 그런데 시합 전에 힘들지 않겠어?"

"……아니면 도울게."

"아! 나도 나도!"

"아하하. 후지와라, 야가미, 고마워. 그래도 괜찮아. 중요한 시합 전이잖아!"

내 주먹밥을 먹고 모두가 힘이 솟는다면, 100개든 200개든 만들 수 있어!

"쿠가 선배도 괜찮으면 드세요!"

"그래. 먹도록 하지."

"큰일 난 거 아냐? 왠지 쿠가 선배 잔뜩 먹을 것 같아."

"……글쎄다."

"윽, 저, 지지 않겠습니다!"

"대항하지 마, 야가미."

"후지와라……."

"이기는 건 나다."

"아니, 야 인마!"

"아하하! 괜찮아. 잔뜩 만들 테니까!"

모두 긴장은 했지만 전혀 어깨에 힘이 들어가진 않았다. 평소처럼 대화하고 평소처럼 장난친다. 믿음직스러워.

"그럼 선배들, 먼저 가 있을게요!"

"그래, 조심해서 가라."

하세쿠라 선배와 쿠가 선배를 부실에 남기고 나와 야가미, 그리고 후지무라는 부실을 나섰다. 선배들은 둘이 할 얘기가 있다는 모양이다. 카도와키 선배와 코히나타 선배는 내일 주먹밥 재료를 사고 나서 합류하겠다며 의욕에 차서 먼저 가 버렸다.

"아―! 어떡하냐, 긴장돼! 내일이야, 내일!"

"두근두근거리지!"

"쉬운 상대가 아니야……. 하지만, 할 수 있는 건 다 했어. 나머지는 결과를 낼 뿐이다."

"그럼! ――맞다, 사쿠라이. 왠지 미안해."

"어?"

"앵커 말이야. 나, 억지 썼잖아……. 그래도! 나 진심이야. 진심으로 토모에와 싸우고 싶고 팀을 위해 진심으로 이기고 싶어! 그러니까…….”

“응. 다 알아. 야가미 마음.”

오늘 선배들과의 대결에서 아플 정도로 전해졌다.

모두의 마음이 팀을 몇 배나 강하게 만든다. 카쿄인과 비교하면 우리는 분명 부족한 것이 많다. 하지만 그것을 메울 수 있을 정도의 마음이 있다고 믿고 있다.

나는 후지와라를 돌아보았다. 나 혼자 정할 수는 없다.

“후지와라……. 야가미에게 앵커를 맡겨도 괜찮을까?”

“……웃.”

야가미가 숨을 죽이고 후지와라를 바라보았다.

“……만약, 이다가 앵커라면?”

“윽……. 그때는 그때야, 열심히 할게! **완전 열심히 할게!**”

살짝 동요한 야가미를 보고 후지와라는 눈을 내리깔았다.

“……농담이야.”

“엥? 어……? 후지와라가 농담을 해?! 열이라도 났냐, 너!”

“…….”

“우와아, 장난이야, 장난! 하지만…….”

발끈한 후지와라를 야가미가 황급히 달랬다.

“그래도 되겠어?”

“……야가미 토모에와 싸워 이기고 싶은 마음은, 네가 첫 번째야.”

“후지와라…….”

“앵커를 맡았으니 반드시 이겨라!”

247
PAGE

ANCHOR
STEP 27

PRINCE OF STRIDE
TITLE

"······윽, 그런 말 안 해도 꼭 이길 거야!"

"야가미, 후지와라······."

다행이야. 후지와라도 믿어 줘서.

이제 본 시합만 남았다. 방금 선배들과의 시합처럼 릴레이션을 할수 있다면 분명 이길 거야. 그러기 위해서 나도 모두의 달리기에 응해 줄 수 있는 릴레이션을 해야······.

"······아!"

"왜 그래? 사쿠라이."

"부실에 놓고 온 게 있는 것 같아······."

가방 안을 찾아봤지만 역시나 없다. 어쩐지 가방이 평소보다 가볍더라니.

"뭘 놓고 왔는데?"

"태블릿! 부실 책상에 그대로 놓고 왔나 봐."

"우와, 완전 큰일이잖아. 같이 갈까?"

"으응. 괜찮아!"

황급히 복도를 되돌아갔다. 빨리 눈치채서 다행이야. 집에 돌아가서 눈치챘다면 초조함에 잠도 못 잘 뻔했어. 부실은 아직 선배들이 있으니까 분명 열려 있겠지?

"죄송해요! 뭘 놓고 가서!"

부실로 뛰어들자 얼떨떨한 선배들과 눈이 맞았다. 하세쿠라 선배와 마주 보듯이 앉은 쿠가 선배의 손에는 테이핑용 테이프가 있었다. 하세쿠라 선배의 다리는 여태껏 봤던 것보다 훨씬 단단하게 테이핑되어 있었다.

"하세쿠라 선배…… 다쳤어요?"

하세쿠라 선배의 테이핑은 조금 신경이 쓰여 물어본 적이 있었지만, 혹시 몰라서라고만 말하며 얼버무려왔었다.

게다가 오른쪽 다리는…… 전에 다쳤던 다리가 아니었던가…….

"……왜 돌아오는지, 참."

"야가미와 후지와라는?"

"아……. 먼저 가라고 했어요. 그보다 하세쿠라 선배, 다리……."

하세쿠라 선배는 한 번 한숨을 내쉬었다. 쿠가 선배는 천천히 고개를 저었다.

"……뭐, 들켰으니 어쩔 수 없나. 근육 긴장이 습관성이 됐나 보더라고. 저번 사이세이 전 때 조금 무리하는 바람에 말이야."

"괘, 괜찮아요?"

"괜찮다니까. 걱정 마라. 오늘도 달렸잖아?"

"하지만……."

나는 쿠가 선배를 올려다보았다.

"괜찮아……라곤 농담이라도 말 못 하지."

"그럴 수가."

"야, 쿄스케……. 말려도 소용없거든?"

"그럴 생각이었다면 단 선생님께 상담했어."

"쿠가 선배, 그건……."

쿠가 선배는 문득 자조하듯이 눈웃음을 지었다.

"한 번 도망친 내겐, 계속 싸워 온 이 녀석을 멈추게 할 자격은 없다."

"하지만……."

"토모에한테도 들은 적이 있지. 나와는 목표로 하는 것이 다르다고."

"그렇지는……."

"아니. 내게 있어서 이기고 지는 건 그리 중요하지 않아. 스트라이드는 내가 살아가는 방식 그 자체니까."

쿠가 선배는 작게 고개를 저었다.

"선수 생명을 걸고서라도 도전하는 것이 하세쿠라가 살아가는 방식이라면…… 난 그것을 부정할 수 없어."

"쿄스케, 너…… 그렇게 말하니까 내가 죽으러 가는 것 같잖냐."

하세쿠라 선배는 하아 하고 깊게 숨을 토해내고 자기 머리를 마구 헝클었다.

"……그렇게 된 거니까, 사쿠라이. 이 다리는 확실히 한계일지 몰라…… 하지만, 한 번 더. 내일 시합만 전력으로 달릴 수 있으면 그걸로 족해. 그다음 일은 그때 생각할 거다. 그러니까 너도 내 다리 같은 건 신경 쓰지 말고 해라. ——**부탁이다.**"

하세쿠라 선배…… 진심이다. 망설임 따윈 전혀 없다. 러너의 마음을 헤아리는 것이 릴레이셔너…… 안 된다고 말하기는 쉽다. 하지만 이게 하세쿠라 선배의 마음인 거야.

"……알았어요."

"땡큐."

"하지만 선배!"

"응?"

"여름이 끝나도, 가을이 오고 겨울이 와도, 또 봄이 오더라도 선배는 계속 달려 주셔야 해요."

"봄이라니, 우린 졸업하는데?"

하세쿠라 선배는 쓴웃음을 지었다. 나는 강하게 고개를 저었다.

"그래도요! 저희 앞을, 계속 달려 주세요."

계속 계속, 그 등을 쫓게 해 주길 바랐다. 그 넓은 등이 있어서 우리는 모두 전력을 다해 달릴 수 있었다.

"저희가 전력으로 떠받칠게요!"

후회 없이 달려 주길 바랐다. 하지만, 무리도 하지 말았으면 하는 건 역시 내 고집일까.

"……"

선배는 난처하다는 듯이 머리를 긁적였다. 쿠가 선배가 훗 하고 웃었다.

"귀여운 후배 부탁이야. 무시할 순 없지."

"하여간, 나 원."

하세쿠라 선배는 가슴이 텅 빌 정도로 한숨을 내쉬고는 얼굴을 들고 씨익 웃었다.

"안심해라. 비키라고 해도 계속 달려 줄 테니."

"……웃, 네!"

나는 부실 테이블에 놓고 간 태블릿을 가방에 집어넣었다.

"먼저 실례할게요!"

누가 재촉하듯이 부실을 나서 복도를 달렸다.

그러지 않으면 울음이 터질 것 같았다.

"와! 사쿠라이, 그렇게 서두르지 않아도 괜찮았는데."

"야가미, 후지와라……."

기다려 준 두 사람이 눈을 동그랗게 떴다. 무슨 일이야? 하고 고개를 갸웃거리는 야가미를 보고 나는 고개를 세차게 저었다. 말이 제대로 나오질 않아…….

"사쿠라이……. 아, 뭔가 봤다던가? 머리가 긴……."

"쿠가 선배 말이지."

"여자 귀신이거든! 쿠가 선배가 나온다고 무섭겠…… 아니, 어떻게 나오느냐에 따라 다르려나."

야가미는 으음~ 하고 끙끙거리고 있다.

평소 같은 두 사람의 모습에 마음이 놓였다.

"아하하! ……아무것도 아니야. 괜찮아."

결승은 내일이다. 하세쿠라 선배가 없는 팀으로 우승한다는 건 있을 수 없다.

그러니 망설임 없이 믿자. 하세쿠라 선배를.

"……내일, 꼭 이기자."

"응. 반드시 토모에를 쓰러뜨려 주겠어!"

"……이다는 내가 쓰러뜨린다."

울든 웃든, 내일이 끝이다. 수단 방법을 가릴 순 없다.

'그런 뜻이죠……. 하세쿠라 선배!'

05

"——앗뜨뜨뜨…… 얍."

주먹밥, 이 정도면 충분하려나? 으~음. 아직 밥도 남았으니, 조금
만 더!

주먹밥 속은 연어, 다시마, 참치, 가다랑어포, 닭가슴살 매실 무침
에 바지락 조림! 모두의 요청에 코히나타 선배와 카도와키 선배가 장
을 보러 간 슈퍼에서 뭔가 느낌이 좋아 사 온 재료도 넣었다. 남자애
들이 여섯이니 아무리 많이 만들어도 부족할 것 같아.

'좋아해 줬으면 좋겠다.'

어젯밤은 코스 분석에 너무 집중하느라 밤을 새울 뻔했지만, 시합
전의 긴장 때문에 정신이 말똥거리지도 않고 잘 수 있었다. 머리는
개운했다. 컨디션도 완벽해서 느낌이 좋아!

'홋카이도 때는 만들어 놓은 주먹밥을 잊고 가서 큰일이었지······.'
이번엔 잘 챙겨 가야지.

'하지만——그 덕에 나츠나기 씨와 만났어.'

만약 비행기를 놓치지 않고 모두와 함께 홋카이도에 도착했다면 나
츠나기 씨와 시합 말고 다른 곳에서 알게 될 일도 없었을 것이다. 그
렇게 생각하니 사람의 인연이란 굉장하구나.

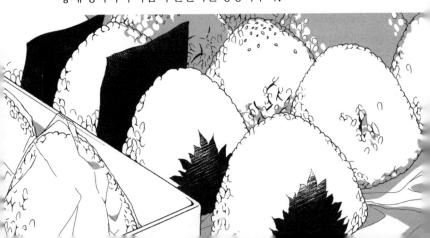

지금까지 정말로 여러 사람과 만났다. 스트라이드 선수로서 존경할 만한 사람, 서로 절대 이해할 수 없을 사람. 망설이기도 했고 멈추어 설 때도 많았지만, 오늘로 그것도 일단락된다.

"……나나? 벌써 일어났어?"

"앗, 코우 삼촌, 좋은 아침!"

"그래, 좋은 아침이다. 주먹밥?"

코우 삼촌은 졸린 듯이 눈을 깜빡이더니 산더미 같은 주먹밥에 눈을 동그랗게 떴다.

"굉장한걸……. 마실 거 주마. 커피? 홍차?"

"고마워. 그럼 홍차가 좋겠다."

"오케이."

코우 삼촌은 물을 끓이러 갔다. 시계를 올려다보니 일어나고서 시간이 꽤 지났다. 내가 일어났을 때는 아직 창밖에 어렴풋이 밝았는데, 이제는 제법 환하다.

"……좋아, 됐다. 이걸로 끝이야!"

조금 양이 굉장해졌지만…… 괜찮겠지! 다들 분명 다 먹어 줄 거야.

그건 그렇고 잔뜩 만들었다. 랩이 꽤 남아 있었는데 심만 남아 버렸어.

"좋은 아침—!"

피리카의 문을 열고 사쿠라 언니가 들어왔다.

"사쿠라 언니! 오늘은 엄청 빨리 왔네?"

"그야 당연하지. 귀여운 우리 나나의 중요한 날인데."

그렇게 말하고 사쿠라 언니는 짊어진 커다란 토트백을 테이블 위에

올렸다. 소, 소리가 무거워 보여.

"일찍 일어나서 간식 정도는 만들어 줘야 하지 않겠어? 자!"

"와아!"

토트백 안에서 나온 것은 사쿠라 언니의 수제 머핀이었다.

"후후. 맛도 잔뜩 있어. 블루베리, 치즈, 초콜릿, 딸기, 홍차, 말차……."

사쿠라 언니는 토트백에서 연이어 머핀이 들어간 반찬통을 꺼냈다. 꺼내고 또 꺼내고…… 커다란 가방처럼 보이긴 했는데, 이렇게나 들어간다고? 싶을 정도로 잔뜩!

보기만 했는데 배가 고파졌어…….

"나나가 주먹밥을 산더미처럼 만드는 건 사쿠라한테 영향을 받아서 그런가?"

코우 삼촌이 홍차를 갖다주었다.

"어머나, 영향이라니, 말이 너무 멋이 없다. 이런 건 '덕분'이라고 해야 하는 거야. 그치? 나나."

찡긋 하고 사쿠라 언니가 윙크했다.

"응! 있지, 사쿠라 언니, 하나 먹어도 돼?"

"물론이지! 잔뜩 먹고, 기운 챙겨 가렴!"

아침부터 코우 삼촌의 홍차와 함께 사쿠라 언니의 머핀을 먹을 수 있다니, 운이 참 좋다. 어떤 걸 먹을까? 정말로 다 맛있어 보여!

"……드디어 오늘이구나."

"응."

"긴장되겠지만, 이럴 때야말로 여자는 배짱이야!"

"무지무지 긴장되지만…… 그래도 왠지……. 오늘로 전부 끝난다고 생각하니 전력을 다할 수밖에 없겠단 생각이 들어. 그리고, 혼자가 아니니까. ……그렇게 생각하니 이 두근거림도 설렘처럼 느껴져."

나는 모두를 믿을 뿐이다. 모두가 날 믿는 것처럼.

이것이 마지막──. 그게 조금, 섭섭하기도 하다.

"후후. 역시 나나야. 좋은 여자가 됐구나."

"좋은 여자? 그런가……?"

"……조금 이르지만, 슬슬 나가야 하지 않나? 길이 막히면 큰일이니까. 주먹밥은 가방에 넣어 뒀으니 잊지 말고. ……가방 두 개인데 괜찮겠어?"

"코우 삼촌, 고마워! 괜찮아. 사쿠라 언니, 머핀 잘 먹었어. 너무 맛있었어!"

"뭘. 우리도 나중에 응원 갈게."

"응, 고마워!"

맞다. 엄마한테도 인사하고 가자.

나는 걸려 있는 엄마의 사진 앞에서 합장했다.

'……엄마. 있잖아…… 나, 스트라이드를 뒤쫓아 여기까지 왔어. 여러 가지 일이 있었지만 스트라이드를 하며 엄마를 가까이서 느낄 수 있었던 게 너무 기뻤어.'

엄마도 시합 전에는 항상 이런 마음이었을까. 즐거운 듯하면서도 두려운. 기쁘면서도 섭섭한. 그런 마음.

'……있지, 엄마. 엄마는 어떤 릴레이셔너였어? 나, 엄마처럼 할 수 있을까.'

엄마는 사진 속에서 평소와 다름없이 미소 짓고 있었다.

하지만 분명 지켜보고 있겠지?

"……다녀올게."

엄마처럼…… 아니. 엄마에게 지지 않는 릴레이셔너가 될게.

"코우 삼촌, 사쿠라 언니! 그럼, 다녀오겠습니다!"

""잘 다녀와!""

두 사람의 목소리에 떠밀리듯이 피리카의 문을 열었다. 눈부신 태양 빛에 순간 현기증이 났다.

"좋은 아침, 사쿠라이."

"안녕, 사쿠라이."

"야가미, 후지와라!"

두 사람 다 일부러 와 줬구나!

"헤헤. 사쿠라이가 주먹밥을 만들어 줬으니 짐 정도는 들어 주려고."

"……그거, 다 주먹밥인가?"

"응, 그래도 괜찮은데……."

"우와—! 잔뜩 만들었네! 아침부터 수고했어. 한쪽 들게."

"……."

야가미와 후지와라가 주먹밥이 들어 있는 가방을 하나씩 들어 올렸다.

"와아, 진짜 괜찮은데. 내가 들 수 있어."

"괜찮다니까. 이 정도는 하게 해 줘. 그보다 꽤 무겁네. 이렇게 두 개라니, 사쿠라이는 힘이 장사인걸."

"아하하. 매일 잔뜩 드링크를 만들어서 그런가? 팔 힘엔 자신 있어!"

"……그것도, 고마워."

"응, 정말로 고마워. 사쿠라이."

"에이, 뭘."

가방을 다시 갖고 오는 것도 이상해서 순순히 들어 달라고 하기로 했다. 양손이 비니 진정이 안 돼.

"……드디어 오늘이구나."

"응. 엄청 긴장돼. 사쿠라이, 잠은 잤어?"

"푹 잤지! 둘은?"

"잠은 잘 안 왔는데, 억지로 잤어!"

"평소대로──였다고 말하고 싶지만, 잠이 잘 안 오더군. 하지만, 문제없어."

역시 후지와라도 긴장했구나.

"이제 한 번만 더 하면 돼. 힘내자."

""그래!""

오늘도 짙고 푸른 여름 하늘이 펼쳐졌다. 바람도 기분이 좋아 스트라이드 하기 좋은 날씨다.

어떤 결과가 나오든지 오늘로 결착이 난다.

후회가 없도록 전력을 다해 달리자.

06

"안녕, 나나!"

"리코!"

한 차례 코스를 둘러보고 호난 부스로 돌아오자 회장에 들어온 듯한 리코가 제일 먼저 발견하고 달려와 주었다.

"쾌청해서 잘 됐지, 나나. 솔직히 조금은 구름이 끼어도 괜찮았을 것 같지만."

"아하하 그래도 하늘이 푸르러서 기분 좋잖아."

"그럼. 하늘이 푸르면 피사체가 사진이 잘 받거든. 그럼 어디, 각오를 한 번 들어 볼까. **'프린세스'가 보기에 오늘 결전, 어떤가요?**"

"'프린세스'래, 어휴, 리코도 참."

"미안 미안. 그래도 그런 별명에 기죽을 성격도 아니잖아? 아예 자기소개로 써 버려."

"맞아 맞아. 공주님이라고 부르고 싶은 녀석들은 부르게 놔두라고."

"공주님 취급을 해? 좋다 이거야."

"쇼나 씨, 다이안 씨! 와 주셨군요!"

항상 둘 중 한 사람만 응원을 와 줄 때가 많아서 그런지 두 사람이 함께 있으니 박력이 또 다른걸.

"물론이지. D's 대표인데 와야 하지 않겠어?"

"나도 호난을 엄청 응원한다구!"

"그러니까……"

"물론……"

""프린세스에게 승리를 바쳐 줄 거지? 너희들.""

두 사람의 눈이 번뜩 빛나며 러너들을 꿰뚫었다.

"……달리기 전부터 제대로 지치네."

"잠깐만요, 하세쿠라 선배! 이거 결승이라구요! 정신 똑바로 차리세요!"

축 처진 하세쿠라 선배를 야가미가 흔들었다. 선배……. 다리는 괜찮을까? 모두가 눈치채지 못할 정도로 아무렇지도 않게 걷고 있으니 분명 괜찮긴 할 텐데…….

"그보다, 방금 대사는 정면에서 당당하게 받아야 하는 거 아냐? 히스. **'꼭 이긴다!'** 그렇게."

"에이~. 우린 그런 멋진 무언가를 부장에게 바라고서 여기까지 따라왔건만, 결국 끝까지 딱 멋지게 끝내질 못했구려."

"코히나타, 카도와키……. 언제 너희가 날 따라왔다고 그래."

제멋대로 말해 댄다며 하세쿠라 선배가 투덜거렸다.

"아하하……. 다들 평소대로네."

"그래."

고개를 끄덕이는 후지와라 너머로 쿠가 선배가 하늘을 올려다보고 있었다.

"쿠가 선배…… 뭐 보세요?"

하늘에…… 뭐라도 있나?

"……새야."

"새……?"

앗. 정말이다. 새가 날고 있어. 까마귀보다 더 작은 새야. 비둘기인가? 뭘까?

"다 모였나?"

"선생님!"

"오늘은 결승 전에 간단한 식전 행사가 있다. 다들 이동해라."

"네!"

"응, 표정 좋고. 이걸 보니 안심했어. 그럼 우린 먼저 골 지점에 있을 테니까."

다이안 씨의 부드러운 머리카락이 시원스럽게 나부꼈다.

"리코, 자리 잡으러 가자."

"네~에!"

손짓하는 쇼나 씨를 따라가기 전에 리코가 꼬옥 내 손을 잡았다.

"……있잖아, 나나."

"응?"

"아까, 프린세스라고 말했는데, 역시 취소할래."

"어?"

"넌, 누가 지켜 주기만 하는 공주님이 아니야. 나나는 나나잖아. 나의 자랑스러운 노력가, 사쿠라이 나나. 그러니까 오늘도 평소대로 하면 돼."

꼬옥 쥐어온 손이 아프다. 하지만 기뻤다.

"베스트 샷, 찍게 해 줘!"

"응! 고마워!"

리코는 총총히 쇼나 씨 일행 곁으로 달려갔다.

'다들, 응원해 주고 있어…….'

리코도 다이안 씨도 쇼나 씨도 코우 삼촌도 사쿠라 언니도, 모두다.

'……맑아서 다행이야.'

엄마도 분명, 하늘에서 응원해 주고 있을 것이다.

과연 시부야다. 신주쿠와 스마일랜드 덕에 익숙해진 줄 알았는데 엄청난 관객 수였다. 어딜 봐도 사람들로 가득 들어차 조금 비좁아 보인다.

"오호라, 결승 정도 되니 관객 수가 다르구려."

"왠지 주목받고 있단 느낌이 들죠, 카도와키 선배."

야가미가 조금 불안한 듯이 말했다. 신주쿠와 스마일랜드에서는 스트라이드에 관심이 없는 손님도 있었다. 하지만 오늘은 대다수가 스트라이드를 보러 온 것 같아.

"호난 학원 여러분! 이쪽입니다. 이동해 주세요!"

운영 스태프의 안내를 받아 이동했다. 훌륭한 무대가 설치되어 있었고 커다란 BGM이 흐르고 있었다.

"……이러는 거, 왠지 별로 예감이 안 좋지 않냐."

"……그러게요."

문득 BGM이 바뀌었다. 한 번 커지더니 작아진다. 그에 맞추듯이 무대 옆에서 마이크를 든 남자가 나타났다.

'쿠로베 씨…….'

뙤약볕 아래, 빈틈없이 양복을 차려입고 명랑한 얼굴로 회장을 둘러보고 있었다.

"──동일본 고등학교 스트라이드의 정점. 여름의 왕자를 가리는 이 엔드 오브 서머 2017도 드디어 오늘, 마지막 싸움의 날을 맞이했

습니다. 이번에 결승을 치르는 하라주쿠에서 시부야까지 이어지는 구획은 EOS의 전신이 된 전설의 대회…… '네이키드 스피드' 가 열려 일본의 스트라이드에 있어서 유서 깊은, 그야말로 성지라고도 불리는 곳입니다!"

'네이키드 스피드…….'

아빠와 코우 삼촌, 사쿠라 언니가 달렸고 엄마가 릴레이셔너로서 활약한 대회다.

쿠로베 씨는 끓어오르는 환성이 잦아들길 기다렸다가 과장되게 가슴에 손을 얹었다.

"그리고 마치 운명의 수레바퀴처럼 오늘 이 시부야 회장에서 검을 맞대는 것은 네이키드 스피드의 창시자. 카쿄인 고등학교의 '킹', 사쿠라이 죠!"

'아빠…….'

지금 어떤 기분으로 이 회장에 있을까.

"그리고 이에 맞서는 것은 호난 학원 고등학교. ……그 홍일점, 릴레이셔너를 맡은 자는 무려 '킹' 의 외동딸, '프린세스' 사쿠라이 나나!"

확실히, 그렇게 불리면 기분이 좋지는 않지만.

나는 양손을 꼬옥 쥐었다.

'나는, 나야——.'

리코, 고마워.

"아버지와 딸, 킹과 프린세스, 그야말로 창시자와 계승자의 진검 승부! 오늘, 이 시부야에 모인 여러분께! 이곳이 새로운 역사의 시발점이 될 것을 저는 선언합니다."

""……아저씨, 그만 좀 끝내.""

하세쿠라 선배는 그렇다 치고, 코히나타 선배까지…….

"그러면 여기서 이분들에게 마이크를 건네고자 합니다. 사회 진행을 맡은——."

마치 두 사람의 목소리를 들은 양 타이밍을 맞춰 쿠로베 씨는 목소리를 조금 높였다.

BGM이 변했다. 아, 이건 갤럭시 스탠더드의……?!

술렁거림에 쿠로베 씨는 만족스러운 얼굴이었다.

"사이세이 학원 스트라이드부, 또 다른 이름은 갤럭시 스탠더드의 여러분입니다!"

역시나!

커다란 환성을 받으며 갤럭시 스탠더드가 무대로 올라온다. 뒤쪽의 거대 모니터에도 그 모습이 커다랗게 비추었다.

"──옷챠아아아아! 자식들아! 준비는 됐겠지?!"

"갤럭시 스탠더드야~ 갤럭시 스탠더드가 와 버렸다냥~!!"

"네, 거기, '준결승에서 진 녀석들이 왔다'는 표정 하지 말고!!"

"맞아 맞아, 오늘 우린 프레젠터야! 갤럭시하고 하이퍼한 결승 대회, 왕창짱 즐겨 보자구!"

"아하하! 아스마 씨랑 치요마츠 씨, 힘이 넘치네."

올지도 모르겠다고 다들 얘기는 했지만, 진짜로 와 줬을 줄이야!

"여러분, 안녕하세요. 카쿄인 고등학교, 호난 학원, 모두 훌륭한 선수들이 모인 팀이죠. 그래서 TV 중계만으론 참을 수 없어서 저희도 와 버렸답니다."

스와 씨가 손을 흔들자 와아 하고 관객이 들끓었다.

"여러분, 우리와 같이 응원해요."

"중계를 보고 계신 여러분! 서브 음성은 저희가 코멘테이터를 맡고 있으니 꼭 체크 부탁드립니다!"

"날씨 좋구마. 수분 보급 잊지 말그래이."

시즈마 씨, 오쿠무라 씨, 세노오 씨가 연이어 말하자 관객의 흥분이 최고조에 달했다. 역시 굉장해, 갤럭시 스탠더드는.

"오늘 새겨질 새로운 역사의 페이지를."

관심을 끌듯이 느릿하게 말하는 쿠로베 씨의 목소리에 회장이 조용해졌다.

"이 젊은이들과 함께 목격할 수 있다는 사실을, 여러분, 기뻐해 주시기 바랍니다."

폭발하는 듯한 커다란 환성에 등 뒤의 대형 모니터의 화면이 바뀌었다. 중계가 광고로 전환된 모양이다.

"좋았어, 지금이 찬스!"

아스마 씨가 우리에게 손을 흔들었다.

"호난, 그리고 카쿄인! 시합 잘해라! **여름의 막을 멋지게 내려 봐!**"

손가락으로 처억 가리켜서 살짝 두근거렸다.

"히스, 히스, 큰 소리로 한마디 부탁해."

"항상 우리를 혼낼 때보다 다섯 배 정도는 크게! 파파팍!"

"이것들이, 사람을 확성기 마냥."

코히나타 선배와 다른 이들의 재촉에 하세쿠라 선배는 한숨을 쉬며 가볍게 목뒤를 문지르고, 다음 순간, 크게 숨을 들이켰다.

"……**당연하지! 눈 똑바로 파고 보고 있어!!**"

마이크가 아닌 생목으로 지르는 하세쿠라 선배의 커다란 목소리에 성원이 쏟아졌다.

"눈은 파는 게 아니라오."

"뜨는 거지."

"시꺼. 대충 알아들어!"

딴지를 거는 카도와키 선배와 코히나타 선배에게 하세쿠라 선배는 흥 하고 코를 울렸다.

작은 웃음과 그 이상으로 커다란 성원이 이곳저곳에서 들려왔다.

"호난과 카쿄인 여러분, 무대로 올라와 주세요."

스태프의 안내를 받아 우리는 왼쪽 계단을 통해 무대로 올랐다. 이게 가장 긴장되는 것 같아…….

반대편 계단에서는 카쿄인이 올라왔다. 부장인 아오바 씨를 선두로 릴레이셔너인 나츠나기 씨, 토모에 씨, 이다 씨에 이즈미노 하지메, 료 씨.

그리고──.

'아빠…….'

순간 나를 본 것처럼 느꼈지만, 선글라스 때문에 확실하지는 않았다. 아빠는 천천히 선수들의 뒤를 돌아 앞쪽으로 나와 섰다.

내 앞에는 나츠나기 씨가.

"오늘은 잘 부탁해. 사쿠라이 씨."

"네! 잘 부탁드려요!"

두근 하고 한 번 심장이 크게 뛰었다. 실감이 없었던 것은 아니지만, 더더욱 실감했다고 말해야 할까? 지금부터 이 사람들과 싸우는 거야.

"왔구나. 리쿠."

"형…….

옆에 있는 야가미는 얼굴을 치켜들고 똑바로 토모에 씨를 바라보았다.

"절대 안 질 거야."

"응. 기대할게."

그 건너편에서는 후지와라와 이다 씨가 노려보고 있었다.

말을 나누는 건 아닌 듯싶었으나 대담하게 턱을 치켜올린 이다 씨와

강한 눈빛의 후지와라 사이에는 파직 파직 불똥이 튀는 것 같았다.

후지와라 너머로는 코히나타 선배, 쿠가 선배가 섰다.

정렬을 마치자 무대 아래에서 스태프가 카운트를 세는 것이 보였다. 곧 광고가 끝나고 중계로 바뀐다는 거지?

"그러면. 지금부터 엔드 오브 서머 2017, 호난 학원 고등학교 스트라이드부 대 카쿄인 고등학교 스트라이드부에 의한 결승전을 치르도록 하겠습니다!"

"……유지로. 오늘은 잘 부탁한다."

"――네."

환성에 섞여 아빠와 단 선생님이 말을 나누었다.

"우리 팀은 강해. 너희가 가진 힘을 전부 보여 줘라."

"말하지 않아도 그럴 겁니다. ……같은 말을 되돌려드리죠."

'아빠, 단 선생님…….'

그런 두 사람에게 쿠로베 씨가 순간 무척 부드럽고, 작게 미소 지었다.

"――일동, 인사!"

"잘 부탁드리겠습니다!"

기합이 들어간 양자의 목소리가 넓은 여름 하늘에 울려 퍼졌다.

'……드디어 시작이야.'

이 팀으로 싸우는 것은 이것이 마지막.

이기든 지든, 이것이 마지막――.

우리의 엔드 오브 서머. 그 결승전이 지금, 시작된다.

STEP 27

VISUAL NOVEL SERIES
PRINCE OF STRIDE 07

ANCHOR

CHARACTERS

카쿄인 고등학교 스트라이드부

센다이의 고등학교. EOS 2017에서는 레귤러 멤버를 대부분 일신. 부장인 아오바를 제외하고는 새로운 코치인 사쿠라이 죠가 전 세계에서 우수한 선수를 모아 팀을 짰다. 이상하리만치 높은 각 개인의 달리기 실력을 나츠나기 토우야의 물 흐르는 듯한 릴레이션으로 이어 간다.

3학년, 러너. 리쿠의 형이자 히스, 코스케의 전 팀원. 미국에서 스트라이드 유학 중인 것을 죠가 선발했다. 스트라이드에 대한 사랑은 누구보다 솔직하고 깊다.

야가미 토모에
TOMOE YAGAMI

1학년, 러너. 누구보다 자신의 '최속'을 믿으며, 어떤 선수를 앞에 두더라도 그 자신감은 1㎜도 흔들리지 않는다. 빅 마우스에 걸맞게 천재적이기까지 한 멋진 달리기 실력의 소유자.

이다 아마츠
AMATSU IDA

1학년, 릴레이셔너. 나나와는 홋카이도에서 만났으며 수제 마스코트 '퐁뇌프'를 통해 마음이 맞았다. 자신을 러너의 거울이라고 이해하고 있으며 물 흐르는 듯이 그들을 이어 준다.

나츠나기 토우야
TOYA NATSUNAGI

3학년, 러너. 부장. 유일하게 작년의 카쿄인 스트라이드부에서 그대로 뽑힌 러너. 개성적인 신 멤버에 당황하면서도 레귤러에서 제외된 동료들의 몫까지 승리하겠다고 결심했다.

아오바 난페이
NAMPEI AOBA

2학년, 러너. 쌍둥이 이즈미노 형제 중 형. 동생인 료와 생김새도 성격도 쏙 닮아서 언뜻 보기엔 분간이 안 갈 정도. 전 서커스 단원이기도 하며 그 강력한 탄성을 이용해 기믹을 피한다.

이즈미노 하지메
HAJIME IZUMINO

2학년, 러너. 이즈미노 형제 중 동생. 형인 하지메처럼 말수가 적고 주로 두 글자로 이루어진 숙어로 말한다. 하지만 형제 사이에선 그것만으로도 충분히 커뮤니케이션이 성립하는 모양.

이즈미노 료
RYO IZUMINO

STEP 28

VISUAL NOVEL SERIES
PRINCE OF STRIDE 07

THE END OF SUMMER

01

여름 방학 마지막 일요일. 시부야.

"그러면, 여러분! 잘 부탁드리겠습니다!"

오더를 발표하고 모두가 스타트 지점으로 향했다. 앵커는 물론 야가미다.

"야가미, 앵커 힘내."

"응⋯⋯. 있잖아, 사쿠라이!"

"응?"

야가미의 표정이 조금 긴장했다.

"저기…… 손, 줘 볼래?"

"손?"

뭘까? 오른손을 내밀자 야가미는 양손으로 악수하듯이 내 손을 쥐었다.

"야, 야가미?"

갑자기 왜 이럴까?

"나, 진짜 진짜 열심히 할게!"

야가미는 양손에 꼬옥 힘을 주었다.

"……좋았어! 용기랑 기운 받아 간다!"

"아하하! 오히려 내가 기운이 솟는 것 같은걸."

"그럼, 교환이야."

야가미는 그렇게 말하고 평소처럼 힘찬 미소를 보여 주었다.

"그러면——응?"

손을 뗀 야가미의 시선을 쫓자 후지와라가 두리번두리번 주변을 살피고 있었다.

"후지와라, 왜 그래?"

"아니……."

미간에 주름을 새기던 후지와라는 퍼뜩 정신을 차린 듯이 숨을 삼켰다.

"저건……."

후지와라네 아버지다. 우리의 시선을 눈치채자 후지와라네 아버지는 가볍게 목례했다.

"아버지, 오셨구나."

"잘됐다, 후지와라!"

"……그래."

후지와라는 걱정하는 것이 하나 사라진 것처럼 마음이 놓인 얼굴이었다. 보러 와 줬다는 것은 후지와라네 아버지, 제대로 후지와라의 목소리에 귀를 기울이려고 하는 거지?

"후지와라. ……나, 그때 약속 지키마. 호난에서 EOS 우승! 그리고 네 아버지에게도 스트라이드가 쓸모없지 않다는 걸 보여 주자고!"

"……넌 괜찮아?"

"뭐야. 이제 와서 앵커가 아까워졌어?"

"놀리지 마."

"괜찮다니까! 애당초 내가 형과 달리고 싶어서 입후보한 거니까! 이게 분명 토모에와 진심으로 승부를 겨룰 수 있는 마지막 여름일 것 같고…… 게다가 내년도, 내후년도 셋이 함께 스트라이드를 하고 싶어. 그러니까 반드시 이길 거야!!"

"그래. 부탁한다."

"오냐! 받아주마! 그렇게 됐으니 어서 준비하러 가자고. 그럼 갈게, 사쿠라이!"

"응! 둘 다, 힘내자!"

스타트 지점으로 향하는 두 사람의 등이 멀어져 간다. 나도 어서 릴레이셔너 부스로 가야지.

273
PAGE

THE END OF SUMMER
STEP 28

PRINCE OF STRIDE
TITLE

"아……. 더워!"

"사쿠라, 본성 나왔다."

배에서부터 저음을 울리는 사쿠라를 코우이치가 곁눈질로 흘겼다. 9월도 코앞까지 다가왔다. 여름의 햇살은 약해질 기미를 보이지 않았고 강렬한 태양은 하늘 높이 솟았다.

시부야 거리에 설치된 이벤트 회장은 거리의 평소 모습을 완전히 뒤바꾸었다. 모여든 사람들의 열기도 더해져 축축하게 땀이 배어났다.

"피부가 타잖아! 하여간 EOS는 매년 이래요!"

"칭얼대면서 매년 보러 왔잖아?"

사쿠라는 찰싹 목에 달라붙은 머리카락을 쳐내며 흥 하고 거친 콧김을 내뿜었다.

"그야 네이키드 스피드 관련자로서 당연한 마음가짐이지. 게다가 올해는 전혀 사정이 다르거든. 호난의 승리, 지켜봐야지!"

"그래, 그렇지."

올해는 나나가 스트라이드 선수로서 시부야에 서는 것이다.

코우이치와 동료들이 네이키드 스피드에서 시부야를 달렸던 것은 아직 나나가 어린 아기였을 때다. 그렇게 작았던 아이가 지금은 동일본 고등학교 스트라이드 대회에서 결승전에 나서려 하고 있었다.

세월이 흐르는 것은 정말로 빠르다.

"아. 유지로다. 야~!"

사쿠라의 목소리에 정신을 차렸다. 선수들은 각자 스타트 지점으로

향한 모양이었지만, 유지로는 대회 본부 옆에 있었나 보다.

"왔었나."

"당연하지. 그런데 유지로, 괜찮아? 배는 안 아파? 열은 안 나? 어제 푹 잤어? 제대로 코치할 수 있겠어?"

"야, 사쿠라."

동생 돌보는 누나처럼 묻자 유지로는 한숨을 쉬었다.

"……아니, 문제없어. 여기까지 왔으니 승부를 결정짓는 건 선수의 실력이지. 나는 믿고서 맡길 수밖에 없어."

"그렇지. 게다가 릴레이셔너는 나나고! 괜찮을 거야, 분명."

사쿠라가 힘차게 양손을 꼬옥 쥐었다. 그 뒤에서 낯익은 얼굴이 다가오는 것을 눈치채고 코우이치는 한쪽 눈썹을 치켜올렸다.

"──나도 호난에겐 기대하고 있어. 그렇지? 죠."

"……."

"쿠로베 선배, 죠 선배!"

"이거…… 놀라운걸."

회장에 있는 것은 물론 알고 있었지만 설마 한자리에 모이게 될 줄은 몰랐다. 아쉽게도 당시 유지로는 보결이었지만, 네이키드 스피드를 함께 달린 동료들이 집결한 것이다.

'누나도 있었다면 좋았을걸……'

분명 누구보다 기뻐했을 텐데.

"이 인파 속에서 마주치게 되다니, 과연 '킹'과 그 동료들이라고 해야 하려나? 오늘은 분명 역사에 남을 날이 되겠지. **……그날처럼.**"

그 시절과 변함없이 무척 과장되게 연기가 섞인 말투다.

코우이치와 죠, 유지로. 세 사람은 쿠로베의 말에 험악한 얼굴로 입을 다물었다.

"……어허! 뭐야, 당신들, 그 침묵! **어두워! 징그러! 아저씨야!**"

"……아니, 너도 거의 동년배──윽."

용서 없는 팔꿈치가 명치를 찔렀다.

"시끄럽거든? 잘 들어. 오늘은 고등학생을 위한 스트라이드 대회야. 이 여름에, 딱 한 번뿐인 엔드 오브 서머 결승!"

사쿠라는 다른 이들을 하나하나 손가락으로 가리켰다.

"우리의 쓸데없는 감상이나 스트라이드 협회의 이권 같은, 그런 건 전혀 상관없다고."

알았어?! 하고 확인하듯이 유지로의 이마를 찔렀다.

"윽……. 왜 나한테."

"거기에 미간이 있으니까! ……지켜보자고. 저 애들의 달리기를."

사쿠라는 문득 먼 곳을 바라보았다.

특별 설치된 거대 모니터가 선수들의 모습을 비추고 있었다.

'힘내, 나나.'

오늘은 정말 덥구나……. 햇살이 눈 부셔서 눈도 못 뜰 정도야.

릴레이셔너 부스에서는 골 지점이 훤히 보인다.

시부야 하치코 동상 앞 교차로. 일본을 소개하는 텔레비전 방송에 자주 나오는 곳인 데다 일기 예보에서 시부야의 현재 상황으로 틀어 주던 것을 보았다. 매일 수많은 사람이 오가는 이곳이 오늘의 골 지점이다. 응원해 주는 많은 사람이 골 주변에서 스타트를 기다리고 있다.

'올해 여름의, 골 지점이야.'

이기든 지든, 이것이 끝.

교차로를 내려다보는 빌딩의 거대 화면에는 회장의 모습이 연이어 송출되고 있었다. 다들 슬슬 스타트 지점에 도착했으려나?

"……아."

저기에 있는 건…… 혹시 미하시의 카모다 유우 씨와 케이 씨? 이쪽을 눈치채고 유우 씨가 손을 흔들었다.

"사쿠라이 씨! 힘내ㅡ!"

"이겨라! 호난!"

"네! 감사합니다!!"

두 사람의 목소리는 이 혼잡함 속에서도 확실하게 들렸다.

그리고 저쪽에 있는 건 이치바의ㅡㅡ.

「지면 가만 안 둬. ……꼭, 우승해.」

울어서 새빨갛게 부어오른 눈으로 내게 마음을 맡긴 사람은 이치바의 릴레이셔너, 토마루 씨였다.

나는 세게 주먹을 움켜쥐었다.

미하시와 이치바뿐만이 아니었다. 나가미네와 츠바키마치, 이치죠칸도 분명 어디선가 보고 있을 것이다.

각자의 스트라이드가 있고 각자의 마음이 있다. 우리는 모두의 마음을 짊어지고 오늘 이곳에 서 있다.

"좋은걸. 시합 뒤에도 서로 응원해 주는 관계구나."

"나츠나기 씨!"

"오늘은 잘 부탁해. 사쿠라이 씨."

"잘 부탁드려요!"

릴레이셔너 부스로 들어온 나츠나기 씨는 키득 하고 작게 웃었다.

"왜 그러세요?"

얼굴에 뭐라도 묻었나? 설마, 아까 먹은 주먹밥이?!

"아니, 미안해. 왠지 기뻐서."

"네?"

"만날 때마다 아름다워지는구나."

"네?!"

"아, 딱히 이성으로서의 의미가 아니야. **강한 사람은 아름답거든.**"

노, 놀라라. 갑자기 무슨 소릴 하시나 했네⋯⋯.

확실히 강한 사람은 아름답다. 성별은 관계없다. 선수들은 물론이고 리코와 다이안 씨 같은 다른 사람들도 그렇다. 강한 마음을 속에 품고 무언가에 온 힘을 다하는 사람이 아름답게 여겨지는 것과 마찬가지겠지. 나도 그런 사람들처럼 보였다면 기쁠 것 같아.

"얼마 전에 막 만났을 뿐인데…… 넌 분명, 더 강해졌겠지."

"……그렇다면 좋겠어요. 강해져서, 이겨서, 당신의 팀과 다시 한 번 싸우고 싶다고 생각해 여기까지 왔어요."

수많은 사람과의 마음을 잇고, 짊어지고서 여기에 서 있었다. 겁먹을 순 없었다.

그럼에도 떨려오는 것은 카쿄인과 싸우는 것이 조금 두렵고, 그 이상으로 기대되니까. 가슴을 치는 고동이 몸을 떨리게 만드는 것이다.

"오늘은 안 질 거예요."

나츠나기 씨는 무척 기쁜 듯이 웃었다. 그리고 내게 투명한 시선을 되돌려 주었다.

"응. 우리도 맞설 거야. ——너희 아버지에게도 보여 줄 수 있었으면 좋겠다. 최고의 시합을."

"……읏, 네!"

나츠나기 씨는 조용히 골 지점으로 시선을 옮겼다.

"……결승, 진정한 엔드 오브 서머를 달리는 것은 이겨서 올라온 두 팀뿐. 우리뿐이야. 여기까지 수많은 팀이 EOS로 향하는 이야기에 마침표를 찍어 왔지. 우리의 이야기도 여기서 끝이야."

편안하고 기분 좋은 바람이 불어온다. 그 바람에 나츠나기 씨는 눈을 가늘게 뜨며 돌아보았다.

"네가 전에 했던 **'마음을 잇는다'** 는 말……. 지금까지 마음을 이어 온 네 이야기. 내게 보여 줘."

"……네! 나츠나기 씨의 마음도 보여 주세요!"

"응."

《——이봐, 사쿠라이. 들려?》

"앗! 네, 하세쿠라 선배, 들려요!"

《슬슬 시작이야. 확인 부탁해.》

"네! 모두 준비는 됐나요?"

《네——에! 코히나타, 준비 OK야.》

《하세쿠라, 스타트 지점에 도착했다.》

《후지와라, 준비 완료.》

《쿠가, 문제없다.》

《야가미입니다. 나도 준비 OK. ……언제든 갈 수 있어.》

준비를 마친 모양이다.

"……다들, 평소대로 가자."

나츠나기 씨도 선수들에게 말을 걸고 있다. 좋았어, 나도……!

"……여러분, 긴장되겠지만 열심히 해요. 그리고 미하시의 카모다 씨 형제와 이치바의 토마루 씨 일행도 보러 왔어요."

《진짜?!》

"그러니까 지금까지 이겨 온 다른 학교 분들 몫까지 열심히 해서, 그래서, 꼭 이겨요!"

《좋았어. 그럼 야가미. 마지막 한마디.》

《엥? 저요?》

《앵커잖아. 멋지게 마무리 지어 봐.》

《……어어, 그러면……. **호난 스트부 절대 우승!!**》

《그래!》

03

【쿠가 쿄스케(호난) vs. 이즈미노 하지메(카쿄인)\제1구간】

좋은 바람이 불고 있다.

쿄스케는 눈을 가늘게 떴다. 역 앞 큰길로 불어오는 바람은 강하지도 약하지도 않게 등을 밀어주듯이 불고 있다.

"……쿠가."

"그래. 잘 부탁한다."

빤히 올려다보는 것은 이즈미노 하지메의 감정을 읽을 수 없는 눈이었다. 아니, 그 안쪽으로는 확실한 투지가 보인다.

"호난 최속 선수. ……아니, 문제없다. 필승."

"그래."

어제 나나가 말한 것처럼 쿄스케는 이기고 지는 것에 무게를 두지 않는다. 그렇기에 KGB 이후 피해를 주지 않도록 책임을 지고 그만둔다는 선택을 망설이지 않았다.

하지만 이런 자신도 필요로 하는 사람이 있다면, 그를 위해 전력을 다하는 것을 꺼리지 않을 것이다.

"……오늘은, 하늘이 좋군."

느긋하게 구름이 흘러간다. 하늘 높이 날아가는 새의 그림자가 푸른 하늘을 가로질러 갔다.

"…………평범."

조용히 대답하는 목소리에 쿄스케는 훗 하고 작게 웃었다.

【하세쿠라 히스(호난) vs. 아오바 난페이(카쿄인)＼제2구간】

'끝까지 버텨 주라──.'

오늘이 끝나면 어찌 되든 상관없으니까. 시합 도중에 못 쓰게 되지만은 말아 달라고 빌며 히스는 꼼꼼히 스트레칭을 하고 있었다.

"설마 또 너희와 결승에서 붙게 될 줄은 몰랐어."

"아오바……. 난 계속 이때를 기다렸다."

"……우리 팀이 굉장하단 건 저번 경기로 충분히 이해했잖아?"

"그래서 어쩌라고? 꼬리 말고 도망가라고?"

"……이번에도 우리가 이길 거다. 그리고 카쿄인이 우승할 거야. ……사라진 녀석들을 위해서라도 말이지."

"흐~음. ……뭐, 미안하지만 그쪽 사정은 아무래도 좋거든. 우리는 더 이상 그때의 호난이 아니야. 벌써부터 이긴 줄 알지 말라 이거지."

카쿄인에게 지고 필사적으로 연습을 거듭해 강적과 싸우며 이겨왔다.

미하시, 이치죠칸, 츠바키마치, 사이세이──. 다들 보통이 아니었던 상대와 아슬아슬한 접전 끝에 승리를 거머쥐었다. 그때마다 호난은 강해졌다.

"오합지졸에게 질까 보냐."

"……질리질 않는군. 그러는 편이 쓰러뜨리는 보람이 있지."

"하, 웃기고 있네."

"스읍……. 하아……. 스읍…… 윽, 쿨럭!"

심호흡을 하던 호즈미는 한껏 기침했다. 너무 깊게 들이쉬었다.

"……바보."

"쿨럭……. 그래도, 긴장은 풀렸어."

쌍둥이 중 한쪽, 이가라시 료가 냉랭한 눈빛으로 내려다본다.

"오늘은 잘 부탁해. ……이번엔 안 질 거야. 저번처럼은 안 될 테니까."

"……왜."

"우리도 강해졌거든. 방심했다간……!"

빵!

총을 쏘는 시늉을 한 호즈미를 보고서도 역시나 료는 표정 하나 꿈쩍하지 않았다.

"어라? 안 놀라네?"

"……헛수고."

"우리 팀은 다들 놀라는데……. 아, 연장자들은 빼고."

"……무시."

"무시라니……. 뭐, 됐다. 이길지 질지는 해 보기 전까진 모르는 법이니까."

"……."

변함없이 얘기가 통하지 않는다.

하지만 마음은 이미 먹었다. 이전에 패배한 이미지는 이미 거의 남아 있지 않았다. 그 분함을 동력으로 삼아 강해졌기 때문이다.

'꼭 이길게.'

오늘 회장 어딘가에서 보고 있을 남동생, 여동생과 어머니를 위해서라도.

♛

【후지와라 타케루(호난) vs. 이다 아마츠(카쿄인)＼제4구간】

드디어 이날이 왔다. 어릴 적 약속을 필사적으로 뒤쫓아 꿈꾸던 미래에, 지금 서 있다.

'아니······. 그게 아니야.'

어릴 적 꿈은 말하자면 독선적인 꿈이었다. 나나와 리쿠가 기억하지 못한다는 사실에 멋대로 낙담하고 배신당했다는 기분을 느끼고 있었다.

호난에 와서 조금씩 변해 간 타케루가 두 사람과 나눈 약속이야말로 타케루를 강하게 해 주었다.

'약속은······ 지킨다.'

타케루는 오른 주먹을 쥐었다. 츠바키마치 전, 사이세이 전──. 앵커로서 달리며 그 승리를 증명하듯 나나와 나눈 하이터치는 타케루 안에서도 특별했다.

그 열은 여전히 이곳에 있다.

오늘 여기서 결과를 내지 못하면 타케루는 아버지의 말을 따라 유학을 간다. 그런 약속이었다. 하지만 그렇게 되지는 않을 것이다. 여기서 우승해서 결과를 내고 인정받자.

그런 운명의 일전에서 앵커를 리쿠에게 맡긴 것은 팀이 승리하기 위해서는 리쿠가 가장 적임이라고 생각했기 때문이다.

'녀석이라면, 분명⋯⋯.'

"역시 네놈이냐. ⋯⋯질리질 않는구만?"

"⋯⋯이다 아마츠."

이다는 이미 이긴 것처럼 거만하게 한쪽 입가를 씨익 들어 올리고 있었다.

"난⋯⋯ 널 넘어 최속이 될 거다. 그를 위해 오늘까지 달려왔어. ⋯⋯널 이긴다."

"핫! 뜻은 알고서 말하는 거냐, 너? 이 몸의 존재 자체가 승리나 다름없어. 두통이 아픈 거나 마찬가지지. 유치원 때 피보나치수열이랑 같이 안 배웠냐?"

'⋯⋯잘은 모르겠지만, 그런 유치원은 없을걸.'

"그리고 말이다, 큰 착각을 하고 있는데. ⋯⋯달리는 게 아니야. 날아가는 거지. **이 몸의 날개는, 무지개색으로 찬란하게 빛나며 중력에서 해방된 날개다 이거야.**"

"⋯⋯."

날아간다라⋯⋯. 확실히 이다의 달리기는 날아가는 것처럼 **빠르다**.

그러나 제아무리 **빠른들** 사람에게 날개는 없다. 이 두 다리를 갖고 달릴 뿐이다.

그렇다면 절대 지지 않는다.

이다는 당돌하게 눈을 가늘게 떴다.

"승자는 나뿐이야. 갓이란 녀석이 태어나기 전부터 말이지."

이다는 내뱉듯이 말하곤 똑바로 코스 너머를 바라보았다.

"뭐, 달려 보면 알게 될 거다."

"그래……."

달려 보면 안다. 그 말대로다.

지금까지 쌓아 온 노력을 모두 이 달리기에 바친다.

타케루는 그렇게 결심했다.

♛

【야가미 리쿠(호난) vs. 야가미 토모에(카쿄인)＼제5구간】

리쿠는 편안한 긴장에 휩싸여 있었다. 몇 번이나 시합을 해 왔지만 오늘만큼 동요하지 않고 스타트 지점에 선 것은 처음 있는 일이었다.

"……."

옆에는 토모에가 있었다. 여기까지 왔다는 생각에 리쿠의 가슴이 벅차올랐다.

도우미로 들어온 스트부였다. 나나를 위해서라며 자신을 속이고 진짜 마음을 스스로도 보지 않으려 했다.

리쿠는 꽈악 양손을 쥐었다. 나나가 나누어 준 용기가 그곳에 있는 것만 같았다.

'나는 스트라이드가 좋아.'

나나가 깨닫게 해 주었다.

리쿠는 지금 스트라이드를 진심으로 즐기고 싶었고 진심으로 이기고 싶었다.

더는 도망치지 않는다. 상대가 누구라 해도——.

"리쿠……. 앵커구나."

토모에가 말을 걸어와 리쿠는 꽉 쥔 주먹에 힘을 풀었다.

"……응. 형은…… 뭐, 평소대로네."

어떤 거리감으로 접해야 하는지 잘 떠오르지 않는다. 사이가 좋았던 시절이 벌써 훨씬 옛날 일 같았다.

"……형은, 있잖아. 달릴 수만 있다면 어디든 좋았어?"

"……어?"

"호난을 그만두고 미국에 가서, 그래서 지금은 여기에 있잖아. 달릴 수만 있으면 어디든 좋았던 걸까 하고, 줄곧 물어보고 싶었는데……."

"……."

토모에는 먼 곳을 바라보곤 입을 다물었다. 물어 보면 안 되는 것이었을까 하고 리쿠는 입술을 앙다물었다.

"……내겐 이것밖에 없으니까."

"어?"

토모에는 문득 눈을 내리깔고 고개를 저었다.

"……나는 EOS에서 우승하기 위해 이곳에 있어. ……리쿠는?"

"……."

"리쿠는 왜 앵커로 달리는 거야?"

내 앞에서 도망쳤으면서——. 귓가에서 책망하는 듯한 토모에의 목소리가 들려오는 것만 같아 리쿠는 토모에를 보던 얼굴을 돌렸다. 그런 건 단순한 착각이다. 약한 자신이 만들어 낸 환상.

"……아니, 미안해. 괜찮아. 힘들면 대답 안 해도 돼. 앵커로는 쿄스케나 후지와라가 올 줄 알았거든."

토모에의 말에 숨겨진 뜻은 없다. 타케루처럼 노력밖에 모르는 바보가 옆에 있어서 조금씩 보이기 시작했다.

"토모에는 스트라이드 바보지."

"어……?"

리쿠는 아무것도 아니라며 얼굴을 들고서 정면을 바라보았다.

"왜 앵커가 됐는지…… 대답하는 거, 힘들지 않아."

지금까지 풀이 죽어 잔뜩 고민하다가 빙글빙글 먼 길을 돌아 도착한 답.

리쿠는 후우 하고 한 번 숨을 토해냈다.

"나…… 형이랑 달리고 싶었어. 그래서 여기에 있는 거야."

대답은 언제나 심플하다.

리쿠는 그제야 처음으로 토모에를 똑바로 바라보았다.

"……봐줄 필요 전혀 없어."

"……그래."

형은 조금 안심한 듯한 얼굴로 미소 지었다.

04

한편 그 무렵. 텔레비전 중계의 서브 음성에선 새로운 전설이 탄생

하려 하고 있었다.

"네~에! 여기는 갤럭시 스탠더드입니다냥~."

"이번에는 우리가 코멘테이터로서 서브 음성을 담당할 거야!"

시합 전의 긴장이 감도는 선수들의 모습이 차례차례 비추어지는 것을 배경으로 반타로와 아스마의 목소리가 흘렀다. 메인 음성에서는 아나운서와 해설가가 시합이 시작되기 전까지 엔드 오브 서머의 역사에 대해 얘기하고 있었다.

"지금부터 서브 음성은 마유즈미 아스마."

"치요마츠 반타로."

"오쿠무라 카에데."

"세노오 타스쿠."

"마유즈미 시즈마."

"그리고 스와 레이지가 보내드립니다."

마침 자기소개가 끝났을 때 시합 개시를 알리는 아나운스가 회장에 흘렀다.

〈……드디어 이날이 찾아왔습니다. 엔드 오브 서머 2017.〉

"오. 시작됐다냥~!"

"반짱, 쉬잇!!"

"어이쿠."

반타로는 "미안냥."이라는 말을 남기고 일단 입을 다물었다.

〈결승전이 열리는 곳은 바로 이곳. 전설의 대회 '네이키드 스피드'를 시작으로 하여 선수들의 질주를 수없이 그 피부에 새겨넣어 온 시부야의 거리!〉

쭈욱 화면이 당겨지며 하늘에서 찍은 시부야의 거리를 비추었다.

《그리고 오늘, 이곳에…… 킹이 돌아왔습니다! 킹의 딸인 프린세스와 함께! 스트라이드의 역사에, 오늘, 또다시 새로운 한 획을 긋게 됩니다!》

《프린세스 사쿠라이 나나가 이끄는 도쿄의 호난 학원 고등학교!!》

카드가 늘어서듯 호난 선수들의 사진이 화면 왼쪽 절반에 늘어섰다.

《이에 맞서는 것은 킹, 사쿠라이 죠가 이끄는 미야기의 카쿄인 고등학교!!》

호난과 마찬가지로 카쿄인의 얼굴 사진도 오른쪽 절반에 늘어섰고 중앙에 커다랗게 'VS' 라는 글자가 나타났다.

《이 두 학교의…… 킹 VS 프린세스, 부녀 대결의 향방이 오늘 이 자리에서 결정 됩니다!》

일부러 나나와 죠의 공간을 크게 해서 늘어놓은 화면은 현재 선수들의 모습을 비추고 있었다.

《엔드 오브 서머 2017. 여름의 마지막을 승리로 마치게 되는 것은 어느 팀이 될 것인지—— 운명의 시합입니다!》

아나운서의 말이 일단락되자 기다렸다는 듯 반타로가 입을 열었다.

"드디어 시작이얏!"

"모두, 호난과 카쿄인의 경기, 끝까지 지켜봐 줘!"

05

안내 아나운스에 회장이 들끓었다. 저릿저릿 공기를 울리는 열광을 피부로 느끼며 나는 심호흡을 했다.

'운명의, 시합.'

여기까지 온 건 틀림없이 운명이다. 하지만 나 한 사람의 운명이 아니다. 많은 사람의 힘을 빌리고 마음이 떠받쳐 주어, 이끌려 온 곳이다.

'기억은 못 하지만…… 여기는 내 시작의 장소이기도 해.'

네이키드 스피드……. 아빠와 엄마가 이어 준 마음은 내게도 이어졌다. 그래서 이곳에 있다.

'아빠. ……엄마. 지켜봐 줘.'

옛날에 마음을 이어받은 이곳에서 내가 최고의 스트라이드를 해 보일게……!

나는 인터컴에 손을 댔다.

"여러분, 시작이에요!"

《그래!》

On your mark, Get set──

GO!

【쿠가 쿄스케(호난) vs. 이즈미노 하지메(카교인)＼제1구간】

"……됐다!"

쿠가 선배의 스타트 대시가 제대로 성공했다.

레트로한 외관의 하라주쿠 역 앞에서 출발해 곧 나타나는 삼거리 교차로에서 왼쪽으로. 커브에서 순간 하지메 씨가 불쑥 거리를 좁혔지만 선배는 물 흐르듯 피해 오모테산도 방면으로 쭉 달려갔다.

"쿠가 선배!"

그대로 거리를 벌려간다. 역시——.

"역시 쿠가 씨. 하지메도 전혀 따라가지 못하는구나……. 하지만."

도중 큰길에서 좁은 길로 급커브 해 들어갔다. 하지메 씨는 쿠가 선배가 앞서나가도 억지로 제치려 하지 않았다. 안정적인 달리기다.

'하지메 씨가 기믹에 강한 건 이전 시합으로 이미 알고 있어.'

좁은 길에서 육교를 넘기까지 기믹이 연속으로 출현한다. 아무리 쿠가 선배라고 해도 방심할 수 없다. 집중해야 해…….

"——하지메, 가속. 자유롭게."

나츠나기 씨가 짤막한 지시를 내린다.

기믹을 앞에 두고 하지메 씨가 가속한다. 계속해서…… 하나를 넘을 때마다 차이가 줄어 간다.

'굉장해……. 쿠가 선배도 거의 속도를 줄이지 않았는데!'

그럼에도 기믹을 넘을 때마다 조금씩 낭비가 발생하고 만다. 하지메 씨에겐 그런 게 없는 거야?

월을 넘는 하지메 씨에겐 쓸모없는 움직임이 전혀 없었다.

"──웃, 쿠가 선배, **위에서 와요!**"

《……!》

스스로 말하고서도 믿을 수가 없었다. 하지메 씨는 육교의 낙하 방지용 울타리 위를 마치 평범한 지면처럼…… 아니, 평범한 지면 이상으로 가볍게 달려 나갔다.

'위험해……. 하지만, 기믹을 넘는 선배를 제치려면 최선의 길일지도 몰라…….'

육교를 넘으면 큰길로 나온다. 거기서부터 남쪽으로 내려와 다음 러너, 하세쿠라 선배에게 이어 주기까지는 기믹도 그리 많지 않다.

그렇다면……!

하지메 씨가 쿠가 선배를 제쳤다! 하지만 곧 만회했다. 완만한 경사로를 내려가며 쿠가 선배가 슬금슬금 거리를 벌려갔다.

'이거라면 되겠어!'

"하세쿠라 선배! 쿠가 선배, 거리를 벌려서 와요!"

《좋았어! 라져!》

"아아아아! 쿠가 씨! 쿠가 씨, 역시 대단해요!"

"좀, 진정…… 진정해, 카에데! 아얏?!"

"헉, 내가 무슨 짓을…….

"휘두르던 팔이 부딪치기 전에 정신 좀 차려 주지 그랬냐."

"어, 어흠, 실례했습니다."

"아하하. 카에데는 정말로 쿠가를 좋아하는구나."

"……네!"

카에데를 곁눈질했던 레이지는 모니터를 보았다.

"쿠가 선수는 앵커도 맡을 수 있는데 스타트로 데려온 건 고민을 많이 했네."

"이번 오더는 여태껏 호난이 보여 준 오더와는 달리 변칙적인 듯싶습니다."

"응. 카쿄인은 각자의 능력이 뛰어나니까. 스타트로 거리를 벌리면 이득이 크지. 문제는 얼마나 그 거리를 유지할 수 있는가인데…….'"

"아직 초반입니다. 앞으로 어떻게 될지 예측할 수가 없네요."

♛

【하세쿠라 히스(호난) vs. 아오바 난페이(카쿄인)\제2구간】

《쓰리, 투, 원…… GO!》

'이게 마지막 GO로군.'

히스는 강하게 지면을 박찼다. 교차로를 이용한 체육관 앞 블라인드를 전력으로 달린다.

다리가 버틸지, 마지막까지 달릴 수 있을지……. 불안함은 있었다. 하지만 그 이상으로 이 결승 무대를 달릴 수 있다는 기쁨이 앞섰다.

블라인드를 빠져나가 테이크 오버 존으로. T자로를 오른쪽으로 꺾기 직전, 순간 쿄스케의 모습을 시야 끝으로 포착했다.

'쿄스케……. 솔직히 너랑 결승까지 올 줄은 생각도 못 했다.'

한 번은 사라졌다고 생각했던 꿈이다. 거의 포기했던 꿈이다. 여기까지도 결코 쉬운 길은 아니었다.

어찌어찌 이어진 그 꿈은 어느새 이렇게 확실한 감촉으로 양손 안에 있었다.

"쿄스케!!"

"──그래, 맡기마!!"

온 힘을 다해 마주친 손에 저도 모르게 입꼬리가 올라갔다.

'최고다, 1학년들아!'

너희가 이어 준 거다. 오늘, 이날, 이때를, 너희가!

"헉, 헉, 헉……."

히스가 달리는 코스는 쿄스케가 달리던 큰길가를 잇는 형태로 쭉 완만한 언덕길을 내려가야 한다. 중간의 교차로에서 오른쪽으로 꺾으면 길은 왼쪽으로 완만한 커브를 그린다. 단순하지만 파워와 스태미나가 요구되는 코스다.

아오바가 뒤에서 슬금슬금 쫓아오는 것을 알 수 있었다. 변함없이

건실한 달리기다. 파워만이라면 아마도 호각……. 여기는 달리는 힘으로 승부를 내야 한다.

'죽자는 각오로 달려야 이긴다!'

"……윽."

이를 악물고 커브를 돈다. 아오바는 바로 뒤까지 따라왔다.

《하세쿠라 선배, 조심하세요!》

'제치게 둘까 보냐!'

블록은 예상했는지 회피했다. 스르륵 옆으로 나란히 늘어선 모습에 내심 혀를 찼다.

"……자식이!"

게다가 여기에서 스퍼트를 올린다고?

히스는 꾸욱 어금니를 악물었다.

오른발에 느껴지는 위화감과 희미한 통증에 겁을 먹지는 않았었나.

'오늘, 여기서, 다리가 망가지더라도 상관없어…….'

두 번 다시 스트라이드를 하지 못하더라도 상관없다.

오늘의 승리에 여기까지 이어온 모두의, 나의 '의미' 가 있어!

"우오오오오오오!"

《하세쿠라 선배!》

♛

"……제치래이."

아오바와 히스의 경주를 보며 타스쿠는 조용히 중얼거렸다. 표면

상은 평소와 다름없었지만 그 눈은 꿰뚫을 듯이 화면을 노려보고 있었다.

아스마는 이제 와서 한다는 소리가 그거냐고 말하고 싶었지만, 시즈마가 시선으로 제지했다.

시즈마가 어흠 하고 헛기침을 했다.

"하세쿠라 선수의 오른발 테이핑……. 우리와 시합을 했을 때보다 더 단단히 묶은 게 아닌지? 옛 상처도 있으니……. 걱정이군요……."

"죽을 각오와 죽을 각오가 부딪치는 거구나. 둘 다 마음만은 한 발짝도 물러서지 않았어……. 이건 모르겠는걸."

"네……. 쿠가 선배, 멋있었어요……."

"야, 카에데, 마이크 켜져 있어."

"앗!"

"선배……. 뒤에 달라붙었어!"

몹시 괴로워 보인다. 하지만 나는 무리하지 말라고 말할 수 없었다.

《사쿠라이 씨, 히스는 어때? 다리, 괜찮아 보여?》

"코히나타 선배! 알고 있었어요?!"

《그야 뭐. 오래 알고 지냈잖아. 그래도 말이지…… 그래도 히스는 이 방법 말고는 고르지 않을 거야. 그게 히스니까.》

코히나타 선배의 목소리에는 분함이 서려 있었다. 그럼에도 말리지 못했다는 마음, 충분히 이해가 가.

297
PAGE

THE END OF SUMMER
STEP 28

PRINCE OF STRIDE
TITLE

　하세쿠라 선배는 이 시합에서 자기 다리가 어찌 되더라도 이 팀으로 우승하고 싶다고 바라고 있다. 무리하지 말아 줬으면 싶었지만, 그래도 하세쿠라 선배의 강한 마음을 막아설 순 없다.

　지금은 무사히 이어 주기만을 바랄 뿐이다.

　"……웃, 하세쿠라 선배, 아오바 씨와 거의 동시에 들어와요! 꼭, 이어드릴게요!"

　《라져!》

　"코히나타 선배, 세트!"

　"료. 둘 다 거의 동시에 온다. 스타트, 전력. 거리를 벌려 놔."

　하지메 씨 때도 생각했지만 나츠나기 씨의 지시……. 마치 달리고 있는 본인을 투영하는 것 같아.

　'거울…….'

　나는 힘껏 태블릿을 바라보았다.

　"……코히나타 선배, 갑니다!"

♛

【코히나타 호즈미(호난) vs. 이즈미노 료(카쿄인)＼제3구간】

　하세쿠라 선배는 이제 한계야…… 하지만!

　'미안하다, 호즈미!'

　'뒤는 맡겨 둬! 히스!'

　언덕을 올라간 교차로에서 두 사람의 릴레이션이…….

　"이어졌다!"

《가라! 호즈미!》

강하게 밀어내는 듯한 하세쿠라 선배의 외침이, 마음이 코히나타 선배에게 힘을 주는 것 같다.

"───읏."

하세쿠라 선배의 다리는…… 아니, 그보다도 지금은 코히나타 선배에게 집중해야 해.

코히나타 선배는 넓은 도로를 내려가고 있다. 나츠나기 씨가 지시한 것처럼 전력으로 튀어 나간 료 씨가 앞서고 있지만 스피드는 지지 않았다.

'이 구간은 전반에선 무척 기본적인 코스지만…….'

기믹도 많고 후반에는 커브도 많다. 페이스 배분을 잘못하면 아무리 기믹이 특기인 코히나타 선배라도 후반부에 속도가 떨어질 거야…….

'하지만, 아껴 뒀다간 카쿄인에게 이길 수 없어.'

선배라면 해 줄 거야!

"코히나타 선배! 기믹, 전속력으로!"

'응, 해 볼게.'

코히나타 선배의 마음이 들리는 것만 같았다. 팀을 위해 달리겠다는 쿠가 선배의 강한 마음도, 다리가 망가지더라도 끝까지 달리겠다는 하세쿠라 선배의 마음도, 모든 것이 가슴을 뜨겁게 달군다.

'코히나타 선배, 힘내요……!'

♛

'아아……. 젠장, 아파…….'

격렬한 통증에 일어설 수 없다. 더는 한 발짝도 못 움직이겠다.

그래도, 끝까지 달렸다.

히스는 통증에 이를 악물며 대자로 누워 하늘을 보고 있었다.

밉살스러울 만큼 푸른 하늘이다.

그 푸르름이 얼굴로 떨어진 커다란 수건에 가려졌다.

"잘했어."

"자, 일어나. 승부가 어떻게 되는지 안 볼 생각이야?"

또각 하고 힐을 울리는 다이안과 쇼나, 두 누나가 좌우에서 히스를 둘러메고 일으켜 세웠다. 고급스러운 양복에 땀이 스미든, 주름이 가든 신경 쓰지 않는 모습이었다.

"이게 뭐야, 무거워!"

"하여간 쓸데없이 몸만 커져선!"

누나들이 제각기 말했다. 하지만 그 말투가 어딘가 자랑스러워하는 것처럼 느껴져서 히스는 핫 하고 웃었다.

"땡큐, 누나들."

♛

"……헉, 헉……!"

호즈미는 레일을 뛰어넘었다. 료의 등은 보이는데 좀처럼 제칠 수가 없다.

'여기까지 왔어……. 반드시 제쳐 주겠어!'

이를 악물고 후반부로 접어들었다. 체력의 한계였다.

무거운 다리가 엉킬 것만 같았다.

"힘내라, 힘—!!"

'……!'

길가에서 남동생과 여동생들이 필사적으로 소리 지르고 있었다.

'포기 안 해……! 꼴사나운 모습을 보일 순 없잖아!'

한계를 넘어서 삐걱대는 다리를 앞으로, 앞으로!

타케루가, 리쿠가 분명 호난을 우승으로 이끌어 줄 것이다.

'너희는 줄곧 그랬지.'

나나, 리쿠, 타케루——. 올해의 호난은 이 세 사람이 이끌어 여기
까지 올 수 있었다.

'그런데 선배인 내가, 여기서 주저앉으면 쓰겠냐고!'

자잘한 커브 길의 연속이다. 제칠 틈이 있다면, 그것은———.

《코히나타 선배! 지금이에요!》

"우오오오오!"

"호즈밍! 가라—! 호즈밍이라면 할 수 있어! 나이스, 코너링!! 이야호우!!"

"잠깐만요, 반짱 씨! 모니터에서 떨어져 주세요!"

"반짱, 좀!"

"안 보인다……."

모니터에서 반타로를 떼어내려는 소리 뒤에서 시즈마와 레이지는 냉정하게 코멘트를 이어 갔다.

"이즈미노 하지메 선수도 그렇지만, 료 선수는 타고난 탄력과 유연함으로 기믹과 커브를 물 흐르는 듯이 헤쳐나가고 있네요."

"확실히 기술 면에 있어서 이즈미노 형제의 실력은 장난이 아니지. ……하지만 코히나타 선수도 기믹이 특기인 데다 호난에는 기술의 차를 메우고도 남는 강한 마음이 있어. 절대 뒤지지 않아."

모니터 속에서는 마침 호즈미가 료를 제쳤고 반타로가 다시 환성을 질렀다.

"──후지와라, 코히나타 선배가 제쳤어! 하지만 차이는 그리 없어. 내리막길 지나서라 빠를 거야!"

《그래.》

"……아마츠, 오늘도 최고의 달리기를 보여 줄 거지?"

나츠나기 씨의 목소리는 무척 여유로웠다. 이다 씨의 목소리는 들리지 않지만, 분명 평소처럼 기세 좋게 대답했을 것이다. 나츠나기 씨가 키득 하고 웃었다.

《──사쿠라이, 하나 부탁이 있어.》

후지와라가 말했다. 부탁이라니, 웬일이지?

"응? 뭔데?"

《여태껏 한 것 중 가장 큰 소리로 GO 사인을 내줘.》

"큰 소리로?"

《그래. ──여기는 조금 사람이 많아서. 네 목소리를 똑똑히 듣고 싶어.》

후지와라가 있는 곳은 이노카시라 거리였다. 골 지점 정도는 아니지만 분명 무척 많은 성원이 들리고 있을 것이다.

"……알았어. 그럼, 간다!"

《그래!》

나는 태블릿을 빤히 바라보았다.

'후지와라…….'

처음 만났을 때 후지와라를 전혀 이해할 수 없었다. 야가미와도 뜻이 맞지 않아 어떻게 해야 하나 걱정이었다.

하지만 그것도 모두 어릴 적에 나누었던 약속을 기억하고 있었기 때문이야. 우리가 기억하지 못했던 것에 속이 끓었던 거지?

후지와라는 약속을 지키기 위해서 노력하고 또 노력해 호난에 와 주었는데…….

이치죠칸 전에서 릴레이션이 이어지지 않았기에, 카도와키 선배가 다쳐서 대회에 나가지 못할지도 모른다고 불안했기에. 그리고 나와 야가미가 약속을 기억하지 못했기에 후지와라는 자신의 달리기에 의문을 품고 있었다.

무엇을 위해 노력해야 하는가, 혼자서 강해지는 것에 의미가 있는 가. 스트라이드는 인연의 스포츠인데 누구보다도 빨라지고 싶다고 바라는 마음이 틀린 것은 아닌가 하고서.

그렇지 않다고 입으로 말해 주기는 쉽지만, 그랬다면 분명 후지와 라의 마음 깊숙한 곳까지 전해지지 않았겠지.

입으론 말하지 않지만, 가슴속에 뜨거운 것을 가득 품고 있는 사람 이니까…….

하지만 그렇기에 후지와라는 한 번 시합에서 이길 때마다 노력의 의미와 팀의 인연을 실감해 갔다. 제대로 스스로를 마주 보고 점점 굳건한 후지와라가 되어 갔다.

몇 번이든 말할게.

후지와라가 약속을 기억해 줬기에 우리가 이곳에 서 있을 수 있는 것이라고.

후지와라가 강한 의지를 가지고 거듭 노력해 온 결과가 지금 이곳 에 있는 것이라고.

후지와라가 오늘까지 이어 온 마음은 무엇 하나 헛되지 않았다고.

이 마음을, 이 한마디에 담을 테니까.

"＿＿."

나는 크게 숨을 들이쉬었다.

"후지와라…… 세트!"

"＿＿아마츠, 세트."

"간다! 쓰리, 투, 원＿＿GO!!"

지금까지 중 가장 커다란 GO 사인이었다. 후지와라에게 제대로 전해졌을까.

으응, 분명 전해졌을 거야. 그럴 생각으로 외쳤으니까!

"쓰리, 투, 원＿＿Beat them."

퍼뜩 놀라 나츠나기 씨를 보았다. 나츠나기 씨는 부드럽게 눈웃음을 짓고 있을 뿐이었다.

06

【후지와라 타케루(호난) vs. 이다 아마츠(카쿄인)＼제4구간】

"……!"

코히나타 선배와 후지와라, 이어졌어!

기세를 죽이지 않고 후지와라가 먼저 달려 나간다.

제3구간까지는 호각……. 살짝 우리가 앞섰다. 하지만 여기부터는 이다 씨와 토모에 씨가 있다. 이 정도 차이는 없는 것이나 마찬가지일지 모른다.

제4구간, 이노카시라 거리를 똑바로. 중간에 있는 파출소 앞의 헤어핀 커브가 중요해…….

'후지와라. 부탁이야!'

'이대로, 차이를 유지하겠어.'

"아쉽게도 후지와라. 아마츠는 그리 쉬운 상대가 아니야."

나츠나기 씨가 전부 꿰뚫어 보듯이 웃었다. 나츠나기 씨의 이 느낌……. 가슴이 술렁거려.

"……후지와라! 뒤에서 오고 있어!"

♛

"……그래!"

나나의 말에 타케루는 힘차게 대답했다.

이다가 뒤에서 쫓아오는 압박감은 지금껏 누구에게서도 경험한 적 없는 것이었다.

"……윽!"

'──느려. 그보다 방해돼! 이건 이 몸의 레드 카펫이거든? 주역보다 앞을 달리는 멍청이가 용서받을 수 있을 것 같나?!'

오싹한 오한이 들었다.

'온다……. 풍압이, 가까워. 삼켜질 것만 같아.'

상대는 절대적 자신감을 갖고 있다. 자신이 최속이라는 걸 의심하지 않는, 흔들림 없는 자신감과 신념.

'……내겐 없어.'

타케루는 아무런 근거도 없이 자신이 최속이라곤 생각할 수 없었다. 이 속도를 손에 넣기까지 그야말로 피나는 노력을 거듭해 왔고 그 의미를 의심한 적도 있었다. 제아무리 노력해도 부족한 느낌이 들었다. 자신이 최속이라고 딱 잘라 말할 수 없었다. 그렇기에 더더욱 강한 상대와 싸워 이기고, 또 이기고 싶었다.

이 노력은 오직 달리기를 통해서만 증명할 수 있다.

'나는——.'

헤어핀 커브로 접어들었다. 감속을 최소한으로 억제한 몸이 거세게 밖으로 튕겨 나갈 것만 같다.

'나는……!'

찰나의 순간이었다.

'아버지……!'

관객 속에 아버지의 모습이 보인 것 같았다. 이벤트 회장에 설치된 거대 모니터가 훨씬 잘 보일 텐데 일부러 타케루가 뛰는 코스까지 와 준 것이다.

"……흡."

배에 힘을 주었다. 여기서 뒤처질 순 없다.

'절대로, 뒤처지지 않겠어!'

동료와 함께 마음을 이어 왔다. 그 마음을 누구도 부정하게 두진 않겠다.

오늘까지 이어온 모든 것은 전혀 의미 없는 일이 아니다.

그것을 지금, 증명해 보이겠다!

♛

"후지와라──! 각오가 담긴, 좋은 달리기야."

"후지와라 녀석, 전혀 뒤지지 않잖아!"

"레이지 씨를 달리기로 이겼다카이. 이 정도는 마 당연한 기라."

"그나저나 이다라는 선수── 빅 마우스에 걸맞게 훌륭한 주행입니다."

"아무튼 말하는 스케일이 엄청났죠. 그래도 이만큼 달리니 나오는 자신감이었군요……."

"굉장해, 날아가는 것 같다냥─!"

♛

"두 사람이 나란히 섰다!"

"나이스야, 아마츠. 그대로 즐겨!"

좁은 길을 두 사람이 조금도 감속하지 않고 달려서 빠져나간다.

'뒤처진다……?! 아니야. 후지와라도 지지 않았어.'

그 이다 씨를 상대로 한 발짝도 물러서지 않는다. 이다 씨를 떨쳐놓을 수는 없지만, 뒤처지지도 않는다.

'야가미의 스타트 대시는 토모에 씨에게도 지지 않아. 재점화도 있어. 여기선 릴레이션이 승리의 열쇠야.'

"……드디어, 앵커구나."

"……네."

제5구간은 분카무라 거리를 시부야역까지 일직선으로 달린다. 무척 단순한 스트레이트 코스.

'이미지를 떠올리자. 마음을 가라앉히고. 야가미가 달리는 모습을.'

누구보다 올곧게, 앞만 바라보며 달리는 야가미를…….

그렇다. 언제나 야가미는 똑바로 앞을 바라보고 달렸다.

처음 만났을 때도 그랬지. 입학하자마자 지각할 뻔하게 되어 문을 뛰어넘다가 기세를 죽이지 못하고 나무에 부딪혔었다. 그 일은 잊을 수가 없어.

처음엔 미안해. 분명 스트부에 오고 싶지 않았겠지. 형이랑 그런 일이 있었으니까…….

그래도 야가미는 도중에 도망치지 않고 남아 줬어.

야가미는 항상 괜찮다고 웃어 주어서 눈치채지 못하는 일도 많았을지 몰라.

형 때문에 고민하거나, 풀이 죽거나, 때로는 발을 멈추게 될 뻔하기도 했지만, 그래도 야가미는 계속 줄곧 달려왔어.

약점을 좀처럼 극복하지 못해서 몇 번이고 몇 번이고 연습해서. 그렇게 재점화를 할 수 있게 되었을 때, 나도 내 일처럼 정말로 기뻤어.

몸도 마음도 이 4개월 동안 가장 성장한 건 야가미일지 몰라.

점점 성장하는 야가미에게 나도 질 수 없다며, 그렇게 힘내 온 거야. 야가미의 명랑함에 구원받은 거야.

야가미가 있어 줘서 다행이야.

스트라이드가 즐겁다고, 다시 떠올려 줘서 다행이야.

오늘, 이 순간을 함께 맞이할 수 있어서 다행이야.

"……야가미, 들려? 곧 도착해."

《응……. 후지와라는?》

"전혀 밀리지 않았어. 거의 동시에 올 거야."

《대단한데! 나도 질 수 없겠어.》

"야가미……. 어릴 적이랑 똑같지."

《응……. 후지와라의 마음을 사쿠라이가 이어서, 내가 골까지 들고 갈게.》

"하지만 이번엔 더 많은 마음이 담겨 있어."

《……하하! 긴장된다~! ……그래도 나, 이제 괜찮아.》

"응. 믿을게. 야가미라면 분명 이길 거라고. 그러니까 야가미답게 달려!"

《──응. 보고 있어 줘, 사쿠라이!》

이것이 마지막 릴레이션이다. 이 GO 사인을 내리면 이제는……!

"야가미, 간다!"

《……!》

"……토모에, 아마츠와 후지와라는 거의 동시에 올 거야. 잇고 나면 내 일은 끝이다. 나머지는 네 스테이지야."

나츠나기 씨의 목소리는 어디까지나 조용하고 침착했다.

"……토모에의 달리기는 왕자의 달리기야. 왕자는 고결해야 해. 누구도 널 멈추지 않아. 멈출 수 없어. ──지금까지도, 앞으로도."

나츠나기 씨는 후우 하고 한 번 숨을 뱉었다.

"토모에, 세트. ……쓰리, 투, 원──GO!"

"야가미, 세트!"

'떨쳐낼 수 없어——!'

다리가, 무겁다. 마치 무거운 모래주머니를 달고 달리는 것 같다.

허벅지는 올라가고 있나? 다리가 지면을 제대로 차고 있나?

왕왕 귓가를 울리는 바람 소리와 옆을 달리는 아마츠의 기척만이 타케루가 지금 느끼는 전부였다.

'처음으로 마음을 이었던 그날. 승리와 약속을 거머쥔, 그날——.'

그것은 그저 우연이었다. 나나와 리쿠에게는 잊어 버릴 만한 사건이었을지도 모른다. 하지만 그 릴레이션의 고양감은, 셋이 나누었던 약속은 타케루에게 있어서 보물이 되었다.

'나는…… 처음으로 스스로 선택한 거야.'

스트라이드를 하겠다고. 반드시 약속을 이루겠다고, 그렇게 정했다.

그날 타케루는 변했다. 인정받기 위해 연습했다. 스스로의 선택에 의미가 있다는 사실을 아버지에게 인정받기 위해서.

'그러려면 스트라이드밖에 없다고 생각했지…….'

스트라이드 말고 다른 것은 필요 없다고 생각했다. 처음으로 자신이 고른 것은 그만큼 반짝반짝 눈부시게 빛나고 있었다.

'하지만, 사실은 그렇지 않았어…….'

스트라이드가 너무나도 눈부셔서 깨닫지 못했다. 그 그림자에 가려져 있던 수많은 소중한 것들. 분명 아버지에게 말하면 그게 무슨 의미가 있냐는 말을 들을 법한 것들이 잔뜩 있었다.

그것을 깨달은 것은 스트라이드에 전력을 다해 왔기 때문이다.

몇 번이나 벽에 부딪혔다. 마음대로 되지 않는 현실을 알았다. 여러 사람과 만나 마음에 닿으면서 세계가 넓어졌다.

'내게 세계와 맞설 용기를 준 건, 스트라이드야.'

그렇지 않았다면, 분명 지금도 내 의지로는 한 걸음도 내딛지 못하는 겁쟁이인 채였다.

'그러니까――보고 있어 줘, 아버지.'

이다와 나란히 달리며 테이크오버 존으로 접어들었다.

'타케루――. 달리는 널 보는 건 처음이다.'

"……!"

'……빠르구나. 이렇게나, 빨랐구나.'

타케루는 이를 꽉 악물었다.

지금 확실하게 마음이 통했다.

'아버지. 사회란 게 어떤 건지, 나는 잘 몰라.'

그것은 무척 거대해서 눈앞의 일에 벅찬 자신은 아직 제대로 맞설 수 없다.

'하지만, 사회가 만약 사람과 사람의 인연으로 이루어진 것이라

면…… 나는 인연을 맺고 싶은 녀석들이 있어. 전에는 없었던 소중한…… 사람들이.'

지금은 나나와 리쿠, 선배들이 있다.

이제는 앞뒤 생각 없이 혼자서 노력하던 자신이 아니다.

'그 녀석들과 약속했어. 반드시 우승하겠다고……!'

'……나는 반드시라는 말을 가볍게 쓰는 녀석은 신용하지 않는다.'

"……웃."

'하지만……, 지금은 이겨라. 꼭 이겨라……!'

"달려라―! 타케루!!"

저렇게 커다란 목소리는, 처음 들었다.

'……아버지.'

그 말만으로 충분했다.

그것만으로 힘이 솟아오른다.

타케루는 마지막 힘을 쥐어짜 내 힘껏 대지를 박찼다.

'이해가 안 되네……! 왜 네놈이 옆에 있지……!! 어중이떠중이일 터인 네놈이 왜!'

'나는…… 결코 특별한 사람이 아니야……. 하지만 세상에 한 사람뿐이지. 나는, 나밖에 없어…….'

과거, 나나와 리쿠와 달렸던 것은, 약속을 믿고서 노력해 온 것은, 지금 이렇게 달리고 있는 것은 이 나, 오직 한 사람뿐!

'그렇기에, 동료와의 마음을 잇겠다!'

'나 혼자만이 최속이다! 미래영겁 그건 변하지 않아! 이 몸은 너희와 결정적으로 다른, 천국으로 날아갈 날개를 가진 남자다……!'

'날개 따윈 필요 없어. 나는 달린다……! 달리고 싶어! 이 손, 이 다리, 전부를 써서!'

《후지와라, 야가미……!》

큰 거리를 가득 메운 환성에 공기가 떨렸다.

눈앞에 리쿠의 등이 육박했다.

'──사쿠라이.'

그 소리가 등을 밀어주었다.

'야가미……'

그 등을 쫓았다.

그것이 모든 것의 시작이었다.

"후지와라!"

"야가미!"

'함께 달릴 수 있었던 게
너라서 다행이야⋯⋯.'

어릴 적의 추억은 타케루
에게 있어서 기적이었다.

'그때, 너희와 있었기에 나
는 지금 이곳에 있어.'

그날과 똑같이, 전력을 다해 이
마음을 잇는다.

'⋯⋯고마워.'

'⋯⋯후지와라, 멍청아, 그런 건, 골에 들어가고 나서 말하라고⋯⋯!'

타케루는 리쿠에게 손을 뻗었다. 마지막 릴레이션이다.

'울면, 달리기 힘들잖아⋯⋯!'

힘찬 하이터치 소리가 시부야의 거리에 울려 퍼졌다.

"──웃, 가라! 리쿠!!"

07

【야가미 리쿠(호난) vs. 야가미 토모에(카쿄인)＼제5구간】

"야가미!"

어제 선배들과의 승부와 같은⋯⋯ 아니, 더 굉장한 마음과 마음의
완벽한 릴레이션이었다.

"둘 다, 이어졌구나."

"네······!"

"이제부터 릴레이셔너가 할 수 있는 건 별로 없어. 하지만 오늘은······ 어떨까."

나츠나기 씨는 조용히 하늘을 올려다보았다. 그곳에는 푸른 하늘이 있을 따름이었다.

"무언가······ 무언가가, 일어날 것 같은 예감이 들어."

"네······?"

'──뜨거워.'

햇살도, 마주친 손도, 가슴속도 전부 뜨겁다.

리쿠는 타케루와 하이터치를 나눈 손을 한 번 꽈악 쥐었다.

'릿군, 지금의 자신을 믿어.'

'몇 번이고 상처 입고 다시 일어선 너는 이제 결코 약한 존재가 아닐 거야.'

'코히나타 선배, 카도와키 선배······.'

'우리가 네 등을 미는 바람이 되마. 두려워 말고, 앞으로 나아가.'

'토모에의 눈앞에 떡하니 들이밀어 줘! 야가미 리쿠의, 달리기를 말이다······.'

'쿠가 선배, 하세쿠라 선배······. 들렸어······. 모두의 목소리가.'

힘차게 등을 밀어 주는 듯한 목소리.

──마음.

달리기 시작한 순간 흘러들어 온, 들릴 리가 없는 목소리. 그건 틀림없이 모두의 목소리였다.

주변에는 수많은 사람이 있었다. 모두가 큰 소리로 응원하고 있다. 평소에는 조금 신경 쓰이던 그 목소리가——소리가, 오늘은 전혀 신경 쓰이지 않는다.

"……헉, 헉."

토모에의 등을 쫓아간다. 이번엔 환상이 아니라, 진짜를.

하지만 전혀 싫지 않다. 전혀 무섭지 않다.

'나…… 지금, 형과 달리고 있는 거야.'

'리쿠…… 오랜만에, 단둘이야. 그 시절엔 자주 달렸는데 말이지.'

토모에의 목소리가 들려온다. 호난 스트부의 모두와 똑같을 만큼 확실하게.

'……맞아, 그 시절엔.'

'그 시절엔 내가 연습하는데 네가 따라와서…….'

'응.'

'엄마에게 혼날 만큼 멀리까지 달렸지.'

'응……. 기억나.'

언제나 같이 달렸다.

맑은 날도 바람이 거센 날도.

햇볕에 타서 벗겨진 하얀 피부가 얼얼해도 전혀 신경 쓰이지 않았다.

바람에 날아온 모래 먼지가 눈에 들어가도 공원 수도에서 눈을 씻으면 아무렇지도 않았다.

뭐든 좋았어. 같이 달리는 게 즐겁고 소중해서 항상 그 등을 쫓는 것에 푹 빠져 있었지.

따라잡고 싶은데 따라잡을 수가 없어서, 하지만, 언젠가 토모에처럼 될 줄 알았어.

그렇게 믿고 있었어…….

♛

그때 회장의 누군가 문득 입을 다물었다.

한 사람, 또 한 사람이, 열광하던 관객들 속에서 귀를 기울이듯이 하늘을 올려다보고 눈을 가늘게 떴다.

"……!"

숨을 삼킨 것은 유지로였다.

"……이건."

다른 장소에서 아연실색해 의자를 쓰러뜨리고 일어난 것은 쿠로베였다.

"이 감각…… 느껴진다."

또 다른 곳에서 가슴을 부여잡은 건 코우이치였다.

"15년 전과, 똑같구나. ……나나, 너는…….."

사쿠라는 얼굴을 구기며 우는 듯이 웃었다.

"……그때, 그…….."

죠는 숨을 삼키고 입을 꽉 다물었다. 그 표정은 선글라스로 감추어져 다른 사람에겐 보이지 않았다.

"……아키노…….."

하지만 세상을 떠난 아내를 부르는 그 작은 목소리는, 심하게 쉬어 있었다.

골 지점 부근에서 아유무는 하늘을 올려다보고 눈을 가늘게 떴다.

"릿군…… 너는…….”

"카도와키 선배, 이건…….”

리코는 숨을 삼키고 릴레이셔너 부스에 있는 친구의 모습을 찾았다.

릴레이셔너 부스에서 나나는 몸을 떨었다.

"이건…… 야가미의 마음이야?”

평소보다 선명하게 들린 그 '목소리'에 마음이 떨렸다.

"오버플로. 죠 씨에게 들은 적이 있어.”

"나츠나기 씨……?”

"15년 전 있었던 네이키드 스피드에서 단 한 번 일어난 적이 있는 현상……. 확대된 텔레패스가 릴레이셔너뿐만 아니라 러너와 관객에게까지 퍼졌다는, 그……!”

토우야의 목소리에 열이 담겼다.

"그건…… 저번에, 시즈마 씨도 말했던 그.”

나나는 숨이 막혔다.

'점점…… 야가미의 마음이 흘러들어오는 것 같아──.'

마치 시간이 멈춘 것만 같았다.

자신과 토모에밖에 없는 것 같은 감각. 앞으로 나아가면서도 제자리에 있는 듯한 느낌. 시간이 몇 배나 늘어나는 듯했다.

'형과 달리기 시작하고서 줄곧 계속해서 쫓았어. 하지만 결국, 달리고 달려도 전혀 따라잡을 수 없어서…….'

즐거웠던 토모에와의 연습이 점점, 또 점점 재미없어져서 대신 토모에는 어딘가 이상한 게 아닌가 생각하게 됐다.

억수같이 폭풍우가 쏟아지는 날에도 흠뻑 젖으면서까지 밖을 달리다니……. 아무리 생각해도 평범하지 않았다. 머리가 이상한 녀석이 하는 짓이라고 생각했다.

'하지만 사실은 아니었어. 내가 재미없게 만들었을 뿐이었어.'

사실은 토모에와 달릴 수만 있다면 뭐든 좋았는데. 맑은 날도 바람이 부는 날도 비가 오는 날도 같이 달리기만 해도 즐거웠다. 그랬는데 토모에를 따라잡지 못하는 초조함과 자신의 약함을 변명으로 삼고 싶어 '평범함'으로 도망쳤다.

토모에의 달리기는 평범하다는 말론 부족한데, 그런 토모에와 달리는 것을 좋아했던 주제에…….

'나는…… 토모에와 선을 그어 버렸어.'

그렇게 되면서까지 연습하다니 이상하다.

그런 녀석에게 지는 건 어쩔 수 없다.

그런 녀석 때문에, 나는 스트라이드가 즐겁지 않다…….

그렇게, 믿어 버리려 했다.

토모에는 몇 번이나 권해 주었는데. 나와 달리는 걸, 기대해 주었는데.

'토모에 때문에 재미없으니까 스트라이드를 그만두겠다니…… 엉뚱한 분풀이도 정도가 있지.'

하지만 그렇다고 토모에가 나를 책망한 적은 한 번도 없었다. 그리고 더는 같이 달리자고 권하지 않았다.

 토모에는 알고 있었던 거야. 열심히 하자, 할 수 있다, 해낼 수 있다고── 같이 달리고 있을 때 몇 번이나 말을 걸어 줬지만, 그때는 이미 타인에게 듣는 격려가 나에게 있어선 고통이 되었다는 걸.

 그래서 토모에는 아무 말도 하지 않았던 거야.

 '……나는, 토모에를 이길 수 없으면 의미가 없는 줄 알았어.'

 토모에는 내 목표이고 언제나 눈앞에 있었다. 하지만 뒤를 쫓을 때마다 그곳에 있는 것이 얼마나 높은 벽인지 아플 정도로 실감했다.

 '하지만, 사실은 그렇지 않았던 거야…….'

 토모에에게 이기고 싶었던 것이 아니다.

 토모에처럼 되고 싶었다.

 토모에에게 굉장하다며 칭찬을 받기만 해도 기뻤다.

 처음에는 그게 다였다.

 그랬는데, 변하고 만 것은 언제부터였을까.

 자신과 토모에의 차이를 눈앞에 들이밀 때마다 토모에의 말이 거짓말처럼 들려서, 어차피 내겐 불가능하다는 생각이 들어서, 나는 토모에처럼 될 수 없다며, 견딜 수 없어서……!

 '나는 스스로 소중한 사람을 상처 입혔어……. 그리고 그 사실에서 줄곧…… 줄곧 도망치고 있었어!'

 토모에는 내가 가장 좋아하는 자랑스러운 형이었는데.

 '……줄곧 거짓말해서 미안해! 그때 멈춰서 미안해! 진짜 마음을 말하지 못해서 미안해!'

'······리쿠······ 그렇게 말해 주기만 해도 난 기뻐. 리쿠가 날 생각해 주기만 해도 기뻐.'

'아니야. 그게 아니야. 형. ······형도, 내게 알려 줘. 난 바보라, 말로 안 해 주면 몰라.'

'······리쿠는, 스트라이드, 좋아해?'

'정말 좋아! 내가 스트라이드를 그만둔 건 형이 싫어서가 아니야. 스트라이드가 싫어서가 아니야. 내가······ 약했기 때문에······.'

'아니야! 내가, 네 마음을 이해해 주지 못해서······.'

'으응. 그건 분명, 서로 마찬가지일 거야. 형.'

토모에의 마음을 이해하려 하지 않아서 상처를 주고 고생시켰다. 보고도 못 본 척을 하며 혼자만 힘든 줄 알았다.

하지만 그런 어긋남도, 오늘로 끝내자.

그리고 지금부터 다시 시작하는 거야.

'······괜찮아, 이제 더는 그 시절의 내가 아니야.'

동료가 있다. 이렇게 구질구질하게 고민하는, 구제할 방도가 없는 나를 버리지 않고 끌어올려 함께 앞으로 나아가 준 동료가.

그러니까, 괜찮아.

'리쿠······ 스트라이드가 우리를 갈라놓았는데, 스트라이드가 다시 우리 형제를 이어 줬어······. 왜일까.'

울리는 토모에의 목소리는 오랜만에 듣는 당당하고 맑은 목소리였다.

'······있잖아, 형.'

'······응?'

'한창 시합 중이긴 한데. 다시 말할게.'

'응.'

'……나, 형이랑 달리는 스트라이드, 무지 즐거워!'

"……윳!"

'누가 더 빠른지, 승부하자. 형!'

"……응!"

♛

"야가미……!"

마음과 마음이 이어졌다!

"네 마음이 모두를 이어 줬구나."

"네……?"

나츠나기 씨가 미소 지었다.

"이제 마지막이야. 사쿠라이 씨."

"──웃, 야가미! 나머지 50!"

"토모에! 스퍼트!"

환성이 파도처럼 다가오고 있다.

두 사람은 거의 옆으로 나란히 달리며 교차로로 접어들었다.

그저 한곳을 응시하며 똑바로. 두 사람의 얼굴은 어린아이처럼 천진난만했다.

"야가미……!"

부탁이야──!!

두 사람이 골라인을 지났다.

그 순간, 마치 시간이 멈춘 것처럼 소리가 사라지고 바람이 멎었다.

조용하게 무서울 정도의 적막이 찾아왔다. 옆에는 여전히 나츠나기 씨가 있었다.

"……나츠나기 씨."

"왜?"

"저희가 보던 건…… 텔레패스란 건…… 각자의, 진짜라고 믿는 확신인 거죠?"

"응."

"그렇기에 현실의 사건이 아니라 꿈 같은…… 그런 것이죠?"

"꿈……. 그렇지."

나츠나기 씨는 부드럽게 고개를 끄덕였다. 마치 정답을 찾아가는 내게 맞춰 주려는 듯이.

"그래서 지금 여기에 있는 나츠나기 씨도, 제 안의 나츠나기 씨고요."

"나에게 있어선 너도, 어쩌면 내 안의 너일지도 모르지."

퍼뜩 놀라 나츠나기 씨를 바라보았다. 나츠나기 씨는 키득 하고 웃고는 이쪽으로 몸을 돌렸다.

"그래도 있지, 이건 네 마음이니까, 네 안의 거짓이 아닌 진실이야."

"진실……."

"네가 느낀 게 전부 옳다곤 할 수 없지만, 무언가 근거가 있는 것이지. 사람은 자신이라는 필터를 통해 매사를 느껴. 타인의 감정을 헤아리는 것도 결국엔 자신의 마음이야. 자신이 어디에도 없는 세상을 느끼는 건 누구도 불가능해."

"그러면, 제가 야가미의…… 모두의 마음을 느꼈다고 생각한 건."

"네 안에는 모두가 있어. 모두와 만들어 낸 세계가 있어. 그렇기에 모두의 안에는 사쿠라이 씨── 네가 있어."

"……."

"후후. 납득이 가지 않는다는 표정이구나. 하지만 그러면 돼. 어떤 말도, 어떤 사건도 네게 있어서의 가치와 진실은 너 스스로가 정하는 거야. 너의 진실, 마음속에 있는 세계가 네 현실을 바꾸는 것이지. 설령 그것이 타인의 현실과 조금 다를지언정……."

나츠나기 씨는 불현듯 골 지점을 내려다보았다.

"네 꿈은 네 현실의 너머에밖에 존재하지 않아. 꿈을 바라는 것도, 기도조차도 그것을 바라는 너의 마음이니까."

와아 하고 세계가 돌아오는 것처럼 소리가 터지며 움직이기 시작한다.

"……자아, 모두가 널 기다리고 있어."

08

"하아, 하아…… 하아……."

머리가 멍하다.

귀가 막힌 것처럼 소리가 웅웅대며 들려온다. 주변은 환성으로 들끓고 있는데 어딘가 멀리서 벌어진 사건처럼 느껴진다.

어떻게 됐지? 누가 이겼어?

"야가미!"

나나의 목소리에 리쿠는 어깨로 숨을 쉬며 돌아보았다. 그 목소리는 확실하게 똑바로 리쿠에게 닿았다.

"야가미! 이겼어!"

"하아, 하아…… 어?"

만면에 웃음을 짓고 나나가 달려온다. 주변이 흐릿해지고 그 웃음만이 특별한 것처럼 반짝반짝 눈부시게 빛나 보였다.

"이겼어, 야가미! 토모에 씨에게, 카쿄인에게 이겼어!"

"진……짜로? 나…… 이겼어?"

나나의 눈에 눈물이 조금 고인 것처럼 보였다. 지금까지 중 가장 기쁘게 들리는 목소리에 조금씩, 조금씩 말이 머릿속으로 스며들어왔다.

"웅! 야가미!"

나나가 손을 들어 올렸다. 리쿠는 저도 모르게 손을 들어 올렸다.

짝!

커다란 하이터치였다. 찡하니 저릿한 손바닥, 나나의 손이 뜨거워 리쿠는 자기 손을 내려다보았다. 주변의 소리가 급격히 돌아온다. 귀가 아플 정도의 환성이었다.

"하아…… 하아……. 이겼다…… 이겼, 어……. **이겼어! 이긴 거야, 내가, 토모에를!**"

"웅!"

"사쿠라이……, 사쿠라이, 나! 웃, 고마워! 나, 사쿠라이가 없었으면!"

할 말을 제대로 찾을 수 없다.

아직도 믿지 못하겠다는 마음과, 기쁨과 고마움과…… 여러 감정이 한꺼번에 솟아올라 목이 꽉 막힌 듯한 느낌이 들었다.

"아아아아아아! 릿구우우우우우웅!"

"엥?"

고개를 드니 활짝 양손을 펼친 아유무가 리쿠에게 날아들었다.

"우왓…… 우와아?!"

리쿠는 그 기세를 이기지 못하고 벌러덩 뒤집어졌다. 자신과 아유무의 몸무게만큼, 엉덩방아를 찧은 엉덩이가 아팠다.

"……윽, 카, 카도와키 선배."

"우오오오오, 감동했어! 감동했어, 릿군!"

"카, 카도와키 선배, 목…… 목 졸려……."

"아아아아아!"

"끄윽……."

"카, 카도와키 선배, 야가미의 얼굴빛이……."

나나까지 도와주어 간신히 아유무에게서 해방될 수 있었다. 헉헉
거리며 목을 붙잡은 리쿠는 문득 토모에가 이쪽을 보고 있는 것을 눈
치챘다.

"아……."

"……."

토모에는 만족스럽게 웃고 팀원 곁으로 돌아갔다. 말하지 않더라
도 기뻐해 주고 있다는 사실을 알 수 있었다.

'고마워. 형…….'

"아자아아아아아아! 호난, 이겼다아아아아아!"

누군가의 목소리가 우당탕탕하는 발소리와 함께 멀어져 갔다.

"……서브 음성을 듣고 계신 여러분은 무슨 일이 벌어졌는지 잘 모
르실 것 같지만, 저와 시즈마 두 사람을 제외하고 전부 방을 뛰쳐나
갔습니다."

"하여간…… 저 사람들은."

기가 막힌다는 듯이 말하는 시즈마의 목소리에도 어딘가 안도와 기쁨이 섞여 있었다.

　"어쩔 수 없지. 호난의 달리기에는 우리의 마음도 실려 있었으니까."

　"그렇죠……."

　"호난, 우승 축하해."

　"축하드립니다."

　기쁨을 곱씹듯이 잠시 침묵이 내려앉았다.

　"……레이지 님, 슬슬 시간인가 봅니다."

　"아아, 그러게. 그러면 서브 음성을 들어주신 여러분, 함께해 주셔서 감사합니다. 이 방송은 갤럭시 스탠더드의 스와 레이지와……."

　"치요마츠 반타로, 세노오 타스쿠, 마유즈미 아스마, 오쿠무라 카에데, 그리고 마유즈미 시즈마가 전해드렸습니다."

　교차로를 뒤흔드는 열광이 마치 꿈만 같다.

　'하지만…… 꿈이 아니야. 우린, 정말로, 이긴 거야…….'

　"사쿠라이, 야가미."

　"＂후지와라!＂"

　헐떡이며 후지와라가 찾아왔다.

　그 얼굴은 무언가를 꾸욱 참는 듯이 딱딱했다.

　"사쿠라이, 야가미──."

"너, 그 말밖에 못 하냐."

후지와라는 미간에 주름을 깊게 새기곤 커다랗게 심호흡했다.

"──고마워."

"고마운 건 이쪽이지. 네가 약속을 기억해 줘서 또 셋이 함께 모일 수 있었던 거야."

"맞아! 고마워, 후지와라."

자연스럽게 세 사람이 손을 들었다. 둥글게 늘어서서 하이터치. 후지와라의 손도 야가미의 손도 무척 뜨거웠다.

"아아아아, 그러지 마시오, 그러지 마시오! 젊은이들이여! 소인의 **청춘즙이 멈출 줄을 모른다오⋯⋯!**"

"응, 좋은 사진 찍었다! 아, 카도와키 선배, 수건 드릴까요?"

"⋯⋯음. 송구스럽구려."

"리코!"

리코는 카도와키 선배에게 수건을 건네고 똑바로 내게 달려왔다.

"나나아!"

리코는 조금 전 카도와키 선배처럼 날 껴안았다.

"해냈구나! 나나! 역시 내 자랑스러운 친구야!"

"아하하! 고마워, 리코."

"나나, 넌 정말 엄청난 릴레이셔너야!"

"⋯⋯웃, 리코, 저기⋯⋯."

거침없이 꼬오오옥 껴안아서 코끝이 찡해졌다.

"열심히 했구나! 열심히 했어! 진짜 진짜 진짜, 수고했어! **우승, 축하해!**"

"고⋯⋯ 웃, 고마워어⋯⋯ 흑."

흘러나온 눈물을 감추듯이 리코의 어깨에 눈을 갖다 댔다. 그 등을 친구는 웃으며 상냥하게 다독여 주었다.

"아하하! 어째 전부 카와라자키가 들고 가 버렸네."

"코히나타 선배!"

나는 눈물을 닦고서 리코에게서 떨어졌다.

"수고하셨어요!"

"응. 사쿠라이도. 수고했어."

만면의 웃음을 짓는 코히나타 선배와 하이터치를 했다.

"쿠가 선배와 하세쿠라 선배는…… 헉!"

나는 무심코 숨을 삼켰다. 쿠가 선배와 단 선생님의 부축을 받은 하세쿠라 선배가 한쪽 다리를 끌며 걸어오고 있었다.

"하, 하세쿠라 선배! 괜찮아요?!"

"그럼~ 괜찮지. 걱정 마라."

달려온 우리에게 하세쿠라 선배는 씨익 웃어 보였다.

"해냈구나. 너희들."

"네!"

"야가미도. 앵커 하고 싶단 말을 꺼냈을 땐 어떻게 될지 걱정했다만."

"네에?!"

조금 놀리듯이 웃고 하세쿠라 선배는 야가미의 머리를 마구 헝클었다.

"잘했다!"

"우왓, 잠깐, 선배!"

야가미는 황급히 도망쳤지만, 그 표정은 역시 기뻐 보였다.

"후지와라도 잘했어."

쿠가 선배가 말했다.

"그 이다를 상대로 잘 버텼다."

"……옙."

후지와라는 줄곧 기쁨을 곱씹고 있었다. 아마도 표정에 드러나는 것 이상으로 기쁨과 자랑스러움이 가슴 속을 가득 메우고 있겠지.

"너희…… 다들, 여기까지 정말로 많이 애썼다."

그렇게 말하는 단 선생님의 눈에는 어렴풋이 눈물이 맺혀 있는 것처럼 보였다. 기뻐하는 모두를 보니 또 조금 가슴이 울컥했다.

"좋았어, 그러면, 다들 손 이리 내."

하세쿠라 선배의 호령에 우리는 둥글게 원을 그렸다.

"간다. **하나~둘!**"

호난 스트부 전원이 마주친 하이터치 소리는 높이 높이, 맑고 푸른 여름 하늘로 울려 퍼졌다.

09

부드러운 바람이 불고 있다. 도쿄의 여름보다 한발 앞서 가을의 냄새가 나는 바람이다.

대회가 끝난 뒤, 나와 아빠는 엄마의 묘에, 오봉보다 조금 늦었지만, 성묘를 하러 왔다.

'엄마……. 나 있지, EOS 우승했어. 엄마가 아빠와 마음을 이었던 시부야에서……'

여름 방학도 곧 끝이다. 바로 미국으로 돌아간다는 아빠가 원해서 기모노를 입고 있었다. 나중에 사진관에서 사진도 찍을 예정이다.

성묘를 하러 오는데 좋은 날 입는 옷을 입어도 될까 싶었지만 할머니는 웃으며 옷을 입혀 주었다. 엄마가 성인식 때 입었던 기모노라 보여 주면 분명 기뻐할 거라며 배웅해 주었다.

"……무슨 얘기 했니?"

"이것저것. EOS에서 우승한 거라든가 아빠에 대해서 조금 알게 됐다든가."

"……그래."

"있지, 아빠."

"응?"

"스트라이드…… 어떻게 될까?"

"……."

대회 이후 쿠로베 씨는 체포되었다. '불법 후원금 의혹'이라며……. 자세한 건 잘 모르겠지만, 그 뉴스는 생각 이상으로 크게 보도되었다.

우리의 우승이 가려질 정도로.

"단 선생님이…… 내년 EOS는 개최될지 어떨지 모른다고 그랬어."

쿠로베 씨……. 대회 직후, 날 '프린세스'라고 부른 걸 사과하러 와 주셨다. 내년에는 선수가 더 진심으로 웃을 수 있는 EOS를 만들겠다며. 그렇게, 말해 주셨는데.

"지금까지와 완전히 똑같을 순 없겠지. 중지될 가능성도, 물론 버릴 수 없다."

"……응."

역시나…….

"하지만……EOS가 없더라도 스트라이드는 스트라이드야."

"!"

어느새 숙이고 있던 고개를 번쩍 드니 아빠는 똑바로 앞을 바라보고 있었다.

"EOS가 없으면 넌 스트라이드를 못 하니? 아니잖아?"

"……읏, 응!"

우리가 포기하면 안 돼. 우승이 끝이 아니야. 우리에겐 수많은 사람에게서 이어받아 온 이 마음을, 다음으로 이어 줘야 한다는 중요한 역할이 있어.

"아빠는…… 앞으로 어떻게 할 거야? 미국에 돌아가서…….

"……꿈이 생겼다. 네 덕이야."

선글라스 너머가 아닌 아빠의 눈은 빛나고 있었다.

이런 눈을 알고 있다. 호난의 모두도, 지금까지 싸워 온 남자아이들도 다들 이런 눈을 하고 있었다.

몇 살이 되어도 아빠는 스트라이드가 좋고 또 좋아서 견딜 수가 없는 거야.

그러니까 분명 아빠의 꿈도 스트라이드에 대한 것이 틀림없다.

어릴 적에는 아빠를 스트라이드에게 빼앗긴 듯한 기분도 들었지만, 지금은 응원해 줄까 싶다. 어쩌면 엄마도 이런 기분이었을지도 몰라.

"꿈, 이뤄지면 좋겠다."

"그래!"

들어 본 적 없을 정도로 힘찬 대답에, 무심코 소리를 높여 웃고 말았다.

♛

여름 방학이 눈 깜짝할 새에 끝나, 오늘부터 새 학기! 였는데…….

"그러니까 단 선생님은 말이 너무 많다니까!"

"느리군, 야가미. 지각한다."

"야가미, 후지와라, 잠깐만 기다……."

""사쿠라이!""

두 사람이 동시에 돌아보았다.

"……웃."

왜일까. 지금 가슴에 뜨거운 바람이 불어온 듯한――.

"이놈들! 또 너희냐! 야가미, 후지와라! 복도에서 달리지 마!"

"우와!"

역시나 혼나고 말았다.

저도 모르게 얼굴을 마주 보니 웃음이 흘러나왔다.

셋이 같이 달리지 않고 종종걸음으로 부실로 향하고 있으려니 어느새 야가미와 후지와라는 누가 더 일찍 도착할지 경쟁에 들어갔다. 여름 방학이 끝났지만 여전히 덥다. 부실에 도착할 무렵엔 땀을 조금 흘렸다.

"""늦었습니다!!"""

셋이 함께 부실로 뛰어들자 따닥! 하고 커다란 소리가 울렸다.

"타임!"

"타임 없음."

"아이고, 기다려 보시게, 쿠가 공!"

"……아니, 안 기다릴 거다. 이건 리얼 타임 장기잖아?"

"크윽! 생각도 못 한 곳에서 강적이!"

쿠가 선배와 카도와키 선배가 장기를 두고 있었다. 이 광경, 언젠가 본 것 같은데……. 기분 탓인가?

"아, 1학년 트리오. 아직 히스가 안 왔으니까 세이프야, 세이프."

"다행이다아……. 그래도 웬 장기예요?"

"왜?! 와이라고?! 잊으면 곤란하오, 야가미 공! **스트라이드부=장기부!** 자아, 리피트 애프터 미!"

"아니, 그건 이미 귀에 딱지가 앉도록 들었는데요……. 쿠가 선배, 장기도 둘 줄 아시네?"

"누구한테 배웠나요?"

"홋, 인터넷 강의로 배웠지."

"가라데도 인터넷으로 배웠다면서요?!"

"소양인 셈이지."

"무슨 소양인데요?!"

"……과연 그렇군. 의미심장한걸."

"이런, 후지와라가 영향을 받았잖아! 아…… 하세쿠라 선배, 얼렁 와요~."

"아하하! 릿군 딴지가 아주 날카로운걸!"

"이건 착실하게 부장님의 딴지 혈통이 이어지고 있구려."

"뭐, 뭐라구요?!"

"불만 있냐, 인마. 1학년, 입구 막지 마."

탁탁탁 하고 리드미컬하게 머리를 맞았다. 소리만큼 아프진 않았다.

"하세쿠라 선배!"

"그래. 다 모였냐?"

"다 있어, 히스."

그럼 됐다며 하세쿠라 선배는 덜그럭덜그럭 목발을 짚으며 부실로 들어갔다.

그 결전에서 근긴장이 재발했기 때문이다. 하지만 그렇다고 해서 스트라이드를 그만두는 것이 아니라 경기를 계속할 수 있도록 조금씩 재활 치료를 시작했다.

"너희, 우승했다고 해서 긴장 풀지 마."

"그렇다지만 스트라이드도 앞으로 어떻게 될지 모르잖아."

코히나타 선배는 고민스러운지 난처한 표정을 지었다.

"쿠로베 씨 사건 때문에 스트라이드에는 안 좋은 이미지가 정착됐으니……."

"코히나타 선배……."

"안 좋은 이미지가 정착됐다면 스트라이드는 좋은 것이란 걸 보여주면 그만 아니냐. 그렇지? 쿄스케."

"……그래."

"이 녀석, 여름 방학 이후로 다른 학생들이 대하는 게 완전히 달라졌거든. 굉장한 건 가슴을 울린다. 그런 거 아니겠냐."

"네!"

그러고 보니 스트부에 대한 주변 사람들의 인상은 처음에 무척 나빴다. 그것이 조금씩 조금씩 변해 가서, 지금은 복도에서 지나치는 모르는 아이까지 우승을 축하한다고 말해 주게 되었다.

호난의 러너는 프린세스와 함께 싸워 승리한 프린스들……이라는 소릴 사람들이 하는 모양이라 가끔 그렇게 불릴 때가 있다. 프린세

337
PAGE

THE END OF SUMMER
STEP.26

PRINCE OF STRIDE
TITLE

스라고 불리는 건 별로 좋아하지 않지만, 모두가 악의를 갖고 그러는 것도 아니고 축복해 주려는 것을 알고 있어서 조금 낯간지러워.

"……아!"

갑자기 야가미가 소리를 커다랗게 높였다.

"그럼 이런 건 어때요? 차라리 우리가 대회를 여는 거예요!"

"대회?"

야가미는 고개를 주억거렸다.

"응! 가을 대회라던가!"

"가을 대회라……. 응. 그거 괜찮을지도 모르겠다, 릿군."

"그죠?"

코히나타 선배가 찬성하자 야가미는 기뻐 보였다.

"실현할 수 있을지 어떨지는 몰라도 확실히 우리가 움직여야겠지. 협회는 못 미더우니까."

갑자기 아빠의 말이 떠올랐다. EOS가 없으면 스트라이드를 할 수 없냐고 했지……. 그렇지 않다. 우리가 할 수 있는 일이 분명 무언가 있을 것이다.

"대회라면 다른 학교에도 말을 걸어 보는 게 좋을지 모르겠네요!"

앞으로를 생각하자 가슴이 설레기 시작했다. 아직 여기서 끝낼 수 없다. 더, 더 모두와 달리고 싶다.

"무슨 소란이지? 미팅을 시작한다."

"단 선생님!"

"지금 스트라이드의 미래에 대해 뜨거운 토론을 나누던 중이라오!!"

"저희끼리 가을 대회를 열면 어떨까 하고 얘기 중이었어요."

"흠……."

단 선생님은 생각하듯이 턱을 쓰다듬었다.

"……그래. 나쁘지 않군."

"그쵸!"

눈을 반짝거리며 다가오는 야가미를 보고 단 선생님은 쓴웃음을 지었다.

"과제는 많겠지만…… 스트라이드는 너희 선수의 것이야. 백업은 해 주마. 하고 싶은 대로 해 봐라."

"좋았어, 그렇게 정해졌으니 특훈해야지!"

"아무것도 정해진 게 없지만 말이지. 그리고 히스는 다리……."

"이 다리론 가을에 뭘 하든 맞출 수 없겠지. 하지만 우리에겐 러너가 더 있어. 안 그러냐, 카도와키."

"흐──음! 드디어 이 카도와키의 시대가 찾아오……아니, 어? 진심 오브 찐심이에요?"

"당연히 진심이지. 카도와키, 너한테 맡기마."

"오오우…… 이 무슨 중책 오브 무거운 롤러."

"……새로운 바람이 불어오는군. 나쁘지 않아."

"내년도 있으니 지금부터 딱 달라붙어서 연습을 봐 주마."

"히엑, 나 죽네!"

"아유무! 지금이 시련의 때야!"

"아하하! 카도와키 선배, 기뻐 보여."

"기뻐…… 보, 이나…?"

"반은 울고 있군."

고개를 갸웃거리는 야가미와 후지와라에게 나는 크게 고개를 끄덕여 보였다.

"기뻐하고 있는 거야, 카도와키 선배."

도중에 부상을 입은 것……. 카도와키 선배는 결과적으로 쿠가 선배가 돌아오는 계기가 됐으니 괜찮다고 생각했던 모양이지만, 역시나 몹시 분해하던 것도 다들 알고 있었다.

"……이제부터, 구나."

"그러게. 좋~았어, 힘내자!"

"그래. 여기서 끝낼 수 없어."

모든 것은 이제부터다. 앞으로 스트라이드가 어떻게 될지는 우리에게 달려 있다.

우리가 만드는 거야. 우리들의, 스트라이드를.

──이렇게 여름이 끝나간다.

매미 울음소리와 부드러운 바람에 수많은 사람의 마음을 싣고서 눈부신 태양을 배웅하며 하나의 이야기가 끝을 맞이한다.

하지만 이야기는 끝나지 않는다. 앞으로도, 줄곧 이어진다.

이것은 모두의 '마음을 잇는 이야기' ──.

《완결》

THE END OF SUMMER
STEP 28

PRINCE OF STRIDE
TITLE

STEP 28

VISUAL NOVEL SERIES
PRINCE OF STRIDE 07

THE END OF SUMMER

CHARACTERS
호난 학원 스트라이드부

한 번은 폐부의 위기에 직면했던 호난. 그러나 나나를 포함한 1학년의 가입, 그리고 쿠가 쿄스케의 복귀 덕에 힘을 되찾아 여러 문제를 뛰어넘었고 드디어 EOS 2017의 우승을 거머쥐었다.

1학년, 릴레이셔너. 동영상으로 본 쿄스케와 토모에의 달리기에 관심을 가지게 되어 호난에 입학했다. 다른 여러 학교의 릴레이셔너가 싸우는 법을 흡수해 급속히 성장, 마지막에는 텔레패스 오버플로를 구현시켰다.

사쿠라이 나나
NANA SAKURAI

1학년, 러너. 형인 토모에와 싸우고 싶다는 마음을 팀에 드러내며 러너로 입후보했다. 자신의 콤플렉스를 해방하는 듯한 달리기로 토모에와의 마지막 대결을 진심으로 즐기며 끝까지 달렸다.

야가미 리쿠
RIKU YAGAMI

1학년, 러너. 스트라이드에 전혀 관심이 없다고 말한 아버지에게 전력을 다한 달리기를 보여 주어 납득시키고 싶은 마음에 노력을 거듭해 왔다. 그 노력과 신념은 숙적, 이다 아마츠와의 대결에서 드디어 결실을 보았다.

후지와라 타케루
TAKERU FUJIWARA

2학년, 러너. 응원해 주는 가족을 위해서, 그리고 전선을 떠난 아유무를 위해서 이기고 싶다는 강한 마음을 길러 왔다. 라스트 런에서는 이즈미노 료를 멋지게 제쳤다.

코히나타 호즈미
HOZUMI KOHINATA

3학년, 러너. 부장. 옛 상처를 끌어안은 채 결승을 맞이했다. 다리가 망가져도 상관없다는 각오를 알아챈 나나와 호즈미는 히스의 등을 끝까지 밀어주었다.

하세쿠라 히스
HEATH HASEKURA

3학년, 러너. KGB라고 불리는 사격 동아리를 떠났지만, 1학년 세 사람의 설득으로 복귀했다. 그 확실한 실력과 다시 자신을 받아들여 준 팀에 대한 감사하는 마음을 부딪쳐 이즈미노 하지메를 끝까지 상대했다.

쿠가 쿄스케
KYOSUKE KUGA

호난

호난월보

제13호
호난학원 신문부

【대회 정보】
EOS 공식 트위터
계정(@eos2017official)에
선수 인터뷰가 올라왔다.
꼭 체크해서 대회의
여운에 잠겨 보자.

스트부 EOS 2017 우승

호난, 여름의 정점에 서다

2017년 여름의 막바지에 호난 스트부의 하이터치가 하늘에 울려 퍼졌다. 호난 스트부가 경기를 펼친 동일본 고등학교 스트라이드 대회 「EOS」의 결승이 8월 27일, 인파로 가득한 시부야에서 열렸다. 대전 상대는 해외에서 활약하는 선수들을 모아 결성한 카쿄인 고등학교 (홋카이도). 항상 아슬아슬하게 승리를 거머쥔 호난에 반해 트라이얼 투어부터 토너먼트까지 전승한 카쿄인이 우세하리란 관측이 대부분이었다.

그러나 시합은 모든 구간에서 각 선수가 제치고 제쳐지길 반복하는 호각의 승부가 펼쳐졌다! 관객도 손에 땀을 쥐었다. 앵커에 이어진 릴레이션은 거의 동시였다.

카쿄인의 앵커는 기묘하게도 이전 호난 스트부에 재적했던 야가미 토모에(3학년). 호난의 앵커는 그의 친동생, 야가미 리쿠(1학년). 뜨거운 별과 커다란 환성이 쏟아지는 가운데, 승부의 향방을 온몸에 짊어진 라스트 런, 야가미(리쿠)는 웃고 있었다.

이어 온 팀원들의 마음과 자신의 마음으로 속도를 높여가는 듯한, 보는 이를 매료시키는 달리기를 보여 주며 골 테이프로 뛰어들었다.

시합을 마친 스트부에게 인터뷰.

【하세쿠라 군의 말】
"봤냐! 하하. 뭐, 여기까지 와서 좋았다.
응원 땡큐."

【코히나타 군의 말】
"아유무, 쿳쿳 나! 저기, 감사합니다!"

【후지와라 군의 말】
"나는 앞으로도 누구에게도 지지 않아.
여름이 끝나도, 끝나지 않아."

【사쿠라이 양의 말】
"와 주신 여러분의 얼굴이 보였어요.
감사합니다!"

【쿠가 군의 말】
"고맙다. 응원하는 목소리가 힘이 됐어."

【카도와키 군의 말】
"○○…… ○○○…… 호즈미이,
다음엔 장기로 전국을 노리자……!"

【야가미 군의 말】
"아무튼 최고야! 아~ 왠지 덜 달린 것 같은데!
가자, 후지와라!"

【단 선생님의 말】
"유종의 미라고 할 수 있겠지.
의미는 각자, 사전을 찾아보도록."

EXTRA
INTERVAL

SIDE RIKU YAGAMI/TOMOE YAGAMI

야가미 리쿠/야가미 토모에

「형제」

'아직도——마음이 들떴어.'

눈을 떴지만 아직 꿈속에 있는 것 같았다.

어제 우리 호난 스트부는 우승했다.

EOS 우승.

팀에 무슨 일이 생기면 항상 모두의 마음을 확인하듯이 반복했던 말. 나와 사쿠라이와 후지와라, 셋이 어린 날에 나누었던 약속.

그것이 현실이 되었다. 실감이 나는 것 같기도 하고 나지 않는 것 같기도 하다.

"이긴 거…… 맞지."

카쿄인에게, 토모에에게.

눈을 감으면 골인하던 순간의 환성이 귓속에서 되살아난다.

찌르는 듯한 햇살, 뜨거운 바람, 온 회장이 하나가 된 듯한 열광.

하이터치로 저릿한 손.

모두 다 진짜야.

"──!"

침대를 박차고 나왔다. 오늘은 시합의 피로를 풀라고 단 선생님이 말했지만, 지금 난 엄청나게 달리고 싶은 기분이다.

재빨리 옷을 갈아입고 후다닥 계단을 내려갔다. 가게에서 풍겨 오는 달콤한 빵 냄새에 배가 꼬르륵거렸다. 금강산도 식후경이라 하지 않던가. 아침밥을 찾아 거실을 엿본 나는 저도 모르게 딱딱하게 굳고 말았다.

"토, 토모에?"

"안녕, 리쿠."

"어, 아⋯⋯. 안녕⋯⋯이 아니라, 왜 여기 있어?"

결승전 전만 해도 합숙소에서 잔다며 돌아오지 않았는데.

"짐을 가지러 온 거야. 이제 가야 하는데, 그전에 만나서 다행이다."

토모에는 조용히 미소 지었다. 발치에 있던 커다란 스포츠 가방을 어깨에 멨다.

"그럼, 갈게."

토모에는 옆을 스쳐 지나갔다. 뭐야 하고 조금 맥 빠진 기분으로 그 모습을 배웅하고 거실의 테이블에 털썩 앉았다.

딱히 즐겁게 대화를 나눌 생각은 없었지만, 너무 갑작스러웠다고 해야 할지 뭐라 해야 할지⋯⋯.

"……어라?"

테이블 위에 낯익은 빵집 봉투가 있다. 안을 들여다보니 역시나 야키소바 빵 같은 우리 가게의 빵이 몇 개 들어 있었다.

분명 엄마가 준비해서 들려 준 것이겠지.

두고 간 걸 알면 서운한 얼굴을 할 것이 틀림없다. 좀처럼 내색은 안 하지만, 아빠와 엄마 모두 토모에가 없어서 쓸쓸해한다는 걸 알고 있었다.

"그 녀석……."

서둘러 뒤를 쫓았지만 현관에는 이미 없었다.

집에서 나가는 것까지 빠르냐. 아니, 조금 멍하니 있어서 그런가?

신발을 대충 신고 황급히 밖으로 나왔다. 토모에의 모습은 상당히 멀리 있었다.

"토모에!"

부르는 소리가 들리지 않았나 보다. 뒤도 돌아보지 않는 등에 순간 숨이 꽉 막혀, 그 등을 쫓아갔다.

"──토모에, 쫌, 형!"

"응?"

따라잡으니 토모에는 별일도 아니란 것처럼 돌아보고 고개를 갸웃거렸다. 나는 빵 봉투를 쭉 들이밀었다.

"이거! 엄마가 갖고 가라고 준 거 아냐?"

"아아……. 고마워. 어디에 있었어?"

"테이블 위! 까먹지 마라, 쫌."

"가방에 넣어 둔 줄 알았는데."

이상하다며 고개를 갸웃거리는 토모에의 모습에 하아 하고 깊은 한숨을 내쉬었다.

"어차피 머릿속에 스트라이드 생각밖에 없어서 그랬던 거 아냐?"

말하고 나니 조금 비아냥처럼 들렸나 싶어 입을 다물었다. 어쩔 수 없잖아, 토모에의 머릿속 지분은 대부분이 스트라이드인걸.

"……조금 더 이쪽에서 느긋하게 있다 가지 그래? 엄마도 그걸 좋아할 것 같은데."

"응. 똑같은 소릴 들었어."

토모에는 쓴웃음을 지었다.

"하지만 어제 지고서 아마츠가 이상한 스위치가 눌렸는지 당장에라도 돌아가서 연습한다고 그러더라고."

"허어. 그 녀석도 평범하게 분하단 감정이 있구나."

"고집이 없으면 '최속'은 목표로 할 수 없거든."

문득 후지와라의 얼굴이 떠올랐다. 확실히 녀석도 엄청난 고집쟁이다.

"그리고 분해하는 건 나쁜 감정이 아니라고 생각해."

"그야 그렇긴 한데."

왠지 모르게 이다는 분함이란 감정이 없는 게 아닐까 생각했다. 그런 것과는 다른 차원에 있을 것 같다고 해야 하나…….

"아마츠도 일단은 리쿠랑 동갑인 1학년이야."

"……."

그래. 그랬다. 그러고서 동갑인 것이다.

올해는 어떻게든 이겼지만 내년, 내후년, 녀석은 더 빨라지겠지.

'우리도 더 빨라지겠지만 말이야!'

올해와 같은 팀으로 있을 수 없는 것은 어디나 마찬가지다. 그러니 내년이 어떻게 될지, 내후년이 어떻게 될지는 알 수 없다. 하지만 어떤 팀이든 마음을 믿고 달릴 뿐이다.

'후지와라도, 사쿠라이도 있으니까——.'

"그러고 보니 사쿠라이 씨 말인데……."

"어?! 내가 입으로 말했나?!"

"응?"

토모에는 눈을 깜빡거렸다. 아아, 입 밖에 냈던 건 아니구나.

"아니, 아무것도 아니야. 사쿠라이가 왜?"

"응. 결승전 전에 사쿠라이 씨와 만났거든."

"아아…… 응. 들었어."

"착한 애더라. 사쿠라이 씨."

"……그렇긴 한데. 뭐야, 갑자기."

토모에가 집을 나가기 전에도 화제의 중심은 항상 스트라이드뿐이었다.

뜬금없이 여자아이 얘길 꺼내다니, 갑자기 *비라도 내리려는 게 아닐까. 모처럼 나중에 달리려고 생각했건만.

"아니. 리쿠랑 또 달려서 즐거웠거든. 다시 잘 부탁한다고 전해 줘."

"아아……, 응."

뭐야. 토모에도 관심이 있다거나 하는 얘기인 줄 알았다.

"……그러고 보니 어제 달릴 때 토모에의 목소리가 들린 것 같았어."

---

* '해가 서쪽에서 뜨다'를 일본에서는 '소나기가 내리다'라고 표현한다.

"응……. 나도야."

그랬구나. 토모에에게도 들렸구나…….

"……."

이것저것 생각하던 걸 제법 다 털어놓았던 것 같은데.

'우와…….'

말하고 속은 후련해졌지만 미묘하게 어색하다.

이제 슬슬 돌아갈까 하고 눈을 굴렸다. 걷기 시작한 토모에를 그냥 따라가던 중이었으니.

"……어제는 조금, 생각해 봤어."

"어?"

입을 연 토모에는 똑바로 길 끝을 바라보고 있었다.

"지금도 호난 스트부에 있었다면 하고."

"그건……."

"하지만, 상상이 안 되더라."

"……왜?"

하세쿠라 선배와 쿠가 선배도 있다. 그곳에 토모에가 합쳐진다면 분명 누구에게도 지지 않는 팀이 됐을 것이다. 어쩌면 부원이 부족하지 않아 나는 불리지 않았을지도 모른다. 여전히 못마땅하게 토모에가 달리는 모습을 흘겨보고 있었을지도 모른다. 그럴 가능성은 얼마든지 있었다.

"지금의 호난이 무척 좋은 팀이라서 그런가?"

"뭔 소리래."

확실히 호난은 무척 좋은 팀이다. 당당하게 말할 수 있다. 어떤 팀에게도 지지 않는 최고의 팀이지만, 그것과 무슨 관계가 있다는 거지?

"내가 남았으면 전혀 다른 팀이 됐을 거란 얘기야. 거기다 역시 히스처럼 재기를 믿고서 남을 수는 없었을 테니까."

토모에는 조금 쓸쓸한 듯이 눈을 가늘게 떴다.

"……그래도 후회하진 않지?"

묻자 토모에는 문득 웃으며 고개를 끄덕였다.

"물론이지."

"그럼, 됐잖아."

결국, 누구 탓이라든지 누굴 위해서라든지가 아니라 우선은 자신을 위해서 달려야 한다. 그렇지 않으면 팀에 대한 것도 생각할 수 없다.

토모에에게 있어서, 자신을 위한 것은 호난이 아니었다. 그뿐일 것이다.

"응. 제멋대로 굴어도 아무도 화를 안 내거든."

"폭풍 속을 달려도 그래?"

"그건 부장한테 혼났지, 아마?"

"벌써 혼났잖아."

어깨를 으쓱이는 토모에를 보고 나는 시선을 내렸다. 쑥스러움과 토모에의 마음을 제대로 듣게 된 기쁨으로 히죽거리는 걸 보이고 싶지 않았기 때문이다.

슬슬 버스 정류장이 보이기 시작했다. 결국 여기까지 따라오고 말았다.

"──토모에."

"응?"

"다음에, 언제 올 거야?"

"……."

힐끗 올려다보니 토모에는 이상하다는 듯이 눈을 껌뻑이고 있었다.

"……왜?"

"아니…… 으응. 아무것도 아니야."

그렇게 말하며 토모에는 낯이 간지러운지 웃었다. 무척 기뻐 보이는데, 왜 저러지?

"그래. 앞으로 어떻게 될지는 모르지만…… 동아리 활동 쉬는 날이라든가?"

"……그런 날에도 잔뜩 연습해 대잖아."

"으~음. 그럼 안 까먹으면."

"분명 까먹을걸."

"아니야. 리쿠에게 재도전해야 하니까 말이지."

"우와, 왠지 무섭거든?!"

"아하하!"

토모에는 웃고서 내 어깨를 토닥 두드렸다. 마침 버스가 정류장에 도착했다.

"또 봐."

"……또 봐는 무슨."

"어?"

어리둥절해하는 토모에에게 나는 힘차게 고개를 들어 보였다.

"자…… 잘 다녀와! 다음엔 선물 정돈 갖고 오고!"

"……응. 다녀올게. 선물, 기대하고 있어."

또 아까처럼 무척 기뻐 보이는 얼굴을 하고서 토모에는 버스에 올랐다. 버스 안에서 손을 흔드는 토모에에게 손을 흔들어 답하고 버스가 시야에서 사라질 때까지 배웅했다.

"……하아."

긴장했다. 그리고, 엄청 부끄러웠던 것 같아!

"……!"

안절부절못하고 빙그르 방향을 전환해 달리기 시작했다.

'다음에도 절대로 안 질 거야!'

다음엔 서로 더 빨라져 있을 것이다.

그때를 기대하며 나는 땅을 박차는 다리에 힘을 주었다.

EXTRA INTERVAL

SIDE **SAISEI HIGH SCHOOL STRIDE TEAM**

사이세이 학원 스트라이드부

「BEAUTIFUL EIGHT」

　준결승──. 그 패배 이후 며칠 뒤. 사이세이 스트부, 갤럭시 스탠더드는 시합 이후로 팬들 앞에 나서는 첫 번째 라이브에 임하려 하고 있었다.

 "우와……. 왠지 긴장돼."

　대기실에서 라이브 시작을 기다리던 아스마가 갑자기 목소리를 높였다. 그러고 보니 리허설 때도 안절부절못했지. 레이지는 가슴을 문지르는 아스마에게 시선을 향했다. 레이지가 뭔가 말하기 전에 아스마에게 대답한 것은 카에데였다.

 "아, 그거 이해가 좀 돼요. 저도 왠지 진정이 안 돼서."

 "그치~."

어째서냐는 생각은 들지 않았다. EOS에서 응원해 준 팬 앞에 서는 것이다. 기대에 보답하지 못했던 것에 대한 죄송함은 레이지에게도 있었다.

"수행이 부족해서 그런 기라."

"그런 소릴 하는 너도 아까부터 페트병으로 계속 찌그덕거리고 있잖아."

"……."

타스쿠는 아스마를 한 번 노려보곤 흥 하고 코를 울리며 들고 있던 페트병을 테이블 위에 놓았다. 아무리 타스쿠라도 전혀 신경 쓰지 않기는 힘들겠지.

"——그러고 보니, 반타로는?"

이럴 때 가장 신나서 정신없이 돌아다닐 법한 반타로의 모습이 보이지 않았다. 레이지는 시즈마를 돌아보았다.

"글쎄요. 조금 바람을 쐬고 온다고 말하고 나갔는데……."

그렇게 말하며 시즈마는 벽에 걸린 시계를 올려다보았다.

"슬슬 돌아와야 하는데요. 언제 불릴지 모르니."

"응. 전화 갖고 갔을까?"

"걸어 볼까요?"

"응. 부탁……."

"아임 홈!"

"우와앗?!"

일부러 큰 소리를 내듯이 있는 힘껏 문을 연 반타로에게 아스마가 깜짝 놀라 튀어 올랐다.

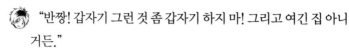 "반짱! 갑자기 그런 것 좀 갑자기 하지 마! 그리고 여긴 집 아니거든."

"냐하하. 미안미안~. 다들 긴장했을 것 같아서! 그리고 모두가 있는 곳이 바로 마, 이, 홈, 이다냥―!!"

반타로는 평소처럼 텐션이 높았다. 호난과의 시합 이후로 가장 풀이 죽어 있던 것은 반타로. 그리고 가장 빨리 부활한 것도 반타로였다. 감정의 폭이 크다는 것은 전환이 빠르다는 것일지도 모른다.

감정을 겉으로 드러내지 않고 천천히 곱씹는 자신과는 정반대다. 레이지는 그 솔직함이 조금 부럽기도 했다. 동시에 존경스럽기도 했다.

"반타로는 긴장을 안 하는구나."

"하고 있지~. 올 웨이즈 심장 쿵쾅쿵쾅! 응원해 줬는데 져서 미안하지만, 그래도 그보다 더 많이 고맙다고 전하고 싶거든!"

반타로는 한껏 몸을 움직이며 멤버를 돌아보았다.

헷 하고 장난기를 가득 담아 혀를 내밀었다.

"반짱…… 엄청 좋은 말 했어!"

"반짱 씨는 좋은 말도 제법 하신다구요."

아스마와 카에데의 대화에 레이지는 훗 하고 작게 웃었다.

"반타로 말이 맞아. 우리가 축 처져 있으면 팬을 진심으로 즐겁게 만드는 건 도저히 불가능하겠지."

이 일은 보는 이에게 꿈과 힘을 주는 일이다. 기운이 없더라도 그것을 겉으로 드러내어 걱정을 끼쳐선 미숙하다는 소리를 들어도 할 말이 없을 것이다.

 '게다가──.'

자신이 은퇴하더라도 사이세이는 결코 끝나지 않는다.

레이지는 문득 그날의 일을 떠올렸다.

──사이세이가 패배한 그날 밤. 잠시 밤바람을 쐬고 싶어 호텔 방을 빠져나왔을 때의 일이다.

레이지는 시즈마에게 혼나고 나나의 격려를 받아 마음을 한 차례 정리했다. 그리고 방으로 돌아왔다가, 호텔 복도에 있는 한 방을 엿보는 반타로를 발견했다.

 "뭐 하세요?"

 "!! 쉬잇!"

시즈마가 어이가 없다는 듯이 말을 걸자 아스마네 방을 엿보던 반타로가 씨익 하고 웃으며 방 안을 손가락으로 가리켰다. 거기에는 아스마, 타스쿠, 카에데가 있었다.

타스쿠와 카에데는 영상으로 호난을 분석하고 있었고 아스마는 가볍게 뛰고 온 모양이었다. 시합 직후, 게다가 패배한 시합 뒤지만 기력도 힘도 남아도는 듯싶다.

 "굿 이브닝──, 에브리원! 편의점 안 갈래?"

 "우와! 깜짝이야~."

반타로가 갑자기 방으로 뛰어 들어오자 아스마는 문자 그대로 펄쩍 뛰어올랐다. 카에데는 가슴을 부여잡았고 그 타스쿠조차 놀라서 눈을 동그랗게 떴다.

그 반응을 뒤에서 보고 있던 레이지는 작게 웃음을 뿜어내며 어깨를 떨었다.

"으, 반짱!"

"냐하하~. 놀래 주려면 지금 같았지."

"지금이라니…… 어? 반짱 씨 언제부터 있던 거예요?"

깜빡깜빡 카에데가 눈을 깜빡이며 텔레비전 앞에서 이쪽으로 다가왔다.

"스맛치 다음에 몰~래 왔지롱."

반타로가 냐하하 하고 웃었다. 그 뒤에 레이지와 시즈마가 있다는 사실을 깨달은 아스마는 어깨를 털썩 늘어뜨렸다.

"형들까지…… 뭐 하는 거야."

"방해하면 미안할 것 같아서."

"레이지 씨, 전혀 방해가 아니에요! 그보다 반짱, 아까 뭐라고 말하지 않았어? 편의점?"

"오오, 그래 그래! 모처럼이니 다 같이 편의점 안 갈래? 과자 사서 같이 밤샘 투 나이트!"

"오오, 좋은데!"

"……전 됐심더."

타스쿠는 그렇게 말하고 호난의 영상을 다시 한번 재생했다.

"그림 탓승, 방 잘 지키고 있어냥~."

"아니, 저는……."

"뭐 적당히 사 올게. 어떤 게 좋아?"

"……."

레이지의 말에 타스쿠는 떨떠름하게 일어섰다. 카에데도 따로 이견은 없었는지 모두 함께 방을 나섰다. 밤의 호텔이다. 아무리 반타로라도 복도에서는 조용했다.

밖으로 나오니 구름 한 점 없는 밤하늘이 맞이했다. 온 하늘을 가득——까지는 아니지만, 얼핏얼핏 빛나는 별이 여섯 명을 내려다보고 있었다.

'응…… 나쁘지 않아.'

레이지의 여름은 끝났다. 가능하다면, 이 멤버로 우승하고 싶었다. 후회가 없는 것은 아니었지만, 지금은 이제 제법 속이 풀렸다.

'EOS는 끝나 버렸지만, 여전히 할 일은 있어.'

앞으로 계속 달릴 후배들에게 무엇을 남겨 줄 수 있을까. 그것을 어떻게 내년으로 이어 나갈 것인가.

결말은, 새로운 이야기의 시작이라고 생각한다.

"다들——."

그것은 저도 모르게 새어 나온 부름이었다. 목소리를 낮추며 떠들고 있던 후배들과 반타로가 돌아보았다.

"호난에겐 졌지만…… 오늘, 지금까지 모두와 달릴 수 있었던 걸 자랑스럽게 생각해. ——고마워."

작게 누군가 숨을 삼켰다. 잠시 내렸던 침묵을 첫 번째로 깬 것은 아스마였다.

"——읏, 그런, 섭섭한 소리 하기 없기예요!"

 "맞아요! 저희야말로 레이지 씨와 달릴 수 있어서 영광이었어요!"

 "시상대 우에서 보이는 풍경을——레이지 씨께 몬 보여드려 죄송합니다……."

 "레이지 오브 더 부장 오브 사이세이 8대째! 정말 정말, 저어어어엉말로, 수고 많았다냥—!!"

사람 복이 많구나 하고 느꼈다. 마지막 EOS를 이 멤버로 달릴 수 있었던 것은 분명 미래의 커다란 거름이 될 것이다.

레이지는 힐끔 시즈마를 보았다. 만족스럽게 고개를 끄덕이고 있다. 분명 자신도 같은 얼굴을 하고 있을 것이다. 레이지는 그렇게 생각했다.

준결승 전과 변함없이—— 아니, 그 이상으로 커다란 환성에 휩싸였다. 무대를 비추는 눈부신 조명과 격렬하게 흔드는 응원봉의 빛에 레이지는 눈을 가늘게 떴다.

그들의 긴장을 날려 버릴 듯한 성원이다.

환성이 커다란 덩어리가 되어 부딪쳐오는 것처럼 저릿저릿 몸속을 울린다. 거기에는 팬의 마음이 모두 담겨 있었다. 그 마음을 온몸으로 받아들이며 레이지는 새삼 실감했다.

 '기운을 받아 가는 건 우리 쪽이구나.'

축 처져 있을 때가 아니다.

그렇다면, 전력을 다해 보답하자.

 "――기다렸지, 안드로메다. 오직 여러분만을 위해 여기로 돌아왔습니다."

여름의 더위보다 더욱 뜨거운, 그 마음에.

END OF SUMMER '17
엔드 오브 서머 '17

일본 스트라이드 협회가 주최하는 고등학교 스트라이드의 동일본 대회. 일본 최대급 대회로 유명하며 전국의 스트라이드 소년 소녀들이 동경함과 동시에 목표로삼고 있다. 올해도 수많은 선수가 여름의 정점을 향해 도전해 갖가지 드라마의 무대가 되었다.

PRINCE OF STRIDE 07 DIGEST

숙명의 땅, 시부야에서 엔드 오브 서머 2017의 결승전이 열렸다.
맞붙은 것은 도쿄의 호난 학원, 그리고 센다이의 카쿄인 학원.
지금까지 그들이 쓰러뜨린 팀들이 지켜보는 가운데
선수들이 나눈 뜨거운 마음이 텔레파스 오버플로를 일으켰다.

호난 학원
스트라이드부

HÔNAN GAKUEN
HIGH SCHOOL
STRIDE TEAM

고등학교 스트라이드의 역사를 계승하여 오리지널 포라 불리는 팀 중 하나. 모종의 사건 이후 침체에 빠져 있었으나 EOS'17 에서 완전 부활을 이루었다. 이후 고등학교 스트라이드가 어떻게 변화할지는 알 수 없다. 하지만 호난은 그 '앞'을 바라보며 한 걸음씩 나아가려 하고 있다.

PRINCE OF STRIDE 07 STAFF

기획·원작/디자인웍스: 소가베 슈지[FiFS]
텍스트: 아사히 요우
캐릭터 디자인: 노노 카나코[FiFS]
일러스트 제작: FiFS
코마무라 치요리, Z, 키나코, 코이케, MACKY[루노 테오]
북 디자인·로고 디자인: 우치코가 토모유키[CHproduction]
본문 디자인: 요시하라 카에[CHproduction]
프로듀스·연재: 전격 Girl's Style
편집: 모리모토 쇼코, 요시다 노리코
Special Thanks: 이이지마 나오키, 테라사키 시즈카

VISUAL NOVEL SERIES
PRINCE OF STRIDE

THANK YOU
FOR YOUR READING!!

본작은 FiFS에게 있어 첫 여성향 작품이자 오리지널 작품으로 소설, 게임, 애니메이션, 연극, 이렇게 한차례 미디어 전개를 펼쳤던 작품입니다.

발표는 소설이 먼저였지만, 선행 제작하던 게임의 플롯에서 이 소설이 완성되었습니다.

애니메이션은 게임 제작 중에 이미 카도카와(KADOKAWA)의 주도로 기획을 제안받았습니다만, 연극은 외부에서 들어온 기획으로 게임 발표, 애니메이션 발표보다 먼저 이 소설을 계기로 하여 제안받았기에 이 소설을 쓰길 잘했다고 절실히 생각합니다.

「프린스 오브 스트라이드」의 이야기는 이로써 완결입니다만, 이미 발표되어 있는 것처럼 이 이야기는 후일담인 드라마 CD 시리즈 '학원제편'으로 이어집니다.

정성을 다해 만들었사오니, 괜찮으시다면 구매해 주시면 감사하겠습니다.

이건 여담입니다만, 게임을 제작하며 동시기에 그려지지 않았던 지역을 그리는 '서일본편', 모든 것을 하나로 모은 '완결편'까지 들어간 이야기를 러프 플롯으로 구상 중이었는데 저희끼리만으론 손이 닿지 않는 부분까지 포함해 여러 주변 상황의 문제로 아쉽게도 현재 제작 예정은 없습니다.

다시 돌아와, 이 작품을 제작하며 여성향이라는 너무나도 낯선 장르(당시에는)에 저 개인을 형성하는 여러 요소를 넣었습니다.

그때그때의 분위기나 공감을 떠나 자신이 실제로 느낀 것을 베이스로 만들기 위해 저 자신을 속이지 않을 것을 최우선으로 삼아 작업했습니다.

작가 인생으로서 단 한 번만 쓸 수 있을 법한 소재도 아낌없이 대량으로 넣었습니다.

따라서 해 온 일에 후회는 없습니다.

「프린스트」를 즐겨 주셨다면 무척 기쁘겠습니다.

이 작품을 만들며 가장 좋았던 점은 '내가 좋아하는 사람은 대개 「프린스트」도 좋아해 준다.'는 것을 실감한 부분입니다.

커다란 자신감으로 이어졌습니다.

다음 오리지널 작품도 열심히 쓰겠습니다.

부디 잘 부탁드리겠습니다.

비주얼 노벨 완결까지 함께해 주셔서 정말로 감사합니다.

처음 뵙겠습니다. 아사히 요우라고 합니다.

프린스 오브 스트라이드 제7권을 구매해 주셔서 감사합니다.

연이 닿아 서브 스토리즈의 집필을 맡게 되었고, 그것이 본편의 집필까지 이어져 여기까지…… 길었네요.(웃음).

마지막 권, 참 두껍죠.

여러분, 오래 기다리셨습니다!

기다리게 해드렸지만 조금 견해를 바꿔 보면 2017년 8월은 집필 당시엔 먼 미래였습니다. 나나와 리쿠, 타케루가 EOS를 달리는 것과 동시에 골인할 수 있었던 것은, 혹시 굉장한 일이 아닐까 하고 생각합니다.

스트라이드가 있는 세계라서 완전히 똑같다고 할 수는 없지만, 2017년이 되어 무엇이 쇼크였느냐 하면, 어떤 곳의 어떤 거대 로봇이 해체된 것이었습니다. 아무리 그래도 조금 동요했어요. 이젠 없다고……? 하고요. 게다가 올해 가을에는 다른 걸 세운다죠? ……여, 여름은?

자, 이 소설 판은 게임과 달리 연애보다 나나, 리쿠, 타케루 세 사람의 우정에 초점을 두었습니다. 그래서 그런 것은 아니지만, 나나는 여자아이라기보다도 성별을 넘어서 뜻을 함께하는 전우로서 그렸습니다.

등장하는 어떤 남자아이보다도 남자답거라, 하고요.

글을 쓰고 있으면 모든 아이에게 애착이 솟아나 얘가 가장 좋아! 하는 생각은 별로 들지 않았지만, 누가 최애냐고 물으면 아마도 나나일 겁니다.

다만 내용이 거의 나나의 일인칭이라 딱딱한 말투가 캐릭터에 맞지 않는 것만이 유일한 문젯거리였달지, 매번 은근히 걸림돌이 되었다고 해야 할지.

하지만 나나라면 어떻게 말할까, 어떻게 생각할까 하고 긍정적인 말을 생각했더니 저까지 긍정적으로 되어서 정말로 착한 아이구나~ 하고 실감했죠.

……뭘 아무렇지도 않게 공략당하고 있는 걸까요? 저는.

나나, 리쿠, 타케루, 호난의 선배들, 사이세이에 라이벌 학교의 선수들까지── 화면이 사람으로 가득해! 하고 머리를 감싸 안은 적도 몇 번이나 있었지만, 풍부한 개성을 가진 캐릭터들과 함께 웃고 화내고 울고 기뻐하며 순간순간을 열심히 달려 나갔던 경험은 앞으로도 절대 잊지 못할 보물입니다.

이렇게 읽어 주신 여러분들 안에도 그 순간의 조각을 남길 수 있다면 그보다 기쁜 일은 없을 겁니다.

한여름 동안 몸과 마음 모두 성장을 이루며 계속해서 달려온 모두와도 여기서 일단 작별입니다. 하지만 분명 앞으로도 그들은 시끌시끌 떠들며 깊은 인연을 쌓고 때로는 부딪치면서 앞으로 나아가겠죠. 그런 모습이 눈에 선합니다.

그러면 마지막 인사입니다. 여러분, 정말로 감사했습니다.

또 언젠가, 어디선가 뵙게 되길 바라겠습니다.

PRINCE OF STRIDE 07

2023년 7월 20일 제1판 인쇄
2023년 8월 1일 제1판 발행

지음 아사히 요우
기획, 원작 소가베 슈지 [FiFS]

옮김 유영진

발행 영상출판미디어(주)
등록번호 제 2002-000003호
주소 07551 서울특별시 강서구 양천로 570 NH서울타워 19층
대표전화 02-2013-5665

ISBN 979-11-380-3047-2
ISBN 979-11-380-0383-4 (세트)

구매 시 파손된 도서는 구매처에서 교환하실 수 있습니다.
기타 불편사항, 문의사항이 있으신 독자님께서는 노블엔진 홈페이지
[http://novelengine.com] 에서 Q&A 게시판을 이용해 주시기 바랍니다.

문호 스트레이독스
STORM BRINGER

다자이 오사무와 함께 『아라하바키 사건』을 종식시키고 포트 마피아에 가입한 지 1년. 간부 자리를 노리는 나카하라 추야 앞에 나타난 것은 추야를 동생이라 부르는 암살왕 폴 베를렌이었다!

"네 마음에 영향을 미치는 인간을 모두 암살하겠다."

그의 계획을 저지하기 위해 추야는 유럽의 인공지능 수사관 아담과 손을 잡는다. 그것은 요코하마를 또다시 집어삼킬 폭풍의 전조.

칠흑 같은 어둠에 덮인 과거의 진실이 지금, 밝혀진다──!

문호 스트레이독스 소설 6권 다자이, 추야 15세와 이어지는 소설 최신판!

아사기리 카프카 지음 | 하루카와 산고 일러스트
청춘의 상상, 시동을 걸어라!